ROBERTO EMANUELLI

ADESSO LO SAI

Sperling & Kupfer

Questo libro è un'opera di fantasia. Nomi, personaggi, luoghi e avvenimenti narrati sono il prodotto dell'immaginazione dell'Autore o, se reali, sono utilizzati in maniera fittizia. Qualsiasi somiglianza con persone reali, viventi o defunte, eventi o luoghi esistenti, è da ritenersi puramente casuale. Potrebbero essere state prodotte eventuali modifiche alla configurazione dei luoghi rappresentati. Potrebbero essere state prodotte eventuali modifiche di carattere cronologico rispetto ad avvenimenti di costume, di cronaca e storici.

Illustrazioni di Shutterstock.

Pubblicato per

Sperling & Kupfer

da Mondadori Libri S.p.A.

ADESSO LO SAI

ISBN 978-88-200-7038-0

I Edizione ottobre 2020

Anno 2020-2021-2022 - Edizione 1 2 3 4 5 6 7 8 9 10

A chi mi ha preso per mano, tanto tempo fa,
e poi non ha più mollato la presa.
A Graziella Macrì, la mia meravigliosa mamma,
fonte di vita e di ispirazione.
A Maurizio Emanuelli, mio papà,
che si gode lo spettacolo da lassù...
Ai fratelli e alle sorelle di sangue.
Alle sorelle e ai fratelli acquisiti,
quelli che hanno fatto del mio sogno, il loro sogno.
A tutti quelli che non smettono mai di rialzarsi,
anche quando lo sconforto sembra avere la meglio.
A tutte le persone che, insieme a me, in questi ultimi
anni, sono entrate nelle case di migliaia di persone,
cancellando dai loro dizionari la parola 'impossibile'.
A quelli che credono nell'amore.
E poi lo dimostrano...

Ti diranno che arriverà qualcuno a salvarti, a soffiare
sulle ferite. Ad amarti davvero.
A dimostrarti che puoi tornare a crederci.
Cancellando tutto il dolore e il freddo nel cuore.
E tu scoprirai che è vero.
E che quella persona che arriverà nella tua vita a salvarti,
innamorandosi perdutamente di te,
amandoti come nessuno ti aveva mai amato,
ecco, quella persona sei tu.

Indice

1

L’amore ha il tuo profumo

Il quaderno di Giulia

Roma, mercoledì 26 giugno 2019
Ore 02.49

Molte persone pensano di conoscermi solo perché sanno come mi chiamo, magari mi hanno parlato un paio di volte per rivolgermi domande banali alle quali io ho risposto in modo banale, sicura del fatto che, dietro, non ci fosse un interesse reale. Erano domande senza tatto, fatte senza pensare. Erano domande senza amore...

Molte di loro forse sanno dove abito, chi frequento, quanti anni ho e se vesto firmata. Sono poche invece le persone che hanno davvero voglia di andare fino in fondo. Ché se decidi di andare fino in fondo è perché ci tieni, è perché ti va davvero di venirti a fare un giro in certi angoli del mio cuore dove c’è un sacco di vento e il cielo è nero, lì dove sento un vuoto che mi mangia, che mi risucchia e mi terrorizza, così tanto che, cazzo, a volte temo anch’io di perdermi e non ritrovarmi più.

E se decidi di venire a cercarmi là giù, è perché vuoi

prendermi per mano quando ho paura, è perché vuoi regalarmi un abbraccio silenzioso quando sento freddo, uno di quegli abbracci che ti scaldano l'anima e ti infondono fiducia. Se vieni là giù è perché vuoi sapere davvero chi sono, chi è sul serio Giulia.

Ma alla maggior parte della gente non gliene frega un cazzo di sapere chi sei. Parlano di te senza conoscere nemmeno un grammo del dolore che hai provato, non sanno niente della tua tristezza perché si fermano al sorriso con cui dici che va tutto bene a quella parte di mondo che ti giudica in modo frettoloso, e ha bisogno esattamente di quel sorriso per sentirsi rassicurata. Senza impegno. Senza amore.

Alessandro lo amo così tanto che scenderei all'inferno per prendergli la mano, per salvarlo da qualunque mostro, per portarlo via con me. Solo che mi chiedo se per lui è lo stesso. Per dire, questa notte che mi sento tanto sola, lui dov'è? Perché non sento il suo calore?

Sarà che domani ho questo maledetto orale che mi terrorizza, anche se fingo che non sia così!

E non riesco a prendere sonno... Domani, cioè fra poche ore, conquisterò questa dannata maturità. E poi mi daranno un voto. Ma io in questo momento sento un buco nell'anima.

Ho l'impressione che a mancarmi non sia questa presunta maturità. Forse, in questo momento, ho bisogno di altro.

Forse vorrei un padre nella mia vita, forse vorrei che mamma fosse meno stronza e più felice. Forse vorrei solo sentirmi al sicuro fra le braccia di qualcuno che mi protegga, questa notte, che mi accarezzi il cuore e mi dica che andrà tutto bene...

Ricevo un messaggio di augurio, un meraviglioso in bocca al lupo sul gruppo di famiglia, firmato da tutti... zio Pat, zia Giorgia, Diego, Marco, Elisa ed Emma. Anche mamma aggiunge un cuoricino. Che tesoro immenso che sono, loro sì che mi salvano sempre!

E mentre suona Ed Sheeran con *Photograph* leggo un post di Tisbe, il mio blogger preferito. Me l'ha inviato poco fa in direct Noemi. Mora e bellissima, è la mia migliore amica insieme a Marti, piccolina, i capelli ricci e rossi, le lentiggini, e a Caterina, gli occhi dal taglio orientale e le labbra carnose. Sono tutte e tre meravigliose. Noemi è in classe con me, lei l'ultimo orale lo avrà fra una settimana. Marti e Cate, che sono in un'altra sezione, lo hanno già fatto.

E mentre leggo questo post scoppio a piangere, un po' perché mi mette tristezza e un po' perché, come tutti i post di Tisbe, sotto la tristezza e la malinconia sa infonderti gioia, come un rivolo sotterraneo che lento ma tenace consuma e leviga la pietra...

> Domani è il giorno degli esami, della maturità. Ma tu sai che, di esami, ne hai già fatti, e quelli più importanti avevano a che fare con il tuo cuore, con i tuoi vuoti, con la tua intimità.
> E sì, ok, domani qualcuno ti darà un voto, un giudizio, un po' come un'etichetta. E tu sei nervosa, hai paura. Perché sai che da quel giudizio dipenderà il giudizio dei tuoi, delle persone che hai intorno, di quelle che credono in te. Ma non è così! Perché tu non sei solo

un numero, un voto, un calcolo, una media matematica: sei molto, molto di più. E poi perché, alle persone che credono in te, non servirà sapere che giudizio ti daranno quei professori. Le persone che credono in te, ci credono a prescindere dagli esami di domani. Credono in te perché ti amano, credono in te per una serie di motivi importantissimi, tipo per il tuo cuore, per la tua sensibilità, per il tuo coraggio, per quello che hai dentro, per tutte le volte che sorridi ma vorresti piangere, per quando cadi e ti rialzi da sola: per tutte le volte che hai dimostrato chi sei, e che tu ce la fai. Oltre la scuola, oltre qualunque istituzione o commissione, chi crede in te non ha bisogno di aspettare che un perfetto sconosciuto ti dia un voto. Chi ti ama, ti ama sempre, ti amerà comunque.
E magari adesso sei un po' triste anche perché lui non ti ha chiamata, o perché sogni un amore impossibile, un bacio sotto le stelle, uno di quei baci che poi, gli esami di maturità, farebbero un sacco meno paura.
Ma ti giuro che arriverà tutto, il bacio, l'amore, le stelle...
E si sistemerà ogni cosa.
E il voto di domani non conta un cazzo.
Conti solo tu.
Conta solo il tuo cuore.
Conta solo la tua vita.
E adesso dormi! O resta sveglia tutta la notte. Ma smettila di avere paura. Perché andrà tutto bene...

Ma che magia ha? Sembra che solo lui sappia comprendermi senza nemmeno conoscermi! Qualche ora fa mi ha mandato una cosa inedita, un pezzo meraviglioso, non l'ha pubblicato nemmeno sul suo Instagram... E la cosa mi ha lusingata.

Come sarebbe andata?
Penso che alla fine saremmo stati belli insieme. Penso che tu avresti continuato a prendermi in giro per un sacco di cose, per il mio modo buffo e ansioso di reagire ai piccoli, grandi problemi della vita. E io avrei continuato a prenderti in giro perché sei insicura del tuo aspetto o, non so, di come ti stanno i vestiti: senza renderti conto del fatto che sei la più bella dell'universo, e che nessun vestito è degno di chiamarsi tale se non lo indossi tu.
Tu che saresti stata sempre la mia principessa.
Come sarebbe andata?
Penso che ci saremmo ritrovati tutte le notti nel letto a parlare, fino a tardi. A parlare di tutto: dei nostri dubbi, delle paure, delle incomprensioni, delle cose che ci fanno ingelosire, di quelle che ci rendono fragili, o tristi, o felici...
Penso che ti avrei comprato dei fiori tutti i giorni. E ogni giorno ti avrei scritto un biglietto. E ti avrei baciata tanto, di continuo: tutti i giorni.
Cose così, piccole, ma importanti.
Piccole, ma preziose.
Quelle cose che spesso sottovalutiamo, presi da questa vita che corre forte e ci confonde, che ci fa dimenticare che sono queste le uniche cose capaci di renderci davvero felici...
E poi penso che ci saremmo addormentati abbracciati, e io ti avrei respirato dolcemente dietro al collo, soffiandoci, baciandolo, fino alla mattina.
Come sarebbe andata?
Penso che saremmo stati belli.
Penso che sarebbe stato bello...

Mi fa venire i brividi, ha una sensibilità così rara in un uomo. Sono felice di averlo conosciuto e incontrato di persona, qualche tempo fa, dopo che per mesi ci siamo parlati, prima in direct su Insta, poi su WhatsApp e al telefono. Quando ci siamo scambiati il numero di cellulare, non stavo nella pelle. Non credo dimenticherò facilmente quel momento. Oltretutto, per avere quarantuno anni cazzo se è figo, darebbe filo da torcere a parecchi miei coetanei. Se non fossi follemente innamorata di Alessandro lo corteggerei senza nemmeno pensarci! Anche se devo dire che è sempre così attento a non fare battute ambigue o che possano lasciar intendere doppi fini. Che signore. Quanto sarei felice se Ale mi dedicasse parole come queste...

Invece alle 22 mi ha mandato un messaggio con scritto: «Principessa, ti faccio un grande in bocca al lupo per domani, spaccherai! Io sto crollando. La scorsa notte non ho chiuso occhio. Te l'ho detto che in disco abbiamo fatto i conti alle 7 di mattina. Ti amo cucciola, non scordarlo, eh!»

Poco dopo ho visto che ha messo *like* a quella scema che fa la hostess nei privé che segue lui. Che stronzo! Non gli è bastato tradirmi più volte, appena ci siamo messi insieme. Non gli è bastato farmi soffrire (anche se ha sempre negato, l'hanno visto e ho le prove...). E l'ho perdonato perché sono pazza di lui, perché ha trovato qualunque modo di farsi perdonare. E forse perché erano i primissimi tempi. Comunque al messaggio non ho nemmeno risposto, a volte sa essere così freddo e insensibile.

Altre volte mi manda completamente fuori di testa.

Mi destabilizza.

Perché poi succede che quando mi fa impazzire, io faccio impazzire lui...

Ci sfiniamo a vicenda.

Gli avevo anche scritto una poesia:

Io e te, amore mio, siamo ritmo.
Lo stesso ritmo.
La stessa musica.
Quando sto con te, con me c'è tutto l'universo, e i pianeti sconosciuti.
E quando alzo le mani, quando sto con te, me le brucio sempre perché tocco le stelle.
Tu
sei
aria.
Tu
sei
cielo.
Io e te, amore mio, siamo sale.
Il sale di quando piangiamo.
Il sale di quando sudiamo mentre lo facciamo.
Quello del mare la notte la luna la sabbia e i nostri corpi nudi.
Spogliati da tutto il dolore.
Spogliati da tutte le paure.
Tu
sei
il
mio
sale.

Tu
sei
certezza.
Io e te, amore mio, non ci diremo mai: «Ti amerò per sempre», perché per sempre ci ameremo.

Ma non credo gliela farò mai leggere. Solo se lo meriterà, forse...

Devo provare a dormire un po'.

Intanto suona Ultimo con *Il ballo delle incertezze*, il pezzo che c'era in sottofondo la prima volta che l'abbiamo fatto, è come se potessi sentire l'odore della sua pelle, il suo profumo.

Ecco, Alessandro, la verità è questa... L'amore ha il tuo profumo.

2

Che poi l'amore per me è neve

Roma, venerdì 28 giugno 2019

Tu sei forte, anche quando la notte cerchi un abbraccio che non trovi, perché sai che quello che cerchi non è un abbraccio qualunque, deve essere *quell'* abbraccio: quello speciale, quello che ti scalda il cuore, quello che ti fa sorridere anche quando senti il mondo che ti crolla addosso. Perché lo sai che un abbraccio, uno sguardo, le parole più belle del mondo sussurrate con gli occhi, ecco... Tu lo sai che questa non è roba per tutti. Sono cose speciali, queste: sono cose che puoi condividere e provare solo con pochi. E mentre aspetti che succeda, cammini a testa alta. Fai la tua vita. Ti occupi delle persone che ami, te ne prendi cura, lavori, porti avanti tutto, sorridi quando qualcuno cerca di intossicare la tua esistenza perché odia la sua. Ma tu sei forte: accusi il colpo, e sorridi. E poi ti volti. Caschi, ti rialzi, e poi sorridi. Ti porti dentro tutto, il male, i tagli, le delusioni, gli inganni, le speranze e i sogni. Il passato e i segni. L'amore, e anche il vuoto. E sorridi, con tutto l'universo dentro al cuore, mentre combatti col più grande buco nero della storia, tu sorridi. Sei la luce. Sei la forza. Sei il vento. Sei la tua mano tesa. Sei la tua chance. Sei tu la tua salvezza. Quindi sorridi.

Mentre guido per rientrare a casa, dopo essere stata presso la sede di un cliente dietro Piazza di Spagna, non posso evitare di fermarmi. Accosto la macchina su Lungotevere in Augusta, scendo, e mi godo questo spettacolo della natura da Ponte Cavour. Guardo la luce del sole rompersi nei riflessi biondi del fiume e ripenso alle parole appena lette, quelle che mi ha inviato Emma, prese dal profilo Instagram di Diego. Le ha scritte un tale Loy, ma sembrano uscite esattamente dal mio cuore... Poi penso a Giulia, ai suoi esami di maturità.

Quanto sono andati veloci questi anni. Un fiume in piena. So che la mia bambina avrà un voto altissimo perché è brava da morire, acuta, intelligente, sensibile... Poi però penso anche a quanta difficoltà abbiamo nel comunicare da diversi mesi a questa parte. Ok, ha diciotto anni, sta attraversando la sua fase di ribellione, quella dove senti tutto l'universo dentro di te. E contro di te. Mamma compresa.

Il cielo di Roma a quest'ora, da qui, ripaga di tutte le brutture del mondo, del peso di questa vita che a volte mi affossa, mi scava e mi fa sentire una che sta per crollare mentre il resto del mondo la percepisce come una guerriera dal sorriso dolce e sicuro, dall'aspetto bello e deciso, una donna forte, e in carriera. «Ehi, mondo, ehi!» vorrei urlare. E a volte vorrei piangere! A volte, cazzo, vorrei crollare! Rotolarmi su un prato di margherite e farmi una canna contando le nuvole e poi le stelle e poi i sogni uno per uno. E vorrei una birra e delle patatine, e vorrei buttare questo tailleur giù dal ponte, insieme all'aria da figa e all'andatura sicura, insieme a queste décolleté nere col tacco troppo alto e gli occhiali da sole così grandi che mi schermano da tutto e nascondono i miei occhi e tutto quello che c'è dentro. Vorrei smetterla di pensare ai miei clienti, vorrei cancellare dalla mia testa, anche solo per un'ora, le idee e gli slogan per quelle campagne pubblicitarie che dicono tutto e non raccontano davvero niente. Smetterla di arrovellarmi nel tentativo di inventare concept per quel cazzo di dentifricio che dopo un mese di riunioni e conference call non voglio più nemmeno sentire nominare. Obiettivi, budget, basta! Ok, era il lavoro che sognavo, ma non tutti i sogni sono uguali, e alcuni sono meno veri degli altri. O forse il lavoro dei sogni è una cosa, i nostri sogni tutt'altra. Quelli sì che sono importanti, e io li ho persi per strada...

Vorrei soltanto sedermi su quel muretto, da sola, con un po' di musica dentro la testa e dentro al cuore. Vorrei tornare indietro di vent'anni, e percepire di nuovo quei brividi su tutto il corpo. Quei brividi che mi facevano sentire viva, mentre l'amore mi sfiorava l'anima e ogni centimetro di pelle. Vorrei tornare a quando l'amore aveva un senso e aveva senso crederci, proteggerlo, difenderlo da tutto e tutti. Vorrei, vorrei... E mentre penso a tutto questo, con gli occhi chiusi, e alle parole che ho tatuato sul mio corpo: TI RIALZI OGNI VOLTA UN PO' PIÙ BELLA, squilla il telefono. È Emma: «Ma come cazzo fa a scrivere così?»

«Ehi, Emma. Ti riferisci al post che mi hai mandato poco fa?»

«Sì!»

«Ho letto che è di un tale Loy...»

«Sì, ha un profilo su Instagram, l'ho scoperto tramite Diego.»

«Ho visto...»

«Ohi... Che hai? Tutto ok?»

«Diciamo di sì...»

«Diciamo?»

«Sto guardando il cielo sul Lungotevere...»

«E...»

«È bello, Emma...» e devo trattenere le lacrime. Ma perché, poi? Perché dobbiamo trattenerle?

«Sicura che va tutto bene, Francesca?» Quando Emma mi chiama Francesca, e non Franci o Titti, o è arrabbiata o è preoccupata.

«Sì...» rispondo con un filo di voce. Poi ritrovo un po' di tono: «Ora devo andare, devo ancora passare al supermercato, e Giulia questa sera esce con il suo ragazzo e vuole cenare prima... Ho chiesto anche a Fernando di non tardare, e credo stia già per arrivare, preciso com'è...»

«Va bene, Titti. Io questa notte sono di turno in pronto soccorso, devo sostituire un collega, sono praticamente l'unico medico presente, tutti malati... ma dopo ti chiamo, eh!»

«Ok...» Dopo un attimo di silenzio aggiungo: «Ti voglio bene!»

«A chi lo dici, Fra!»

Emma è un medico, una meravigliosa cardiologa, una meravigliosa persona. Ha una sensibilità e un'umanità ormai in disuso anche nella sua categoria. È nata per dedicarsi agli altri, salvare vite, per tendere la mano a chi ne ha bisogno.

Patrizio: Oh, allora per la cena mensile facciamo sabato prossimo?
Francesca: Sì, confermo. A casa mia.
Patrizio: Senti, dato che l'universo mi sta premiando un botto in questi giorni, ti dispiace se vengo con due fidanzate, io? Non so proprio decidere fra la mora e la bionda... 😛
Francesca: A parte che sei il solito pessimo. A parte che non capisco cosa c'entri l'universo... A parte questi due aspetti che già non mi sembrano di poco conto: cazzo, sono vent'anni che c'è la regola che alle nostre cene mensili non sono ammessi fidanzati e fidanzate, more o bionde che siano... 😛

Al supermercato sotto casa c'è il delirio. Sta per iniziare una carestia e nessuno mi ha avvertita?

Poco dopo sono davanti al portone. Vivo in un palazzo d'epoca in Via Urbana, zona Monti. Una delle tre zone di Roma che amo fin da quando ero piccola, fin da quando, ai tempi del liceo, mi capitava di fantasticare su cosa sarei stata da grande, o dove avrei vissuto, e sognavo di fare il lavoro che faccio e di vivere proprio qui o negli altri due miei quartieri preferiti, Aventino e Trastevere. E adesso, pensandoci, sorrido: ho avuto tutto quello che desideravo, eppure...

Anche Casetta Mattei, il posto dove sono nata e dove vivono ancora i miei, è una zona che amo da morire, in realtà. Trasuda autenticità e fascino. Fra le crepe dell'asfalto di quelle stradine di periferia c'è della meraviglia, c'è malinconia e c'è poesia. C'è il profumo delle mie cose, lì, quelle dell'infanzia, quelle che mi appartengono, radicate con dolcezza nel mio cuore. Quelle belle. Quelle della mia vita...

Il quartiere dove vivo ora non ha fatto che migliorare negli ultimi anni. Era già stupendo e molto centrale, ma ora qualcuno lo definirebbe esclusivo e cool. Fra le sue strade illuminate dalla luce calda dei lampioni, nei vicoletti con i palazzi antichi, sono nate botteghe meravigliose, che hanno mantenuto e riscoperto l'originalità e il sapore autentico delle cose di un tempo: alimentari, negozi di design, di vestiti vintage o fatti a mano. E poi è pieno di localini carinissimi dove bere qualunque cosa, dalla birra di produzione italiana al rum di livello. E ristoranti di ogni tipo, dal classico un po' fighetto all'osteria romana, dal giapponese all'indiano, al cinese, al vietnamita... E poi le librerie indipendenti, i concept store, le gallerie d'arte. Ecco, qui c'è un fermento stupendo. Insieme alle sue amiche, Giulia, fin da quando era piccola, cioè da quando ci siamo trasferite qui (faceva ancora le elementari...), ama andare a sedersi sugli scalini all'inizio della via, accanto alla fermata della Metro, o qualche volta, ma meno spesso, sugli scalini della fontana di Piazza della Madonna dei Monti. Io faccio finta di non vedere, ma cerco sempre di controllarla, quando posso, anche se lavorando tutto il giorno non è così semplice. Soprattutto negli ultimi tempi è praticamente impossibile starle dietro, viviamo un conflitto perenne, e la cosa mi preoccupa...

* * *

Fernando mi aspetta già davanti al portone, ovviamente.

«Ciao amore, sempre puntuale, eh!» dice dolce, ma con quella costante punta di sarcasmo. È in abito blu e camicia bianca. Fa sempre la sua porca figura...

«Amore, avevamo detto 19-19,20...»

«E che ore sono?» replica allargando le braccia.

«Hai ragione, scusami, ma io non lavoro in banca, io non ho orari...»

«Lo so, piccola. Serena!» Lo dice mentre mi accarezza il viso con la sua solita classe ed eleganza. «Sei tu che mi hai chiesto di venire presto e di non tardare...»

Capisco che è inutile replicare perché sì, ha ragione lui, come tutte le cazzo di volte.

Arrivati al piano, troviamo la porta aperta e vediamo Giulia uscire di corsa, vestita come se dovesse andare a uno di quei party esclusivi, pieni di vip e starlette. È agitatissima.

«Dove vai, Giulia?» chiedo mentre passo in rassegna il suo outfit. Ha un look eccessivo, ma a diciott'anni chi non lo avrebbe? E Dio quanto è bella. E sexy. Poi mi ricordo di essere la madre e dico: «Ehi, dove stai andando?»

«Mamma, sto uscendo!» mi urla frettolosamente senza fermarsi. Sembra quasi sorpresa di vederci.

«Lo vedo!» rispondo. «E perché?»

«Alessandro mi porta a cena fuori!» E per un attimo si ferma per puntarmi addosso quei suoi occhi verdi e blu e tutte le altre infinite sfumature che stanno in mezzo.

Quei suoi occhi identici ai miei, se non per il taglio, più simile a quello del padre. Noi due, così uguali e a volte così lontane... Ha la pelle color latte, le labbra dolci e rosa, un nasino piccolo e perfetto, capelli lisci e castani, lunghi e morbidi come la seta. È alta, magra, ma con le forme al punto giusto, non eccessive.

Siamo simili, sì, ma lei è mille volte più bella! Sembra una modella. E potrebbe esserlo senza problemi, in effetti. È da quando è piccola che riceviamo proposte, ma non è mai stata interessata.

E poi ha quello sguardo... C'è nascosto un intero universo dietro. Un universo di gioia e dolore che prima conoscevo alla perfezione e di cui ora quasi non so più nulla. E questo mi dilania. È uno sguardo dolce, bello e malinconico, deciso e al tempo stesso fragile: sembra sfidarti e poi chiederti aiuto, non sai mai se sta per sciogliersi in una risata o esplodere nel pianto. È profondo e sensuale, etereo, inafferrabile, puro e ambiguo, uno sguardo speciale che non so più decifrare nemmeno io, e che, incastonato in quel volto, la rende una creatura magica: donna e bambina allo stesso tempo, inafferrabile, quasi impalpabile.

Capisco che faccia impazzire gli uomini. Ma è mio dovere proteggerla, per quanto posso. Anche se non so più da dove partire o da dove ricominciare con lei, né dove e quando ci siamo perse...

«Ma non dovevate vedervi per una passeggiata dopo cena?» provo a obiettare.

«Sì, ma poi abbiamo cambiato idea! È un problema? Ho finito da due giorni gli esami di maturità! E sono andata bene! Lo sai quanto ho studiato. Lo sai quanto sono stata sotto pressione! Non merito un po' di leggerezza?» mi domanda irritata.

«Lo so che non è stato facile, e che sei andata alla grande, amore», cerco di recuperare. Poi aggiungo: «Anche se con Alessandro ti sei vista spesso, eh...» E continuo: «E non è un problema se esci, Giulia, lo sai... ma sono tua madre e vorrei saperle prima certe cose. Io e Fernando ci siamo scapicollati per tornare a casa prima del solito. Me lo avevi chiesto tu! Ricordi?»

«Oddiooo che pesantezza... Perché devi essere sempre un macigno, mamma? Stai diventando come lui!» dice lanciando un'occhiata a Fernando, di cui non ha mai tollerato l'eccessiva pignoleria.

«Non ti permettere di rivolgerti così a Fernando!»

«Il rispetto delle regole è il primo atto della buona convivenza, Giulia», la ammonisce lui senza scomporsi minimamente. «È una questione di civiltà e attenzione per il prossimo.»

«Lo so, lo so, Fernando», intona Giulia, di nuovo improvvisamente calma, abbracciandolo e dandogli un bacio sulla guancia. «Hai ragione, lo sai che ti prendo sempre in giro! Mi perdoni?» Sa essere una grande paracula quando vuole...

«Mezzanotte a casa!» le dico mentre la guardo scomparire dietro le porte dell'ascensore, intenta a specchiarsi in cerca di un'ultima conferma della propria bellezza.

«Mamma, ho diciotto anni, non dieci!» la sento protestare a porte ormai chiuse.

«Diciotto, non trenta!» ribatto all'istante, mentre ormai l'ascensore attraversa i tre piani sotto di noi.

Come quell'ascensore, sento che Giulia si sta allontanando da me. Mi sfugge. Io so di non essere come Fernando, ma un genitore come può rinunciare ad avere il controllo della vita dei suoi figli? Succede tutto così in fretta, troppo in fretta. Di questo ne sono certa: solo quando si diventa genitori si comprende cos'è realmente la paura. Lasciare le mani di tua figlia e guardarla camminare e cadere senza intervenire, perché è solo cadendo, solo sbucciandosi le ginocchia, che si impara a piantare bene i piedi per terra. Ma a volte non intervenire, limitarsi a guardarla un po' più distante, senza per forza gettarsi incontro urlando: «Attenta amore!» è la cosa più difficile del mondo. Eppure a me quell'Alessandro non convince per nulla. Non mi piace. È troppo grande per lei. E non mi piace come la tratta. E non mi piacciono i suoi modi da spaccone, le sue auto sportive e i suoi orologi di lusso. Sono pronta a scommetterlo, la farà soffrire.

Mi giro verso Fernando e lo guardo, senza sapere esattamente cosa dire.

«Cenetta a due?» propone lui con un sorriso largo e rassicurante.

Lo abbraccio, gli do anch'io un bacio sulla guancia, senz'altro più sincero di quello di Giulia, ed entriamo in casa. Appena mi richiudo la porta alle spalle, ricevo un altro WhatsApp di Emma.

Emma: Non per ammorbarti, ma io sono rimasta senza fiato e sai benissimo che ho sempre storto il naso davanti

ai sentimentalismi. Ma un po' perché in questo periodo non so cosa mi succeda, un po' perché questo è bravo, oh... Devi leggerlo, si chiama Tisbe. È un altro poeta di Instagram, l'ho scoperto grazie a tua figlia.
Emma: Eccolo...

Che poi l'amore per me è neve, quella che guardi a bocca aperta fuori dalla finestra, mentre sei a casa, al caldo, e si appannano un po' i vetri. La vedi cadere e posarsi sul mondo con quella dolcezza, quella bellezza, quella potenza devastante, dirompente. L'amore fa così, arriva in modo dolce e si posa su ogni centimetro della tua vita. E tu resti immobile, impotente. Come nell'incantesimo più magico e meraviglioso della storia.
Che poi per me l'amore è quando spegni la luce ma vedi ancora i suoi occhi celestiverdiblu, è quando premi 'Stop' ma la musica non si ferma. E ti suona nel cuore.
L'amore è prendersi per mano, farlo in penombra, restare abbracciati per ore ascoltando quelle canzoni che vuoi farle ascoltare per farle capire in quanti modi la pensi, quali parole le sussurreresti, dove vorresti portarla, quante stelle ha acceso nel tuo cielo. E che vorresti passare la vita con lei.
E poi l'amore è litigare di brutto, per poi trovare una scusa per fare pace, pace, dai facciamo pace?
L'amore è andarsene via per sempre e cercare qualunque strada per tornare a riprenderla.
L'amore è urlarsi addosso: Ti odio, che poi, dai, si sa che significa solo una cosa: Ti amo.
Ti amo da morire.

3

Quando tu non ci sei sento un buco nel petto

Il quaderno di Giulia

Roma, sabato 29 giugno 2019
Ore 03.45

Oggi pomeriggio, prima che Ale mi passasse a prendere, insieme a Marti, Noemi e Cate abbiamo parlato della vacanza. Eravamo sugli scalini della mia via, come quasi tutti i giorni. Amo quegli scalini per mille motivi, perché ci sono cresciuta – insieme alla mamma siamo venute ad abitare qua che facevo le elementari – e perché è il posto dove andiamo da sempre io e le mie amiche, le mie persone, le mie sorelle. Quell'angolo per noi è magico, è un pezzo del nostro cuore. E poi lo amo anche perché è vicino all'entrata della Metro. E da sempre adoro osservare tutta quella vita scorrere, andare, tornare, esplodere: mi faccio mille viaggi, mille domande, mi chiedo dove andranno tutte quelle persone, gli amanti, gli innamorati, gente in abito elegante e con la valigetta che forse sta andando al colloquio più importante della sua vita, o lo sta mancando... E lo fa passandomi di fianco, un po' come quando di notte passa un aereo illuminato e comincio a chiedermi chi sono e dove andranno le persone a bordo: se sono innamorate, se hanno trovato l'anima gemella, la persona della loro vita, se la stanno cercando, se magari è seduta accanto a loro, due posti più avanti, e nonostante questo non si incontreranno mai, o se forse quell'aereo le sta portando proprio lì da lei. Ecco, la sensazione che provo da questi scalini, mentre guardo entrare e uscire persone nella Metro, è la stessa: veder scorrere un frangente prezioso della loro esistenza, momenti che forse precedono quelli più importanti di una vita. O forse no. E nel frattempo io mi sto fumando una sigaretta di nascosto da mamma, che sa che fumo ma non vuole vederlo, come fa con molte altre cose. Ma questo è un altro discorso...

Oggi sugli scalini c'era una scritta nuova, un pensiero lungo, col pennarello nero:

> Comunque io lo sapevo quando piangevi per rabbia, perché ti sentivi ferita, perché ti eri sentita tradita...
> E allora piangevi mentre io ti dicevo che ti amavo da morire, che eri tutta la mia vita, e ti chiedevo di perdonarmi, se potevi...
> Piangevi mentre ti dicevo che l'amore era anche quello: perdere la testa, fare cose stupide.
> Piangevi perché avresti voluto dirmi: «Ti amo, ti amo anch'io da morire!» ma non riuscivi a dirmelo per via del tuo orgoglio. E allora piangevi...
> Io ti dicevo che eri la mia vita e tu, tu in silenzio piangevi...

Mi ha fatto riflettere un sacco, anche su Ale. Quante volte sorrido ma non sono felice? Per dire, so che fa ancora lo scemo con le altre ragazze. Non ho le prove, ma lo so, lo sento, è come un taglio che sanguina lentamente e ogni volta brucia di più. Però poi lui sa essere anche così dolce, così sexy e intrigante, e mi dice delle cose che mi rassicurano sul fatto che mi ami e che stia facendo sul serio, come questa sera. Quindi gli perdono sempre tutto, perché perdonarlo mi rende felice e mi tranquillizza, e allontana da me la paura che fra di noi possa finire. Forse si approfitta del fatto che sono più piccola e follemente innamorata.

E niente, ho ripensato a quella scritta, era firmata da un tale Rareza, e accanto c'era una sorta di simbolo disegnato con il pennarello rosso, una farfalla stilizzata. E mentre la leggevo, sentivo un magone...

Sono le 3.45 e suonano i Negramaro con *Per uno come me*. Poco fa, mentre aprivo il mio quaderno per iniziare a scrivere, Alessandro mi ha mandato il messaggio della Buonanotte, usando le parole di Laura:

> Alessandro: Buonanotte a te che lo ami perché sai che i suoi occhi, il suo odore, la sua pelle e il suo sguardo... sono i tuoi occhi, il tuo odore, la tua pelle e il tuo sguardo!

È da quando ero piccola che dicono che io sia bella. E crescendo la cosa non è cambiata. Non avevo nemmeno quattordici anni e già mi sentivo addosso gli sguardi dei ragazzi. E non solo dei ragazzi...

Un paio di volte mi hanno proposto di sfilare, e molte altre di posare per shooting fotografici. Dicono che io abbia una bellezza speciale, che potrei arrivare lontano in quel campo. Ma non è quello il campo in cui voglio arrivare lontano. Non m'interessa. Ovvio, la bellezza non mi dispiace affatto. È un regalo immeritato, e ringrazio il cielo e madre natura per avermela donata, ma io so di poter dare molto di più, so che non è su quello che punterò la mia vita. Ho preso da mamma. Anche lei è bellissima, lo è sempre stata, il mio clone praticamente. Cioè, sono io il suo, ma vabbè...

E comunque nonostante mamma sia tanto bella non ha avuto tutta questa fortuna con gli uomini, in amore...

Mentre leggo la Buonanotte che mi ha inviato Ale, capisco quanto conti poco essere belli se poi si è tanto fragili... Nessuno come lui sa farmi sentire una regina e, subito dopo, la ragazza più insicura dell'universo!

Questa sera abbiamo cenato da *Evangelisti*, un posto che adoro in Via Tomacelli, con una terrazza pazzesca, le luci soffuse e l'arredamento di alto design. Ero troppo emozionata. Siamo stati bene, anzi di più, mi ha portato una rosa e mi ha detto che non ha mai provato per nessuna quello che prova per me, che quando lo guardo con i miei occhi si sente senza difese, come se fosse nudo. E io sono arrossita.

Dopo siamo andati da lui, ha una mansarda a Trastevere, in Via del Moro. Il balcone affaccia proprio su Piazza Trilussa e su Ponte Sisto, che spettacolo! Lo abbiamo fatto, io sono morta. Quando lo facciamo sento che non è solo sesso, e che molto spesso quei suoi atteggiamenti da stronzo sono solo una maschera, perché lui è quello che mi accarezza il viso mentre è dentro di me e mi chiede: «Stai bene, amore mio?» E mentre me lo chiede mi guarda negli occhi, con quei suoi occhi neri e senza fondo.

Prima di venire è uscito e gliel'ho preso in bocca, e niente mi fa sentire meglio che essere qualunque cosa io voglia essere, purché sia con lui.

Ha un modo di fare, di baciarmi, di guardarmi, che mi fa perdere ogni riferimento, e tutte le volte mi perdo, mi sento felicemente smarrita. Ora, in camera mia, mentre scrivo e ci ripenso, mentre in cuffia suona *Quelli come me* dei Modà, è così che mi sento: persa, persa di lui. Persa nel suo odore che ho ancora addosso, nascosto fra i capelli. Persa nei suoi occhi dai quali non sono mai veramente uscita dal giorno in cui hanno incrociato i miei. Persa, e ogni volta ritrovata dalle sue mani che mi sfiorano, mi toccano, si insinuano, mi mandano in tilt, mi fanno venire i brividi.

Questa sera mi ha detto che vede un futuro con me, e io ero al settimo cielo. La nostra differenza di età è solo un numero, e a noi i numeri non fanno paura. I muri, fanno paura. I mostri e i fantasmi, fanno paura. I numeri no, con i numeri conto i secondi che mancano a quando lo rivedrò.

Ho scritto queste parole per lui:

> Io quando tu non ci sei, ecco, sento un buco nel petto che potrebbe passarci un treno con tutto il dolore del

mondo dentro, perché senza di te, senza le tue mani sulle mie e sulla mia pelle, senza i nostri occhi che si cercano, senza i baci sul collo e gli sguardi addosso così tanto pesanti ed emozionanti che ogni volta vorrei piangere dalla gioia, ecco, senza tutto questo la mia vita scorre come una canzone senza musica, come un ritornello che non funziona, come la neve senza il candore, come la notte senza le stelle e la pelle senza l'odore. Senza di te la pioggia non batte sui tetti, e i vetri non si appannano mai, e io non posso scriverci col dito che ti amo così tanto che mi manca il fiato.

Io quando tu non ci sei, cazzo, vorrei sorridere lo stesso, ma non è possibile, e vorrei dormire, ma non riesco, e vorrei uscire a ridere con le amiche, ma, senza di te, non sorrido mai.

Io quando tu non ci sei spengo la tv.

Io quando tu non ci sei ascolto musica che suona il tuo nome.

Io quando tu non ci sei spengo le stelle a parte una, poi la butto giù ed esprimo un desiderio.

Io quando tu non ci sei, ecco, manco anch'io. Non ci sono nemmeno io. Perché senza di te, quando tu non ci sei, non c'è nessuno. Non c'è niente...

Mi ha riaccompagnata a casa alle 2, e mamma ovviamente era sveglia ad aspettarmi in cucina. Naturalmente ha iniziato a sbraitare, e a rompere le palle. Ma perché non mi lascia vivere? Avrà avuto la mia età pure lei, no? Comincio a pensare che mio padre, quello stronzo che non ho mai conosciuto, ci abbia abbandonato con qualche ragione, cazzo. Se anche con lui mamma era così, ci credo che si sia esaurito e abbia mollato la presa.

Ho appena letto un post di Tisbe...

Vorrei venirti a prendere e scappare da tutto, ti porterei al mare...
Io, te, il vino, i nostri sguardi, le nostre mani, e un abbraccio infinito.
Vorrei farti sentire protetta.
Vorrei farti sentire quanto ti amo.
Vorrei farti capire quanto vali.
Vorrei venirti a prendere adesso...

Quanto lo vorrei anche io! È l'uomo più romantico del mondo... E come scrive! Mi ha promesso di farmi visitare la piccola casa editrice specializzata in letteratura per ragazzi nella quale lavora come editor, la prossima volta che ci vediamo. Gli ho fatto leggere alcune cose che ho scritto nei mesi precedenti al nostro incontro e dice che sono brava, che sono portata. Secondo lui ho stoffa, insomma. Mi trasmette sempre così tanta serenità e fiducia in me stessa... Del resto anche lui secondo me ha davvero talento come scrittore, il suo profilo Instagram in pochi anni è diventato un cult sulla Rete, tutti lo citano o usano le sue frasi, qualcuna addirittura se le tatua.

Ora chiudo il mio quaderno ed esco a fumare sul balcone. Anche stasera quel rompipalle di Fernando si è fermato a dormire e se sente odore di sigaretta è capace di dare in escandescenze alle 4 di mattina. Cosa diavolo ci trovi in lui, mia madre, ancora non l'ho capito. E secondo me nemmeno lei...

4

Io comunque a quella favola dell'amore che vince su tutto, ci credo...

Capo d'Orlando, lunedì 21 luglio 1997

«Io comunque a quella favola dell'amore che vince su tutto, ci credo...» Lo dico e guardo Andrea negli occhi, dopo un lungo e meraviglioso bacio al sapore di salsedine.

Il campeggio dove abbiamo piazzato la tenda è proprio sul mare, il fantastico mare siciliano di Capo d'Orlando.

Andrea ha ancora i capelli bagnati e alcune gocce gli attraversano il viso rendendolo ancora più bello di quanto già non sia.

«Anche io, Franci!»

«Sul serio?»

«Sul serio.» Mentre lo dice guarda pensieroso le onde infrangersi sul bagnasciuga. «Un giorno vorrei portarti lì...» Indica un punto indefinito nel mare, e diventa improvvisamente malinconico.

«Lì dove, amore?»

«In un'isola solo nostra, là giù, dopo l'orizzonte... è un'isola che non conosce nessuno!»

«Ok...» rispondo abbandonandomi sul suo petto, «e come si chiama questa isola?»

«È un segreto...»

Lo fisso negli occhi e lui ci mette un po' a distogliere lo sguardo dall'orizzonte, dalla *nostra* isola senza nome, per incrociare il mio. Ogni volta che i suoi occhi si posano su di me mi fanno sentire come in un incantesimo di bellezza. «Ti amo da morire, sei la mia vita!» gli dico.

«E tu la mia.»

«Giurami che quando andrai su quell'isola segreta che conosci solo tu, mi porterai con te!»

«Quando amiamo qualcuno non possiamo separarcene mai, non lo sai? Anche se ci forziamo a farlo, anche se proviamo a combattere quell'amore, alla fine resta sempre dentro di noi, e più cerchiamo di allontanarci da lui, più lui si insinua in ogni cellula del nostro corpo, in ogni centimetro delle nostre ossa, in ogni sguardo, in ogni profumo, odore, in ogni tramonto. In qualunque posto andiamo, lui è lì, meravigliosamente ovunque...» Poi aggiunge, facendomi una carezza dolcissima sul viso: «Ora ti racconto un segreto... 'Vorrei un amore che profumi di bucato della nonna. Semplice, vero. Autentico. Per un amore così, rigirerei l'universo'». Mi guarda dritto negli occhi, in un modo che mi sento morire. «Mi ripetevo sempre questa cosa, prima di incontrarti...»

«Sì?»

«Sì...»

«E adesso?»

«E adesso, amore mio, l'universo sta tremando...» E

mentre lo dice, anche il mio cuore trema. Poi si avvicina, mi sorride. Io sento il cuore in gola. E poi mi bacia ancora.

C'è un po' di vento, quello bello, quello che ti soffia addosso e ti ricorda che la vita sa accarezzarti con una brezza di magia. E, ne sono certa, senza Andrea questo soffio di bellezza che mi attraversa il corpo come un brivido non esisterebbe.

Sono solo nove mesi che siamo insieme, ma io vorrei già passarci il resto della mia vita.

Prima di dormire, esco a fumare una sigaretta e lascio Andrea in tenda, nella nostra canadese verde biliardino, mi siedo su una sediolina in tela, di quelle pieghevoli, e guardo il cielo.

Ripenso al mio professore di Economia. Durante una lezione, poco prima che partissi, ci ha detto che l'amore è un'illusione, di non impostare la nostra vita su questa favola creata ad hoc un po' come la religione, che contano solo la concretezza, i numeri, le cose che sommate danno sempre lo stesso risultato.

Io invece dico: ci sono due stelle in cielo che si cercano, si attraggono. Non saremo certo noi con la nostra disillusione, con il nostro disincanto, con i nostri consigli privi di empatia, con le strategie basate su utilità e dinamiche lontane dalla nostra felicità e dal nostro cuore, non saremo certo noi a fermare questo miracolo. Non riusciremo in nessun modo a spezzare il loro incantesimo d'amore.

Siamo io e Andrea, le due stelle...

5

Quando sei gelosa è perché qualcuno non ti sta prendendo per mano

Il quaderno di Giulia

Roma, venerdì 5 luglio 2019
Ore 02.45

Mentre scrivo suona *Brioschi* con Franco126.

Ale non mi ha chiamata, mi aveva detto che lo avrebbe fatto, e che forse sarebbe passato a salutarmi un attimo sotto casa, ma niente, ho provato io a chiamare e il cellulare era sempre spento. Domani mi dirà che ha avuto da lavorare, con le sue pubbliche relazioni, gli incontri, eccetera... Lavora come PR nelle discoteche, è uno dei più forti, lo conoscono tutti a Roma, e ha sempre mille donne intorno. Donne, donnine, galline del cazzo che cercano solo una cosa! E a lui, anche se dice di no, so che non dispiacciono affatto. Del resto lo sapevo in cosa mi stavo mettendo quando abbiamo iniziato a frequentarci. Glielo spaccherei a volte quel telefono quando suona di continuo mentre io cerco un po' di magia fra di noi, mentre gli chiedo se gli sono mancata, o quando lui mi sta dicendo cose dolci che mi fanno sognare... Arriva sempre un messaggio o una telefonata a rovinare tutto!

Senza parlare del suo Instagram... Mi fa impazzire leggere certi scambi. E poi mi ritrovo lì a controllare tutti i *mi piace* delle altre, ad andare a guardare il profilo di quelle di cui sospetto o che non mi convincono, per vedere se trovo *like* o commenti suoi. E troppo spesso li trovo! E sento il fegato che si contorce, si corrode, sento una rabbia assurda, muoio di gelosia. Mi fa sentire insicura. Dice di amarmi, ma poi fa così.

Se penso che una di quelle sceme che ora gli gira intorno, Debora, la consideravo un'amica, ovvio, non come Marti, Cate e Noemi, ma comunque mi ero aperta, le avevo raccontato di Ale, di quanto fossi persa per lui... E lei si è rivelata una stronza, meschina e falsa: ha fatto squadra con lui, e ha cercato pure di coprirlo quando, all'inizio, mi ha tradita. Sono sicura che ci vorrebbe stare lei al mio posto, se già non c'è stata... Che merda! Sappiamo di poterci fidare di così poche persone che mi maledico per ogni apertura concessa a chi non la meritava.

Gli amici, quelli veri, quelli onesti, quelli sinceri, io li so riconoscere, li so sentire. Al di là del buon viso a cattivo gioco, al di là del fatto che vi faccia credere di avervi creduto, o di aver creduto nella vostra lealtà, io lo so da che parte state, e se state dalla mia, lo sento nel cuore, se siete complici di chi mi ha ferita, ecco, lo sento sempre lì, nel cuore...

Comunque, quando sei gelosa hai un pensiero fisso, non sei lucida, il sangue ti ribolle nelle vene mentre la rabbia, l'angoscia, l'ira e la fragilità si rincorrono, prendono prima una e poi l'altra lo scettro della regina dei sentimenti che governa i tuoi pensieri. Ed è terribilmente umiliante sentirsi così debole, così schiava delle tue stesse emozioni, di quelle pulsioni che non puoi controllare.

Quando sei gelosa non senti ragioni, fai cose stupide, dici cose stupide, mandi tutto all'aria, pronunci parole di cui poi, lo sai, ti pentirai. Lo sai, ok, ma lo fai lo stesso.

Quando sei gelosa, qualunque donna è una minaccia, qualunque donna, ai tuoi occhi, è più bella di te: chiunque ha qualcosa che a te manca, ti chiedi se il tuo look sia quello giusto, o se il tuo approccio non sia da 'sfigata'. La gelosia ti annebbia la vista, ti fa dubitare di tutto, persino di te stessa, del tuo carattere, del fatto che tu possa essere o meno interessante, non abbastanza colta, non abbastanza bella e intelligente.

Quando sei gelosa è perché hai un vuoto dentro, un buco, delle mancanze, è perché hai già sofferto tanto, è perché qualcuno in passato ti ha già fatto male, è perché qualcuno in passato ti ha già ingannata.

Quando sei gelosa è perché qualcuno non ti sta prendendo per mano, non ti sta rassicurando sul fatto che sei speciale, che sei l'unica, per lui, oltre a essere unica, per tutti...

Quando sei gelosa è perché ami da morire qualcuno che dice di amarti ma non ti mette al centro del suo universo, al centro del suo cuore, al centro della sua vita. E non ti protegge e custodisce come dovrebbe. Come si fa con le persone che amiamo.

Quando sei gelosa è perché sei insicura, e vorresti solo piangere.

Quando sei gelosa è perché *qualcuno* ti rende insicura. E non ti ama abbastanza.

Parlando di amiche... Quello che mi rasserena è sapere che Marti, Noemi e Cate non mi tradiranno mai.

«Di certe persone ho amato il momento in cui hanno smesso di essermi amiche», ha detto ieri Cate mentre si parlava di quelle di cui pensavamo di poterci fidare e invece si sono rivelate delle serpi. Lo ha detto mentre eravamo al terzo shottino, e siamo morte dal ridere! E poi quanto è vero, cazzo! Il regalo più bello certe 'amiche' te lo fanno sparendo per sempre dalla tua vita...

E comunque con loro tre mi diverto troppo, anche quando sono triste o nervosa. Ieri sera, per esempio. Ci siamo messe a cantare come sceme in giro per il quartiere. Prima abbiamo bevuto sui *nostri* scalini, poi siamo andate a fare il giro della morte: abbiamo girato tutti i localini e i bar della zona bevendo shottini, partendo da Piazza della Suburra, arrivando al Colosseo, per poi concludere la serata bocconi sotto la fontana di Piazza della Madonna dei Monti, dietro casa. Quante serate abbiamo passato in questa piazza, nei localetti qui vicino, e sugli scalini della fontana, secondi solo ai *nostri* scalini...

Comunque, abbiamo girato sempre a piedi, urlando a squarciagola canzoni di Ultimo, di Tiziano Ferro, dei Negramaro, di Sfera, Ghali, di Franco126, Vasco, Baglioni e Marco Mengoni...

Quando incrociavamo gruppi di ragazzi che iniziavano ovviamente a provarci e a fare i piacioni, loro tre, stronzette, gli davano spago. Martina ha pure rimediato il numero di un figo pazzesco. Caterina di numeri ha fatto collezione. Ha detto che solo uno gli piaceva, gli altri li ha presi così, per il gusto di farlo... che pazza!

Io ho riso tanto, e per un attimo mi sono tolta di dosso quella sensazione negativa: per un attimo Alessandro non ha dominato i miei pensieri...

Una cosa che mi mette davvero di buon umore è che domani verranno tutti a cena! Giorgia, Elisa, Emma, Marco, Patrizio e Diego. I nostri amici di famiglia, la nostra famiglia! Per me sono tutto, loro. Sono i miei zii, i miei complici, la fonte di calore che non si raffredda mai e che mi scalda da sempre, fin da quando ero piccola. Senza di loro sarebbe tutto meno bello.

Leggo un post di Tisbe:

> Questa notte ti ho sognato, eravamo su un prato, uno di quelli in cui l'erba cresce alta, quelli pieni di poesia. Camminavamo prendendoci per mano, e intorno non c'era più niente, nessun rumore, nessun rancore...
> E tu non avevi più paura. Forse perché io non lasciavo la tua mano.
> «Non la lascerai mai, vero?» mi hai chiesto.
> «Non la lascerò mai, è vero», ho risposto.
> E ricordo che, nel sogno, ho pensato: Non la lascerò mai, fino a che tu vorrai che sia così. Fino a che non sarà la tua mano a lasciare la mia...

E poi un altro che mi fa piangere:

Ehi amore, poi l'ho trattenuta tutta dentro al mio cuore la nostra bellezza. La porterò con me, mi sarà utile quando il mondo, ancora una volta, mi mostrerà la sua parte peggiore, quando arriveranno altri colpi a piegarmi, a scavarmi dentro.
Sai, a volte ti immagino entrare all'improvviso in casa, con quel sorriso che più che un sorriso è il sole di notte, un miracolo, la mia fortuna più grande. Con quello sguardo felice di quando eri bambina. Quello sguardo capace di diventare malinconico come la neve sul mare d'inverno. Succede quando i tuoi pensieri si posano su problemi che non ti senti in grado di risolvere, su tutti quei calcoli che non tornano mai, su quei muri che non siamo stati in grado di buttare giù.
Senti amore, ti dico una cosa: noi staremo sempre insieme, anche se il mondo non vuole. Ti tengo la mano anche adesso che l'universo si sta rivoltando, e te la terrò per sempre, anche quando cadranno le stelle e il cielo sarà attraversato da tramonti mai visti. Anche quando il mio ricordo tornerà a trovarti con un po' di dolcezza, anche se solo di rado: io sarò sempre lì, a sussurrare a quel vento che ti muove i capelli che ti amo come non ho mai amato nessuno.
Ecco amore, volevo dirti questo. Io ci sarò. Ti abbraccerò da dietro, di notte, quando ti sentirai sola, quando ti sentirai persa, quando ti sentirai umiliata da chi non ti ha capita e non sa quanto vali e che tesoro ha accanto. Quando avrai freddo, quando sognerai una vita diversa, e quando per un attimo i tuoi pensieri voleranno di nuovo da me, io sarò lì amore mio, te lo giuro, a proteggerti come ho sempre fatto, a credere in te. E poi sorriderai...

Quanto amore ha nel cuore? Quanto deve aver sofferto anche lui. È sempre così chiuso e introverso. Così dolcemente ripiegato su se stesso, con gli occhi sbarrati davanti allo spettacolo oscuro del suo dolore, della sua malinconia e di chissà quali segreti e cose inconfessabili del suo passato. È come se potesse ogni volta attingere da un serbatoio di esperienze e di cicatrici, di gioie amare e dolori dolci che lo hanno trasformato in quell'anima schiva e gentile che solo i suoi occhi sanno raccontare in modo ancora più sincero della magia che nasce dalle sue parole. Sì, perché le sue parole sono uniche. È come se, nelle sue mani, in quelle frasi che solo lui riesce a modellare, le parole non fossero mai state utilizzate da nessun altro prima di lui. Come se ogni volta le reinventasse.

Ieri mi ha telefonato per farmi un saluto, abbiamo parlato tanto, gli ho raccontato di Ale e dei suoi atteggiamenti, di come si comporti e di come a volte mi ferisca, e lui mi ha detto che l'amore a volte fa così, fa casino. Ma mi ha anche detto che se lui non mi rispetta e non mi ama, se non ha davvero a cuore il mio bene e la mia felicità, allora non vale la pena di stare lì a elemosinare qualcosa che dovrebbe venire naturale. Mi ha detto che io valgo tanto, e che la mia dignità viene prima di qualunque Alessandro dell'universo. Poi mi ha detto che posso contare su di lui, per qualunque cosa, perché si è affezionato tanto a me, e sente che sono un'anima bella e rara. Se non fosse stato sempre così corretto e irreprensibile potrei pensare che faccia il cascamorto, e invece Tisbe è davvero così, un uomo d'altri tempi, una gemma rara. Si integrerebbe davvero alla grande nella nostra famiglia allargata!

La prima volta che ci siamo visti, dopo i primi mesi di

scambi online e lunghe telefonate notturne, mi ha dato appuntamento al Gianicolo, perché è un posto dove ama andare a scrivere e pensare. E ho trovato questa cosa molto bella. Era il 21 febbraio, me lo ricordo perché quel giorno, la mattina, Ale era passato a scuola e mi aveva portato i biglietti per il concerto dei Negramaro, e io avevo iniziato a saltare per la gioia. Tisbe, che in realtà mi ha detto di chiamarsi Fabrizio, aveva un cappotto nero, un maglione bianco a collo alto e i jeans scuri. Con i capelli abbastanza corti e un po' brizzolati, è davvero un uomo affascinante. Mi colpirono le Dr. Martens nere ai piedi. Tanto stile...

Mi colpì anche la sua voce calda e la sua dizione perfetta che non tradisce nessun accento.

Quel giorno mi regalò il quaderno sul quale scrivo quasi tutte le notti. «Ecco», mi disse, aprendomi la mano e posandomelo delicatamente sul palmo. «Così lo abbiamo uguale, solo che il tuo è nero mentre il mio è rosso. Li ho fatti realizzare e rilegare da un artigiano, anni fa, spero ti piaccia. E che possa essere di ispirazione per i tuoi pensieri e di buon augurio per il tuo futuro da scrittrice...»

Sono state queste le parole che mi disse, accompagnate da un sorriso dolcissimo. Rimasi di stucco, emozionata, con un brivido che correva lungo la schiena e gli occhi che si inumidivano. C'era qualcuno che credeva in me, nel mio futuro! C'era qualcuno che credeva nei miei pensieri...

Il quaderno è davvero incantevole, con la copertina in vera pelle, un po' sbiadita, consumata. Vissuta, ecco.

E ha un laccio di cuoio per richiuderlo. La carta delle pagine è ruvida, leggermente ingiallita e soffice.

Ed è grande! Quasi come un A4 e stracolmo di pagine, come un romanzo di quelli lunghi, ecco... Lo adoro, non me ne separo mai!

Quando ci salutammo, quella volta, abbracciai forte Tisbe, senza quasi parlare. Dissi solo: «Grazie!» Lui mi sorrise ancora e rispose che gli amici, quelli veri, non si dicono grazie...

Ad Ale non ho mai detto di averlo incontrato. Ma tanto non capirebbe...

Mamma ieri mi ha fatto davvero incazzare, se ne è uscita chiedendomi se avessi iniziato a vedere qualcosa dei testi universitari di Architettura, e che Fernando ha un amico che fa il tutor universitario con cui posso confrontarmi, se ne sento il bisogno. Ovviamente le ho detto che l'unica cosa che voglio è essere lasciata in pace, uscire con le amiche, con Ale, andare al mare, in discoteca, e concentrarmi su Barcellona. Parto il 21 luglio, la mia prima vacanza da sola, insieme a Noemi, Martina e Caterina! E poi le ho detto che Fernando deve smetterla di tentare di trasferire su di me il suo approccio alla vita, così perfezionista, così schematico, così ossessivo e noioso. E che con quell'atteggiamento ha già rovinato il figlio, che a ventotto anni prende psicofarmaci. Naturalmente mamma ha iniziato a sbraitare, dicendo che non dovevo permettermi di parlare in quel modo di Fernando, che lui lo fa solo perché mi vuole bene e che è orrendo quello che ho detto sul figlio perché so bene che non è così e che con certi disagi si nasce e blablabla... Ma vaffanculo! Molte persone non sanno quasi niente della vita, mettono al mondo figli ai quali fin da piccoli chiedono di essere perfetti. Ma perfetti per chi? Perfetti per loro, forse! La verità è che non capiscono che la più grande forma di perfezione è la felicità, è l'amore. Ai loro figli basterebbe essere amati e sostenuti. E allora sì, allora sì che sarebbero *perfetti*...

Me ne sono andata sbattendo la porta di casa.

So che mamma non è cattiva, e so anche che lei non è così, che quel modo di vedere la vita non le appartiene. E non capisco proprio perché debba recitare la parte della mamma rompipalle, a cosa le giovi. Non abbiamo già sofferto abbastanza cercando di portare avanti la nostra vita senza mio padre? E odio il fatto che mamma non abbia il coraggio di correre davvero incontro alla sua felicità, di cercare l'amore vero a rischio di rimanere sola. Perché deve stare con quell'uomo che non ha nulla in comune con lei? Cosa aggiunge alla sua vita? È così petulante e ottuso! Sarà anche una brava persona, ma che palle! Come fa? Come fa a stare con lui? Davvero è solo perché lo considera un punto di riferimento?

Una volta mi ha addirittura detto che lo faceva per me. Per me? Io voglio stare solo serena. E vorrei vedere serena anche lei.

Dice che non parliamo più, e di cosa cazzo dovrei parlarci? Mi chiede e mi parla solo di cose legate allo studio, al mio futuro universitario se non addirittura professionale, mi rompe se esco con Ale perché è più grande di me e non le piace. Non è onesta con se stessa. Perché dovrei avere voglia di parlarle e di 'comunicare'? Io le voglio bene e so quello che ha fatto per me, ma adesso non ci capiamo più. E questo mi fa stare male anche se lei pensa che non sia così...

Mentre scrivo passa una playlist su Spotify che mi ha girato Caterina:

J-Ax con *Ostia Lido*
Irama con *Arrogante*
Green Day con *Good Riddance*
Ultimo con *La stella più fragile dell'universo*
Ultimo con *Ti dedico il silenzio*
Vasco Rossi con *Stupendo*
Guè Pequeno con *Rose nere*
Guè Pequeno ft. Marracash con *Brivido*
Levante con *Mi amo*
Lucio Battisti con *Il mio canto libero*
Salmo con *90MIN*
Salmo con *Il cielo nella stanza*
Marco Mengoni con *Hola*
Claudio Baglioni con *E tu come stai?*
Claudio Baglioni con *Avrai*
Francesco De Gregori con *Rimmel*
Sfera Ebbasta ft. Quavo con *Cupido*
Ron con *Lasciarmi qui*
Ron con *Io ti cercherò*
Modà con *Tappeto di fragole*

Adesso suona Gemitaiz ft. Venerus e Franco126 con *Senza di me...*

Prima di dormire apro Insta, mi faccio un giro. Vado sul profilo di Ale e mi sale la rabbia: quella stronza gli ha lasciato un commento sotto al suo ultimo post, una foto che ritrae lui e un suo amico al mare: *Ale, sei illegale!*

Mi viene da piangere!

Scrivo nel gruppo WhatsApp che ho con le mie amiche. Ho bisogno di sfogarmi... e infatti oltre a lasciarmi sfogare loro riescono a farmi ridere. Noemi racconta di essere uscita con uno che sudava un sacco e che quando le ha dato la mano gliel'ha completamente inzuppata e, già allora, lei avrebbe voluto scappare. Con loro qualunque cosa diventa la cosa più comica dell'universo...

Poco dopo esserci salutate, Cate mi manda un WhatsApp:

> Caterina: Adesso che stai male, perché lui non ti ha chiamata, perché senti che le cose non vanno come avevi sognato, perché non si sta dimostrando quello che sembrava, quello che pensavi, quello che speravi, ecco, amica, sappi che io ci sono: a prenderti la mano, a parlare per tre giorni di seguito al telefono, a portarti al mare, a bere, a correre di notte per strada, o a mangiare il gelato. O a fare qualunque cosa possa strapparti un sorriso, o alleggerire anche solo un po' il tuo dolore. Tipo restare semplicemente in silenzio, mano nella mano. Ché a volte le parole non servono, soprattutto

fra di noi. Ché a volte, per le persone che abbiamo nel cuore, basta esserci. Basta amarle.
Ché tu sei la mia amica del cuore, la mia persona speciale. Tu sei la mia persona. Quella per cui si resta.
Quella che non si tradisce.
Ed è nei momenti belli e in quelli brutti che ci si dimostra amore, supporto e amicizia.
Io ci sono, dolcissima amica mia.
Adesso.
E ci sarò.
Sempre.

Ho pianto come una bambina, sono così fortunata ad averle...

Poi leggo un post di Laura, e anche questo mi tira un po' su il morale:

> Siamo mente, sogni, occhi che si posano su altri occhi, mani che cercano altre mani, non siamo solo un corpo.
> Io non sono solo un corpo.
> Siamo desideri, speranza, vento in faccia, piedi che danzano sotto la pioggia. Io non sono solo il tuo piacere.
> Siamo rincorse, salite, siamo aquiloni con cui giocare, siamo belle, siamo fragili, e siamo forti. Io non sono solo una donna che è caduta.
> Siamo la nostra felicità, siamo le nostre scelte, siamo l'amore che proteggiamo, e un cuore con qualche ferita.
> Io non sono solo una notte e via.
> Io sono una donna.
> Io sono la notte.
> Io sono la via...

Si sta avvicinando il giorno della presentazione, non vedo l'ora di conoscerla!

Mi scatto una foto per le Storie, in primo piano. Buona la prima, mi piace la mia espressione, credo che sia sexy. Metto il filtro bianco/nero, mentre suona *Stanza singola* di Franco126 ft. Tommaso Paradiso, e scrivo:

> Come può essere amore se vi manca di rispetto o è disposto a perdervi?
> Pensateci.
> Al contrario, significa due cose.
> Uno, non vi ama.
> Due, non vi amate.

6

Allora perché ogni tanto te ne vai?

Roma, sabato 6 luglio 2019

Entro, poso le chiavi sul mobile dell'ingresso, poi mi sfilo le scarpe e le abbandono sui listoni del parquet che io e Giulia, al tempo, abbiamo scelto dopo aver passato in rassegna fino all'ultima venatura del legno. Vado in cucina, prendo una bottiglia di rosso dal frigorifero e mi verso un calice, posandolo sull'isola sopra cui la mattina facciamo colazione. E finalmente arriva il momento più bello, quello in cui mi lascio cadere sul divano e guardo fuori dalla grande finestra della sala, completamente immersa nella luce unica del cielo di Roma. Vivere all'ultimo piano ha il suo perché... Però il godimento dura poco, perché mi devo rimettere subito in moto, devo sistemare tutto!

«Giulia, sai dove sono le tovagliette nere in pelle?» le chiedo, ma sono costretta a urlare perché è chiusa nella sua camera: sento andare a basso volume le note di Vasco, con *Sally*...

«E perché dovrei saperlo?» risponde scocciata.

«Ma ti gira ancora per la storia del tutor universitario? Era solo un'idea, eh! Un modo per aiutarti...»

«La prossima volta che volete aiutarmi portatemi il mio gelato preferito, grazie! E comunque, no, non so dove sono le tovagliette! Ora se non ti dispiace, sono al telefono con Marti... Grazie!»

«Vai a fare del bene... Ok, ok... Scusi il disturbo, signorina...»

Che caratterino.

Mancano solo gli ultimi dettagli, le candele profumate, la playlist su Spotify. Questa volta toccava a me organizzare la cena a casa, e ci saranno tutti: Diego, Emma, Marco, Giorgia, Patrizio, Elisa e ovviamente mia figlia Giulia. La mia famiglia allargata. Ci vediamo spesso, a volte con uno, a volte con l'altra, ma ci siamo promessi di stare almeno una volta al mese tutti insieme, sempre a casa di uno diverso. E quel giorno, per me, è sempre il più bello del mese!

Non mi resta che posizionare le due casse Bose sulla libreria.

Per fare spazio, sposto alcuni romanzi, soffermandomi con calma sulle copertine e sui dorsi di alcuni volumi, ed è allora che lo noto. Nascosto fra Cormac McCarthy e Joan Didion, è un libricino esile, non più di trenta pagine...

Lo fisso, e anche se non vorrei, i miei occhi diventano lucidi.

Di quel giorno di quasi vent'anni fa ricordo ogni singolo istante, come se fosse accaduto oggi, come se fosse accaduto mezz'ora fa.

Era il 5 febbraio 2000, un sabato. Con Andrea avevamo deciso di andare a Modena per salutare un suo amico che sarebbe partito qualche giorno dopo per la Danimarca. Lui era tornato tardissimo a casa, all'alba. Era andato dai suoi, e quando era dai suoi c'era sempre qualcosa che si guastava dentro di lui, tornava sempre così triste...

Avevamo appena finito di fare colazione, Andrea era seduto sul divano, leggeva quel libricino di poeti africani che avevamo comprato insieme in una piccola, storica libreria di Bologna. Lo teneva con la sinistra, mantenendolo aperto con il pollice, e con la destra fumava la sua Marlboro, gli occhi neri e i capelli lunghi legati con un elastico, la pelle dorata, le spalle larghe. Indossava una T-shirt bianca scollata, sfibrata, e sotto soltanto i boxer morbidi a quadretti che usava in casa e che lasciavano scoperte le gambe affusolate ma muscolose, merito del pugilato. Ogni tanto alzava la testa per guardarmi e gettava fumo in aria. Quei suoi occhi magnetici, dolci, stupendi, che sapevano regalarti quegli sguardi allo stesso tempo teneri, erotici e da figlio di puttana. Lo guardavo incantata, speravo che quella favola di lui vicino a me non finisse mai, perché tutte le volte mi mancava il fiato...

«Ma tu mi ami?» gli avevo chiesto accennando un abbraccio e sedendomi accanto a lui.

«Perché me lo chiedi? Certo che ti amo, Franci», aveva risposto guardandomi per un attimo per poi tornare sul libro.

«Perché a volte ti sento così lontano, così distante... E no, non è ovvio!»

«Sì che ti amo...»

«Allora perché ogni tanto te ne vai?»

«Amore, lo sai. A volte succede che ho bisogno di stare da solo, tu non c'entri! E poi quando me ne vado, vado dai miei...»

«Andrea, in passato non sei stato solo dai tuoi quando te ne sei andato...»

«Era agli inizi, e poi non è più successo, mi hai lasciato tu due volte, te lo sei scordata?» L'aveva detto dopo aver soffiato in aria il fumo di un altro tiro di sigaretta, per poi rivolgermi uno di quei sorrisi che mi facevano fermare il cuore tutte le volte.

«Ti ho lasciato perché continuavi a vedere e sentire le tue ex, te lo sei scordato?» Avevo accennato anche io un sorriso, meno bello ed efficace del suo.

«Le vedevo e le sentivo, Franci, non ci sono stato! E poi pensavo fossero cose superate, ormai...»

«Sì, ok, sono superate ma io ci sto ancora male. E comunque intendevo quando te ne vai, quando non ci sei con il pensiero, con la mente, con il cuore, quando non sei con me anche se siamo nella stessa stanza. Mi fa stare male da morire. E forse è colpa mia, che ti amo da morire...»

«Amore, mi dispiace quando dici che stai male. Ma io non me ne vado mai via da te, nemmeno quando ti sembra che sia così. Cosa posso fare per fartelo capire, per non farti stare mai più male?»

«Dammi un bacio.»

Quindi aveva gettato il libro sul tavolino davanti al divano e mi aveva baciata, e io ero così felice, sapevo che prima o poi mi avrebbe lasciata, lo sentivo, certe cose noi donne le sappiamo, le capiamo prima, ma mi illudevo. Ci illudiamo sempre, speriamo che le persone cambino per noi, che tutto quello che ci terrorizza possa svanire come certi incubi che poi ti svegli e realizzi che sta andando tutto come volevi tu.

Ricordo i brividi di quel bacio. Il bacio più bello della mia vita, forse perché fu l'ultimo, e mi sembrò infinito, mi sentivo sua, e non nel senso di possesso, ma di appartenenza. Sentivo di appartenergli da sempre, da prima che potessimo saperlo, e non riuscivo a immaginare la mia vita senza di lui. Eravamo giovani, sì, avevamo poco più che vent'anni, ma sapevo che era lui, ne ero certa: non avrei mai più provato con nessun altro quell'emozione, quella gioia, quel senso di completezza. Come sentivo che lui, al contrario, non sarebbe mai stato mio, anche se negli ultimi giorni era un'altra persona. Era chiaro, sapevo che si impegnava a essere presente, attento alle mie cose, eppure a volte lo vedevo perdersi con lo sguardo fuori dalla finestra del nostro meraviglioso appartamento nel centro di Bologna, regalo dei suoi genitori.

E adesso c'era questa cosa che dovevo dirgli, che mi rendeva felice e terrorizzata allo stesso tempo.

Ma non ebbi nessuna scelta. Scelse lui. Come sempre, fu lui a decidere anche per me.

Subito dopo esserci staccati, lui mi accarezzò il viso, e il suo sguardo si fece triste, e poi freddo, gelido...

«Franci...»

«Sì...» Ancora non sono certa di sapere dove io abbia trovato il coraggio e le forze per rispondere, perché quello che mi stava per dire, io glielo leggevo già negli occhi. Perché quello che mi stava per dire, io l'avevo sempre saputo, lo aspettavo, e ora era arrivato...

«La verità è che io non ti amo più.»

Lo guardai impassibile. Lo fissavo senza rispondere, senza dire una parola, mentre nel mio cuore esplodeva una bomba atomica. Lo guardavo immobile, mentre tutto intorno a me, l'intero universo, si disintegrava, andava in millemila pezzetti, così piccoli che nessuno avrebbe mai potuto rimetterli insieme. «Perdonami, ma non riesco più a mentire. Non so come dirtelo, ma non sento dentro quello che dovrei sentire, quello che tu vorresti io sentissi, non posso...»

Fece una pausa, abbassando gli occhi, come se stesse per crollare, poi però si girò di nuovo verso di me, con aria sicura e quasi distaccata, e continuò: «Ho bisogno di andare per la mia strada, ho bisogno di risolvere delle cose. Io non posso amarti, e nella mia vita in questo momento non c'è più posto per noi, e so che non capirai... Prenditi tutto il tempo che ti serve per organizzarti, io andrò a stare dai miei, questa è casa tua...»

Poi mi abbracciò, forte, e rimanemmo così, in silenzio, per tanto, troppo tempo.

Avrei voluto dirgli: «Ti prego, non mi lasciare, abbracciami ancora un po', abbracciami ancora un altro po', perché non lo so se ce la faccio senza il tuo abbraccio, non lo so...» Non siamo mai preparati alla fine del mondo, non siamo mai preparati a morire soffocati. Non siamo mai pronti a sprofondare, a perdere tutto, a disintegrarci.

Si alzò di scatto, andò in camera, si vestì con calma, come se nulla fosse, come se io non fossi morta.

Scelse cosa indossare con naturalezza, mentre io sfioravo la mia pancia, mentre io in trance fissavo il vuoto e accarezzavo quel meraviglioso segreto che portavo in grembo, di cui ero venuta a conoscenza tre giorni prima. Lo avevo tenuto solo per me perché doveva essere una sorpresa, perché aspettavo il momento giusto che non sarebbe mai arrivato.

Lo guardavo specchiarsi, e nel vetro non riconoscevo più i suoi occhi: erano glaciali, forse erano sconvolti. Forse non erano i suoi occhi, o forse lui non era più Andrea. Lo vidi spruzzarsi il suo profumo preferito come tutte le volte in cui si preparava per portarmi in un posto speciale, e anche questa volta lo stava facendo, mi stava portando in un posto speciale, sì, un posto che non avevo mai visto prima, un luogo in cui non esisteva più la felicità.

Mise dentro un borsone un po' di cose e a quel punto io, scioccata e stravolta, tornai sul divano perché sentivo le gambe cedermi.

Lui uscì dalla camera e venne verso di me, fissandomi serio, senza pronunciare una sola parola. Prese il pacchetto di Marlboro accanto alla mia borsa, il libro di poesie africane sul tavolino e chiuse la finestra che sbatteva. Mi guardò per un attimo, e con un po' di esitazione riposò delicatamente il libricino di poesie sul tavolino, quasi con rispetto, quasi come se stesse toccando qualcosa che non era più suo.

Poi disse ciao e chiuse la porta.

Poi disse ciao.

E chiuse la porta...

7

L'amore fa così: non smette mai

Roma, sabato 6 luglio 2019

L'appartamento nel quale vivo con Giulia è abbastanza ampio. Ci siamo trasferite qui circa otto anni fa, quando ho avuto la promozione da dirigente e un considerevole aumento di stipendio. Ho venduto la vecchia casa, che era molto più piccola, un bilocale in zona Parioli, vicino al mio ufficio di Via Panama. In più, i miei mi hanno aiutata con una bella somma – essere figlia unica ha i suoi vantaggi... Tornata da Bologna incinta, nel momento più buio della mia vita, non ce l'avrei fatta senza di loro. Il loro supporto nel crescere Giulia è stato fondamentale. Hanno fatto sacrifici immensi, quei gesti d'amore che solo un genitore è capace di fare e che non scordi per tutta la vita. E per il resto ho acceso un piccolo mutuo che mi ha permesso di ristrutturare la casa secondo i desideri miei e di Giulia, che all'epoca era dolcissima con me, affabile. Facevamo squadra su tutto, non era la Giulia di adesso: sempre incazzata, sempre pronta a contestare ogni mia parola, ogni mia scelta. Ci siamo affidate molto ai consigli di Giorgia, che è un'architetta specializzata in interior design e, essendo una di famiglia, ha saputo interpretare meravigliosamente i nostri desideri. Sia nella scelta dell'appartamento, che nella ristrutturazione e nel design. Alla fine siamo riuscite a trasformare in realtà la casa dei nostri sogni, e ogni volta che rientro, la sera dopo il lavoro, sono felice che sia così, mi restituisce un po' di leggerezza, anche quando la leggerezza sembra non appartenere più al mio mondo...

Ricordo come fosse oggi le parole di Giorgia quando arrivammo davanti al portone del palazzo, la prima volta che vidi l'appartamento: «Intendevo questo, quando ti parlavo di bellezza...» Feci correre lo sguardo sul meraviglioso portone in legno, poi sull'edera che ricopriva l'intera palazzina fino all'ultimo piano, il nostro: rimasi senza fiato, e Giulia, che aveva nove anni, proruppe in un sonoro «Woow!» e poi, stringendomi la mano e saltellando: «Bellissimo, mammiii!» E io decisi che sarebbe stato il nostro posto. Il nostro nido...

Il libricino di poesie africane l'ho messo in un cassetto, nascosto sotto le foto e le lettere che non ho avuto il coraggio di buttare, tutta roba che mi ha lasciato Andrea prima di andarsene... L'ho odiato come di più non si potrebbe odiare, l'ho odiato come si odia davvero solo chi si ama alla follia, come si odiano quelle persone che amiamo più della nostra stessa vita e che poi, come nulla fosse, ci spezzano il cuore in mille granelli di sabbia e polvere e terra...

Col tempo ho saputo farci i conti con quell'odio, ho saputo normalizzarlo, perché il dolore era troppo forte. Era l'unica possibilità che avevo per cercare di renderlo più accettabile, per chiuderlo in quell'angolo del cuore dove, anche se non vuoi, anche se faresti di tutto per evitarlo, vanno a depositarsi le cose che ti hanno saputo far male come nient'altro. È come se quello fosse il loro posto d'onore, come se gli spettasse di diritto. Non lo puoi spiegare, nemmeno a te stessa, ma è così, restano lì, l'amore e l'odio. Anche se ti hanno uccisa. Soprattutto per quello...

Mi riprendo in fretta, mi aiuta il calice di Amarone che ho fatto decantare, e mentre butto giù l'ultimo sorso sento il suono del citofono...

«Vado iooooo!» urla Giulia che fino a quel momento se ne è rimasta chiusa in camera a correre dietro a chissà quali fantasie, e che torna a essere affabile e piena di gioia solo quando ci sono loro. Loro che per lei sono zii, amici, genitori, complici.

«Ok!» rispondo sorridendo, felice di vederla felice...

«Ma ciao!» le grida Marco con un sorriso che abbaglia e un meraviglioso bouquet di fiori in mano. Marco fa il fioraio, ma più che un fioraio è un artista, un poeta... Dietro di lui, entra Giorgia. Lei vive in Via del Casaletto, zona Monteverde, un quartiere residenziale e molto bello di Roma non lontano da Casetta Mattei, dove siamo nate e cresciute entrambe. Casetta Mattei, invece, è un quartiere più popolare ma ugualmente bello e, soprattutto, radicato profondamente nel nostro cuore. Lo stesso quartiere nel quale sono nati e cresciuti Marco, Emma e Patrizio. Ci conosciamo tutti e cinque dall'asilo, siamo tutti dello stesso anno, il 1977. Diego ed Elisa, che è un'insegnante di canto, si sono uniti successivamente. Diego l'ho conosciuto circa un anno dopo che sono tornata da Bologna. All'epoca lui non aveva un'attività tutta sua, ma lavorava in una storica e rinomata pasticceria romana, e niente, un giorno io e gli altri siamo andati lì a ordinare la torta per il primo compleanno di Giulia. Ci tenevamo così tanto che fosse la torta più bella di sempre che l'abbiamo fatto letteralmente impazzire. Ma alla fine è diventato uno dei nostri, perché l'abbiamo amato tutti subito, e l'amore è stato reciproco. Elisa invece è un'amica di Marco. Entrambi omosessuali, frequentavano gli stessi locali: si trattava di feste organizzate in alcune discoteche per lo più in mezzo alla settimana, destinate, sulla carta, alla comunità gay. Ma poi succedeva che fossero così fighe da attirare chiunque, etero o gay che fosse: riuscire a entrare ogni volta era assai complicato per via della ressa che si formava fuori. È in una serata di quelle che abbiamo fatto amicizia con Elisa e con altri del suo giro. E che lei fosse speciale si era capito al primo *Rum e Coca*, circa dieci anni fa...

Mentre Giulia si lancia verso Marco, il pensiero torna a quando era una bambina. Dio quanto amava girare per il negozio di Marco e fare mille domande sui fiori, sulle piante, sui vasi... È sempre stata così curiosa e brillante!

Marco è vestito come al solito in modo molto chic, con qualche piccolo ricercato eccesso... È alto, con i capelli brizzolati e cortissimi, il naso pronunciato e una dentatura da far invidia ai divi di Hollywood.

«Ciaooo!» Giulia gli corre incontro e io, subito dietro di lei, mi affretto a salvare la bellissima composizione floreale prima che venga distrutta dall'abbraccio volante... Lui mi sorride e me la passa, io dico «grazie» con il labiale e mi godo quella scena d'amore. Giulia ama tutti allo stesso modo, ma forse la complicità maggiore l'ha sempre avuta con Marco e Diego, chissà perché...

Mentre loro consumano un abbraccio che sembra sempre infinito, entrano Diego e Patrizio, e poi Elisa, con due confezioni, immagino, di dolci. Insieme a Diego arrivano sempre meravigliosi dolci e una poesia: è la sua firma d'autore, per la quale è diventato famoso in tutta Roma... Ha inventato questa meravigliosa idea – *Dolcetto poesia* – di regalare una poesia, una frase, un pensiero alle donne che entrano nella sua pasticceria per acquistare un dolce monoporzione. Ce n'è una anche questa sera, di poesia – pure se le torte sono tutto fuorché monoporzione – e va alla *sua* Giulia:

L'amore fa così: non smette mai.

Alle 21 siamo a tavola.

«Certo che è proprio bello questo tavolo nero in legno stile scandinavo, chissà chi te lo ha consigliato...» dice Giorgia fingendo di schiarirsi la voce.

«Ma sentila come si pavoneggia!» le rispondo ridendo. «Comunque l'abbiamo scelto insieme!»

«Insieme io e Giorgia, intendi, mamma?» interviene Giulia piccata ma meno del solito.

«Ecco, diciamolo!» conferma Giorgia.

«Come va con quella stronzetta?» dice Elisa, cambiando discorso, rivolta a Diego.

«Eh, lasciamo perdere...» risponde lui abbassando lo sguardo.

«Ma perché non la mandi a fare in culo?»

«Forse perché la ama?» commenta Marco, sarcastico.

«Ma c'è un limite a tutto, ragazzi...» È Emma a inserirsi. «Amare, ok! Provarci fino in fondo, ok! Ma qui parliamo di tre anni di dolore, non c'è un limite alla sopportazione?»

No, non c'è un limite, vorrei rispondere, ma resto in silenzio.

«Dice che sta riprovando con il suo ex, sai, hanno una bambina. Lei non lo ama, ma si sente in colpa per la figlia...»

«Ma che cazzo c'entra che hanno una bambina? E poi in colpa? In colpa dovrebbe sentirsi per il modello d'amore completamente sbagliato e lontano dalla realtà che sta mostrando a quella povera creatura!» urla Elisa. «Diego, se ti amasse, starebbe con te! Semplice...»

«Zio Diego, io la vedo come Elisa!» dice Giulia, con una dolcezza infinita. Lui si gira e le sorride, e lei che è seduta proprio fra lui e Marco, lo abbraccia forte.

«Ragazzi, comunque non è che io sia felice di subire e di stare male, eh! Pensate che non lo capisca da solo? Mi ci sono ritrovato. Cominci a vederla, senti un forte trasporto, e lei ti assicura che la sua è solo una situazione temporanea. Piano piano ti affezioni, perché c'è affinità e perché lei ha il suo perché. Cominci a chiederle quando le cose cambieranno e lei, di nuovo, ti rassicura, ti dice che le cose cambieranno presto. Nel frattempo passano i giorni, le settimane, i mesi, gli anni, e le cose non cambiano. Ma tu sei così innamorato che ormai sei in trappola, e continui a crederle, ti fidi di lei negando pure l'evidenza. E sapete qual è il bello? La cosa divertente? È che, in fondo, dentro di me, c'è una parte nascosta di cui un po', lo ammetto, mi vergogno, che ancora si fida di lei... E anche se, come credo, alla fine dovrò dirvi che avevate tutti ragione, non mi rimprovero di aver creduto a parole che parlavano d'amore e invece poi si sono rivelate vuote. A parole che poi si sono rivelate solo parole. Non mi rimprovero di aver dato il mio tempo, la mia vita, il mio cuore, i miei sogni, la mia ingenuità in mano a chi aveva voglia solo di giocare. Non mi rimprovero per questa mia folle voglia di crederci contro tutto e tutti, nonostante i fatti e l'evidenza. Non mi rimprovero per questa mia folle voglia di proteggere l'amore, a tutti i costi e fino in fondo, rischiando di cadere ancora, e ancora, e ancora...»

«Sentirti parlare così mi alleggerisce il cuore! Sei un uomo meraviglioso e di grande classe, Diego, vedrai che la vita ti premierà...» dice Emma.

«Ma va'... Sono solo uno stupido, e innamorato... Però, grazie, amica dolcissima!» risponde lui

«Peccato, sai, ti facevo più sveglio, anni fa! Con tutte quelle donne che ti girano intorno nella tua pasticceria... Sei pure un bel tipo, che spreco! Proprio un gran peccato! Certo, oh, non ti facevo mica sveglio come me, eh!

Però nemmeno così... ecco, ehm... così...» È ovviamente Patrizio a prendere in giro Diego, sfregandosi poi i polpastrelli di indice, medio e pollice come a fingere di non trovare il termine giusto...

«Coglione? Volevi dire coglione?» chiede Diego, stando al gioco.

«Smettila di fare il cretino, che poi tu mi sembri tutto meno che sveglio, fidati...» si inserisce Giorgia pungente.

«Giorgia, ma tu mi offendi, mi attacchi! Lo sai che sono sensibile! E la tua delicatezza, la tua sensibilità... ecco, non si addicono a certe aggressioni! Sei così bella quando sei dolce!» replica Patrizio sfoggiando una faccia da schiaffi esagerata. Giorgia lo guarda e alza gli occhi al cielo, senza rispondere.

«Comunque nella vita alla fine torna tutto indietro. C'è il karma...» commenta Marco, gesticolando come sempre in modo molto teatrale...

«Non è vero!» risponde Patrizio. Questa sera indossa una polo bianca aderente che mette in risalto sia l'abbronzatura intensa che il suo fisico scolpito da anni di palestra. Patrizio è lo strampalato del gruppo. Alto, bello. E pazzo. È un giocherellone, un burlone, non si capisce mai se scherza o fa sul serio. Si atteggia tanto a figo, ma sappiamo tutti che sotto sotto ha un cuore grande e una sensibilità pazzesca. Ma lui deve mettere in scena di continuo la sua recita...

Nella vita si occupa di edilizia, il padre è un piccolo costruttore, e lui gestisce gli operai e controlla i cantieri...

«Ma cosa non è vero?»

«Giuro! Io per dire quando faccio un po' il...» esita

un po' come farebbe un bambino che vuole vuotare il sacco ma finge di non volerlo fare. Poi aggiunge: «...il furbetto, il paraculo, ecco. Tipo quando esco con una donna, e magari le dico parole dolci, non so, tipo le scrivo dei messaggi con cose come 'sei speciale', o 'sei l'unica', e poi magari dopo un minuto scrivo la stessa cosa a un'altra, ecco, avete presente?»

«No, Patrizio, no! Non abbiamo presente...» replico io.

«Ok, comunque quando mi comporto così, ecco, l'universo mi premia! Poi magari me la danno entrambe, capite?» Lo dice e ride da solo. «Quando sei un po' scorretto...» Esita ancora, ci guarda compiaciuto e aggiunge, lentamente, con tono canzonatorio: «...l'universo ti premia!»

«Oddio, muoiooo!» urla Giulia superdivertita.

«Sei una brutta persona!» replica Marco, spiazzato ma anche lui divertito dalle castronerie di Patrizio.

«Ma che schifo che fai!» dice Elisa, per poi aggiungere a bassa voce: «Devo provare...»

Ridiamo tutti, Patrizio ha questa facoltà: farci ridere sempre, senza prenderci troppo sul serio. Anche se la maggior parte delle cose che dice non sono nemmeno vere, soprattutto quando vuole mostrarsi insensibile o poco delicato. Ma noi stiamo al gioco e fingiamo di indispettirci del suo essere senza scrupoli...

«Comunque, a parte il fatto che sei un cretino», urla Giorgia, alzando il calice in aria e riservando a Patrizio uno sguardo che sembra più di gelosia che di disprezzo, «vaffanculo a chi ci fa soffrire!» Anche lei sta attraversando un momento difficile. Soffre ancora, ma nel suo caso, almeno, l'ex è stato quantomeno onesto, le ha detto con chiarezza che non la amava più.

«Vaffanculo!» Il coro è unico, e buttiamo tutti giù questo Amarone che ho preso online da una cantina veronese, su consiglio di una collega.

«Comunque io lo capisco...» dico subito dopo il brindisi. «Quando sei intrappolata dall'amore, è come un incantesimo, un tunnel. È come se fossi in gabbia, ed è facile parlare da fuori, ma l'amore ti distrugge, e chi ama, chi ama davvero, non spinge un interruttore, *clic*, tutto finito, tutto passato. Non è così, l'amore non ti scivola addosso come l'acqua...»

Restano tutti in silenzio, nessuno di loro è abituato a sentirmi parlare così. Dopo Andrea, dentro di me si è insinuata una forma dissacrante di distacco verso un certo sentimentalismo. Non voglio dire di essere diventata cinica, ma ho messo da parte il romanticismo in cui credevo, ho alzato muri, barriere, senza scivolare in un certo femminismo radical chic che rifiuto categoricamente, ma, ecco, ho cercato di essere distante... Distante da quei sentimenti che ti mandano fra le stelle, sulla luna, per poi farti precipitare e ritrovare al tappeto in mille pezzi. In questi giorni, non so, sento qualcosa dentro di me, come una crepa che lenta ma inesorabile si ramifica su quel muro che ho faticosamente tirato su negli anni, e questo mi rende fragile, e mi terrorizza, perché mi fa sentire il bisogno di quel brivido. Il brivido che senti quando sfiori anche solo per un secondo la felicità...

Dopo averlo detto abbasso lo sguardo e bevo ancora.

Emma mette una mano sulla mia. «Hai ragione! Chi

non combatte per amore, non sta vivendo davvero. Prendete me», dice rivolta a tutti. «Sto con un uomo per il quale non sento niente, e ho lasciato andare quello che amavo da morire per paura di cambiare, usando l'alibi dei figli per non dover affrontare il giudizio degli altri, perché sono una codarda...» Poi, tornando a guardare solo me: «Io so quello che hai dentro, so quanto tu creda nell'amore! L'ho sempre saputo, lo sappiamo tutti...»

Con la coda dell'occhio il mio sguardo corre a Giulia e il suo al mio. Assurdo doversi vergognare di mostrare la propria natura a tua figlia. Ma davvero sono diventata questo tipo di donna?

«Emma, sei giovane, sai come la penso, perché non lo lasci? Sei ancora in tempo, puoi permetterti di fare qualsiasi cosa!» Per fortuna Giorgia interviene riportando il discorso su Emma e salvandomi in calcio d'angolo.

«Infatti!» dice Diego alzando la voce, e Marco e tutti gli altri con lui.

«Resta il fatto che quella è una stronza, una narcisista patologica! E tu non meriti questo!» chiosa Elisa rivolgendosi ancora una volta a Diego. «E tu, Emma, fallo! Sei una figa, in tutti i sensi, e hai tutta la vita davanti, cazzo!»

«Ci stai forse provando con me, bella fanciulla?» ride Emma, per correre via dal vicolo cieco in cui, insieme a me, si stava per infilare.

«Ovvio!» risponde Elisa.

Ridiamo tutti.

Mi alzo per andare in cucina.

Apro il forno per estrarre la teglia con i pomodori ripieni che ho preparato come antipasto e la poso sul piano cottura. Mi sfilo il guantone da cucina e rimango per un attimo ferma, in silenzio, gli occhi verso il pavimento. Alle mie spalle sento le voci allegre degli amici sovrapporsi e incalzarsi fino allo scoppio di un'altra risata collettiva.

All'improvviso sento una mano scivolare sulla mia spalla.

È Giulia. «Ti aiuto con i pomodori, mamma?» La sua voce è dolce come una carezza.

Essere la madre di una ragazza della sua età, essere la madre di Giulia, è come stare sulle montagne russe. L'attimo prima può vomitarti addosso tutta la sua rabbia e, quello dopo, farti sciogliere e dimenticare tutte le amarezze della vita con quel suo sguardo senza fine.

Le sorrido. «Grazie, ce la faccio. Tu porta in tavola il pane, piccola mia.»

I suoi occhi si soffermano qualche istante su di me, poi si volta e torna in sala.

Io mi concedo ancora qualche secondo di solitudine, prima di prendere la teglia e tornare in mezzo alle risate degli amici.

«E insomma era un figo?» sta domandando Giorgia a Elisa.

«Piano, piccola, piano con le parole... Solo io sono figo!» interviene Patrizio.

«Ma sta' zitto, tu!» replica Giorgia senza nemmeno guardarlo.

«Fighissimo! Se fossi stata etero vi giuro che ci avrei provato! Ma, tra l'altro, anche la fidanzata, che ho conosciuto a fine serata, Sofia, è una bionda bonazza di quelle supersexy... Ma lì c'era davvero poco da fare, solo da come si guardavano potevi capire quanto amore provassero l'uno per l'altra! Comunque, niente, visto che alcune mie allieve avevano manifestato il desiderio di uscire con me una sera, magari per andare a sentire musica dal vivo, mi sono ricordata che una mia collega mi aveva consigliato fortemente questo Lorenzo. Fa molte serate a Roma, voce e pianoforte!...»

«Bravo, oltre che gnocco?» chiede Marco.

«Davvero bravo! È stata l'occasione per analizzare un po' di tecnica con le ragazze in un modo diverso dal solito, e lui, oltre ad avere talento, si vede che ha studiato tanto... Infatti poi mi ha detto di essere anche lui, come me, diplomato al Conservatorio. Mi ha colpito come ha eseguito *Meraviglioso* dei Negramaro, sia dal punto di vista strumentale che a livello vocale. Da brividi, davvero!»

«Oddio! Io amo quella canzone!» urla Giulia.

«A chi lo dici!» si accorda Diego.

E passare dalle parole ai fatti è un attimo. Ci ritroviamo a cantarla tutti insieme a squarciagola, e il coro è di quelli che ti fanno venire voglia di vivere:

Ma guarda intorno a te
Che doni ti hanno fatto
Ti hanno inventato il mare
Nananana...

8

E tu sei come il sole insieme al temporale

Il quaderno di Giulia

Roma, giovedì 18 luglio 2019
Ore 01.25

Suona Elisa in cuffia, con *Anche fragile*. Scrivo tenendo il mio quaderno sulle ginocchia, mentre sono sdraiata sul mio letto, sono felice di averlo scelto così, a due piazze e con la struttura in ferro battuto. Ho chiesto a mamma e a zia Giorgia se era possibile realizzarlo uguale a uno che avevo visto in un vecchio film francese che amo molto fin da quando ero piccola. Si sposa con il resto della mia camera, che segue proprio uno stile d'Oltralpe. I muri sono bianchi e in un angolo, appoggiato a terra sul parquet a spina francese, c'è uno specchio con una cornice dorata che ricorda i mobili in stile Luigi XIV e ben si abbina al lampadario *chandelier*. L'insieme di questi elementi mi piace molto: con un po' di immaginazione, sembra di essere in un appartamento parigino. Amo la mia camera, mi rappresenta molto...

Mentre scrivo do un'occhiata al telefono, per vedere

se Ale mi ha mandato messaggi. E ne approfitto per leggere un post di Loy:

> Mi chiedevo, giorni fa, come fanno le persone a parlare della tua vita, a toccarla, a invaderla, a definire i tuoi sentimenti, le tue emozioni più profonde con formule da quattro soldi, mettendo a rischio il tuo equilibrio, magari in un momento di fragilità.
> Poi ho capito: ne hanno bisogno, perché dentro di loro c'è qualcosa che non va.
> E allora si arrogano il diritto di portare quel disturbo, quel male, anche nella tua vita. Con consigli solenni, basati su infinite certezze, che si declinano in gesti senza tatto, privi di sensibilità...
> Ma come fate a essere così certi di ogni cosa? Come fate a sputare sentenze su tutto, senza esservi fatti nemmeno una domanda su cosa sia davvero importante nella vita, nella vostra e in quella degli altri? Perché se vi foste posti quelle domande, agireste con più amore...

Il suo stile è inconfondibile: diretto, potente e dolce nello stesso tempo. Loy sa il fatto suo...

Per curiosità, prima ho cercato se l'autore del pensiero che ho letto giorni fa sopra la *nostra* scalinata, tale Rareza, ha un profilo Instagram, se esiste davvero... e ho scoperto che sì, esiste, ma ha solo una pagina Facebook, forse perché, a giudicare dai post che ho letto, spesso scrive davvero cose lunghe. Comunque lo adoro. Ho letto un po' delle sue parole, questi due post mi hanno stesa:

> Ehi amore, ti va di parlare un po' con me?
> Volevo scriverti una lettera ma poi, boh, non l'ho più fatto.

E adesso vorrei parlarti, vorrei iniziare con qualcosa di speciale, qualcosa che ti stupisca, ma l'unica cosa che mi viene in mente è: Quanto sei bella!
Parliamo un po'? Che ho tutti i mattoni del mondo sul petto... E non sai quanto è difficile respirare con tutti i mattoni del mondo sul petto!
Ti ricordi quando abbiamo preso quella stanza in un hotel del centro per festeggiare il tuo compleanno?
Stavamo insieme da quattro mesi...
Abbiamo bevuto vino, abbiamo mangiato cioccolata, e l'abbiamo fatto tutta la notte, tanto che non sapevamo più se era fare l'amore o respirare...
Era fare l'amore o respirare?
Quel giorno tu mi avevi detto che mi amavi così tanto da voler passare il resto della vita insieme a me, e io lo stesso.
E avevamo fatto tutti quei progetti: il matrimonio, la famiglia, tre bambini, due cani, un giardino, un barbecue...
Lì era ancora tutto così chiaro nel nostro cuore.
E poi? Poi cos'è successo?
Poi cos'è arrivato a spingerci dove siamo adesso? Come è potuto succedere? Perché l'abbiamo permesso?
Abbiamo forse smesso di crederci?
Abbiamo forse smesso di pensare che fosse possibile?
Ci siamo fatti travolgere da questa vita, da tutta quella roba che ci vogliono vendere, da tutto quel rumore che sembra musica: i soldi, gli oggetti di lusso, i vestiti firmati, le apparenze, le infinite possibilità oltre a noi.
Le altre priorità...
E dopo? Dopo cosa pensi che resterà?
Davvero pensi sia valsa la pena perderci per tutto questo?
Davvero pensi che quando tutto quel rumore finirà, noi saremo felici?

Sai, volevo parlarti, ti va di ascoltarmi, amore mio? Posso chiamarti così per l'ultima volta?
Volevo dirti che quando tutto quel rumore sarà finito, noi ci sentiremo vuoti. E sapremo di aver perso un'occasione. E non ce lo perdoneremo.
Il tempo passa, e piega tutto sotto il suo peso. Arriveranno i segni sul viso, sul corpo, sull'anima, ci ritroveremo meno forti e meno attraenti. E man mano che i segni del tempo diventeranno visibili su di noi, quel rumore, che adesso abbiamo intorno, quello che ci ha diviso, quello che adesso può sembrarti musica, sparirà, ci lascerà. E capiremo ancora meglio quanto fosse solo frastuono.
Ecco, io voglio dirti che se adesso ci prendiamo per mano, ancora una volta, quando arriveranno quei segni impietosi del tempo che piegano e deteriorano tutto, ogni cosa, compresi i nostri corpi, quando arriveranno, non ci sentiremo smarriti, perché saremo ancora insieme, seduti mano nella mano, in qualunque posto dell'universo ma sempre a casa, e ci sarai tu a dirmi che è stato meraviglioso non perderci, restare... E ci sarò io, che ti amerò ancora come ti amo adesso, cioè tantissimo, che pur cercando parole importanti, e originali, alla fine ti dirò l'unica cosa che sento dentro: Quanto sei bella!

Le donne crollano dentro, si spengono lentamente, ma ti sorridono, e quel sorriso ti salva la vita, mentre la loro sta andando in mille pezzi.
Le donne guardano il tramonto e sanno che la mano da stringere per emozionarsi mentre il sole bacia dolcemente il mare, è la loro. Perché sanno che amarsi è l'unico modo per non permettere più a nessuno di spegnere il loro sorriso.
Le donne si mostrano forti perché sanno che il loro lato

più intimo, quello più fragile e nascosto, è un luogo solo per pochi, solo per chi sa toccare un cuore sfiorandolo appena col pensiero, con lo sguardo, con dolcezza. Con amore...
Le donne capiscono quando è il momento di andare, lo sanno, lo sentono, e lo fanno con classe, per quel senso di dignità che hanno dentro fin dalla nascita, senza fare domande, senza mostrarsi deboli, si girano sorridendo, con una ciocca di capelli che cade e va a posarsi sugli occhi lucidi e pieni di magia, se ne vanno senza fare rumore, e mentre si allontanano, una lacrima silenziosa riga il loro viso.
Le donne, quando si rialzano, dopo quel colpo che le ha stese, quel colpo che proprio non si aspettavano, hanno una luce negli occhi che le rende più belle, che le rende speciali, è la luce di chi ha sofferto e può insegnarti ad amare...
Le donne sanno che non deve andare per forza tutto bene. Basta che sia bello!
Le donne quando si innamorano, ti donano il loro cuore, perché o è per sempre o non è niente. E se le tradisci non era niente. E tu, tu non sei niente...

E poi leggo la mia preferita, Laura:

Penseranno di averti fatta loro solo perché hanno avuto la parte più superficiale di te, e solo perché tu gliel'hai voluta concedere. Perché ti andava.
E perché solo quella potevano avere.
Non sapranno mai che per averti davvero, avrebbero dovuto usare le parole non dette, quelle taciute, gli occhi, i silenzi. I sospiri. I brividi. Per sfiorarti i pensieri. Per toccarti il cuore. Per guardarti dentro e comprenderti realmente.

> E allora sì che avrebbero avuto tutto di te: la tua anima. Mentre loro hanno avuto solo il tuo corpo...

E la sua incantevole emozionante Buonanotte:

> Buonanotte a te che hai voglia di piangere ma sorridi, che vorresti un abbraccio ma non lo chiedi. Che vorresti qualcuno che ti prenda per mano ma come sempre, poi, fai tutto da sola. Buonanotte a te che hai negli occhi una luce diversa, piena di bellezza e dignità...

Negli ultimi giorni ho praticamente vissuto al mare. Con Noemi, Caterina e Martina siamo andate sempre a Fregene, in uno stabilimento nuovo dove verso le 17 mettono la musica e si arriva al tramonto con cocktail e patatine.

Due giorni fa, abbiamo fatto un aperitivo infinito, che si è allungato molto oltre il tramonto. Eravamo ubriache di Spritz, ne avremo bevuti dieci per una, non ci siamo rese conto che era tardissimo, infatti poi mamma si è arrabbiata troppo. Comunque a mezzanotte eravamo ancora sulla riva in costume, con dei ragazzi che abbiamo conosciuto in questo stabilimento di Fregene dove andiamo sempre, e a un certo punto ci siamo fatti il bagno nudi. Non lo avevo mai fatto, e per giunta di notte. È stato fighissimo!

Le mie amiche, come sempre, hanno rimorchiato un sacco, e poi sono uscite con dei ragazzi conosciuti quel giorno. Io no, io ho fatto la brava, io mi sento così legata ad Ale che non mi permetterei mai di uscire con un altro. E questo mi fa sentire bene e male nello stesso tempo, perché se da un lato trovo sano seguire la mia natura e il mio cuore, senza sforzarmi di essere quella che non sono, dall'altro, a volte, mi sento una stupida, un'illusa...

Alessandro ci ha raggiunte un paio di volte, ma sempre velocemente, lui preferisce incontrarmi da solo. E di notte...

In questi giorni insieme alle altre abbiamo anche parlato del nostro futuro, io e Noemi frequenteremo la stessa facoltà, Architettura... Anche se io sono sempre stata attratta pure da Lettere, e chissà che in futuro non farò anche quello. Comunque diventare architetta come zia Giorgia è una cosa che mi ispira un sacco. Marti si iscriverà a Giurisprudenza, e Caterina farà Scienze della Comunicazione come mamma.

Fra tre giorni parto! Vorrei poter dire che sono al settimo cielo, ma non è così. Cioè, è chiaro che sono felice, ma non quanto vorrei...

La mia reale felicità continua a essere legata ad Alessandro, che continua a trattarmi come un oggetto di sua proprietà, una bambolina da mostrare, la modellina da portarsi dietro, con cui uscire o scopare quando ti pare. Un giorno mi dice che mi ama, e un altro mi dice che comunque lui non vuole sentirsi legato e non vuole legare neanche me. Un giorno mi dice che la nostra differenza di età è forse eccessiva e il giorno seguente che l'età è solo una convenzione che non ha alcun significato. Però quando mi prende da dietro, in piedi, io piegata sul tavolo e lui dentro di me, lì no, lì non ci sono dubbi o perplessità, lì la confusione sparisce. In quei momenti mi sento così debole, così piccola. Se non lo amassi così tanto lo avrei già mandato a fanculo! Con chi pensa di avere a che fare! Però lo amo da morire, non posso farne a meno, e quando non lo sento il respiro si affanna e mi manca il fiato. E la verità è che per me non è mai scopare, con lui, ma è sempre fare l'amore. E quando mi tocca, basta che mi sfiori anche solo con un dito, io sento un brivido su tutto il corpo. Ed è così dannatamente sexy, e dolce, quando vuole. Le sue mani su di me sono la perfetta estensione del mio corpo, sembra non esserci un punto dove finisca io e inizi lui. Sa farmi toccare il cielo e l'inferno. E non ce la faccio a liberarmene. Perché anche quando ci provo e litighiamo e gli dico che non voglio più vederlo, poi lui torna con quel sorriso pazzesco, con quell'odore della pelle che è il mio odore, la mia pelle, la mia vita. Dio come vorrei non amarlo così tanto!

Ho scritto un'altra poesia per lui:

E tu sei come il sole insieme al temporale nel mio cuore, sei arcobaleno.
Sei musica, rumore, fuochi d'artificio, ma non puoi essere mai silenzio, nemmeno quando mi guardi senza dire una parola, sei silenzio.
Nemmeno quando te ne vai lontano, sei silenzio.
E tu sei come un fiammifero che si accende all'improvviso nella notte, sei scintilla, fiamma, calore, e quell'odore di bruciato che sa di nuovi inizi, di fusione e rinascita. Tu sei tutti i miei inizi. Tutte le mie prime volte.
Il mio primo bacio.
Il mio primo sorriso.
Il mio primo cielo stellato.

Il mio primo mare di notte.
Il mio primo brivido
slegato
dal
concetto
di
freddo.
Il mio primo viaggio.
Il mio primo amore.
Il mio primo fare l'amore.
Il mio primo: Ti amo.
Il mio ultimo: Per sempre.
E tu, adesso, non mi dire che queste cose le avevo già fatte, e che non era la prima volta. Perché, prima di te, amore mio,
io
non
ero
mai
nata.

Parole che resteranno chiuse qui, in queste mie pagine...

Anche se già ci siamo incontrati questo mese, con Diego, Emma e gli altri della famiglia, ci si rivede domani tutti a casa di Giorgia. Ci tenevano a fare una cena per salutarmi prima della partenza. Come farei senza di loro?

Alcuni di loro mamma li conosceva prima ancora

di conoscere mio padre, a Bologna, durante il periodo universitario. È a Bologna che è rimasta incinta di me e subito dopo è stata lasciata dall'uomo che amava forse più di se stessa – questo lo dico io, lei non lo ha mai detto, non ama parlare di lui. Per me mio padre è un completo sconosciuto, un'ombra senza volto del passato, un vuoto da colmare. Ma io le sento, certe cose. Penso che tra una madre e una figlia, e soprattutto tra noi due, certe cose si sentono e basta, senza bisogno di parole...

E sono sicura del fatto che mamma non abbia mai smesso di pensarci. Aveva più o meno la mia età quando conobbe mio padre, sono stati insieme circa quattro anni, e poco prima che entrambi si laureassero, lui la lasciò da un momento all'altro, anche se, a quanto pare, già aveva dato qualche segnale di instabilità. «Non era una persona capace di amare», così ha liquidato la questione mamma l'unica volta che ne abbiamo parlato in modo più approfondito. Sento che le fa male farlo, parlarne. E allora forse succede così, sono questi i momenti in cui le mamme, pur senza accorgersene, diventano figlie e le figlie mamme. Non parlando di lui, le evito del dolore, la proteggo. Nonostante le nostre divergenze, la amo da impazzire, è la donna che stimo e rispetto di più al mondo. Perché si è rialzata da sola, con dignità, e mi ha cresciuta. Ricordo la volta, l'unica, in cui ci siamo guardate negli occhi e lei mi ha parlato. Posso ripescarla dalla memoria quando voglio, non la dimenticherò mai. È stata una delle emozioni più forti della mia vita. Il momento in cui un marchio, un segno, una cicatrice si è impressa a fuoco dentro di me. Avevo quindici anni.

Fino a quel momento avevo sempre avuto dalla mamma notizie vaghe e poco chiare su mio padre, tipo «tuo papà aveva dei problemi, non era molto felice della sua vita, e quindi non ha potuto starci vicino»... Ma quel giorno no, quel giorno ho preteso di sapere, e mamma deve aver capito che era arrivato il momento di raccontarmi tutto nei dettagli. Non ero più una bambina, o forse, proprio da quel giorno non lo sono più stata.

Era una cosa su cui rimuginavo da tempo. A volte sentivo di esserci andata vicina, di essere stata pronta a raccogliere tutta l'energia che avevo in corpo per farlo. Ma fino ad allora non era mai successo. Quel giorno, finalmente, trovai il coraggio di chiedere alla mamma se avesse una foto di papà.

Lei, dopo diversi secondi di incertezza, andò in camera sua e tornò con questa foto, quella che ho davanti agli occhi adesso.

Ci sono loro due di spalle, al mare, a Ostia. A Castel Porziano. Mamma, come qualche volta accadeva fra una sessione d'esame e un'altra, era tornata a casa dai nonni – così mi aveva raccontato passando il palmo della mano sulla carta patinata dentro cui era immortalato per sempre quell'istante –, durante le vacanze di Natale, l'unica volta in cui lui la accompagnò. Nella foto, scattata da Emma, sono in piedi, vicino alla riva, lui è alto, atletico e moro, con un jeans e una giacca un po' stropicciata. Lei sembra la mia fotocopia, ha un cappotto lungo beige e una sciarpa intorno al collo che le cade su un lato insieme ai capelli lunghi. Sono mano nella mano, si intravede solo il volto di mamma di profilo che lo guarda. Ride. Un sorriso pieno di gioia. Non sono tutti uguali i sorrisi, alcuni nascono solo una volta. Io quel sorriso sul volto di mamma non l'ho mai visto...

Lei non sa che io so che quando è triste si mette in macchina, e torna lì, su quella spiaggia, a Capocotta, fra quelle dune, davanti allo stesso mare che le regalò quel sorriso stupendo, poi spezzato, e che ora spezza anche il mio cuore...

L'ho scoperto un giorno con le mie amiche, verso la fine del terzo anno. Avevamo fatto sega. Era aprile e invece di andare a Fregene come al solito, Martina aveva proposto di raggiungere un gruppo di amici proprio lì a Capocotta, una spiaggia di Ostia... E passando davanti al primo cancello riconobbi la macchina di mamma, era impossibile non riconoscerla per via di un adesivo verde e orribile che io stessa ho attaccato su un angolo del vetro posteriore, con scritto NON TI AVVICINARE!

Io invece mi avvicinai, di nascosto, e la vidi camminare sola fra le dune per poi fermarsi sul bagnasciuga, sedersi con le gambe incrociate e guardare il mare come fosse in contemplazione, o come se stesse formulando una preghiera o un desiderio... Non ebbi il coraggio di andare da lei, sentivo che quello era un momento solo suo, e lo rispettai...

Di questo episodio ne ho poi parlato con Marco, che ha negato e finto di non saperne nulla, ma alla fine ha ceduto e mi ha confermato la cosa, pregandomi di promettere che sarebbe rimasto un segreto fra di noi. E così è stato. Non ne ho mai parlato a mamma, ma so che quello è il suo posto magico, dove si rifugia quando ne ha bisogno.

Mamma decise di non dire a mio padre che era incinta, e vaffanculo avrei fatto lo stesso anche io. Ma quanta forza ha avuto per non dirglielo?

Quel giorno presi la foto, con gli occhi che mi brillavano, me la portai in camera, posizionandola sulla scrivania, e da quel giorno, da lì, non si è mai mossa. Perché sarà anche il più grande figlio di puttana della storia, ma quell'uomo di spalle, che tiene la mano di mamma facendola sorridere di gioia infinita, in quello scatto rubato al tempo, in quel fermo immagine di magia, è mio padre. Ed è tutto quello che mi resta di lui...

Il giorno dopo postai la foto sul mio profilo Instagram scrivendo 'mamma e papà'. E un cuoricino sotto...

Mentre mi preparo per andare a letto, ricevo una bellissima sorpresa. È Tisbe, mi ha mandato un suo pezzo inedito:

> Certe volte mi chiedo se mi pensi, se ti chiedi come sarebbe potuta andare se avessimo avuto il coraggio che meritavamo.
> E lo so, lo so che non tutte le persone che si amano poi stanno davvero insieme. Tanti si ameranno per tutta la vita rimanendo lontani, incastrati in altre vite che non sanno renderli felici, dentro case che non sentiranno mai loro, insieme a persone che percepiranno per sempre come estranee.
> Toccando la pelle di qualcuno che non avrà mai l'odore della felicità.
> Questo, tutto questo, io lo so...
> Ma certe volte non riesco a farmene una ragione, for-

se perché il tuo sguardo, quello dell'ultima volta, me lo ricordo bene, mi è rimasto attaccato alla pelle e al cuore, e so che in quello sguardo c'era tutto meno che indifferenza.
Non abbiamo pianto perché piangere significa lasciarsi andare, mostrare la propria fragilità, e soprattutto i propri sogni e desideri, e non potevamo e non volevamo permettere che questo accadesse. E allora ci siamo guardati e basta, senza piangere. Senza parlare.
Ma io lo so che lì, dentro quello sguardo, c'era quello che provavo esattamente anche io.
Quello che provo ancora.
Ok, l'ho detto...
E allora certe volte mi chiedo se mi pensi, e come mi pensi. Se ti vengo in mente qualche volta prima di dormire. Se sono mai il primo pensiero appena sveglia. Se ti ha mai sfiorato l'idea di dire: «Lascio tutto e corro da lui!»
Certe volte mi chiedo se anche tu, di notte, guardi il cielo, le stelle, per trovare un motivo, un senso.
Quasi un perdono...
Per sentirti meno sola.
Per asciugarti le lacrime.
Per mandarmi un messaggio.
Io lo faccio, a me capita.
Io ti penso spesso.
E quel cielo lo guardo tutte le notti.
Forse perché ti amo.
Forse perché sento che mi ami ancora anche tu.
Forse perché penso che dovremmo stare insieme, sotto quel cielo...

9

Tutta colpa tua. E dei tuoi occhi...

Bologna, lunedì 14 dicembre 1998

«Prendimi!» urlo ad Andrea, mentre giro intorno a una colonna.

Bologna sotto Natale è stupenda. Amo rubargli il quotidiano dalle mani mentre lo legge camminando a testa bassa, assorto, barcollando se c'è un articolo o un editoriale che lo rapisce. Glielo rubo e scappo tra le colonne dei portici. Amo correre forte sotto questi portici che mi fanno sentire come se fossi a casa mia. Amo questa città. E amo da impazzire Andrea e tutto quello che dice, tutto quello che fa. Da quando lo conosco la mia vita è stupenda e piena di colori che prima non avevo mai visto. Questi primi anni di università sono volati grazie a lui.

«Adesso vedi!» urla lui iniziando a sua volta a inseguirmi.

Ha un cappotto lungo beige, i pantaloni scozzesi, i lunghi capelli un po' legati e un po' sciolti, una sciarpa intrecciata e sotto uno dei suoi maglioni morbidi e dalla trama grossa che amo indossare quando siamo a casa, sembra un poeta inglese di inizio secolo.

«Sei lento!» urlo agitando in aria il giornale. Ma lui, che pratica il pugilato ed è in grande forma, mi raggiunge in un attimo. E fa per prendere il giornale, ma io lo nascondo dietro la schiena...

«Arrenditi!» dice abbracciandomi.

«Solo se mi dai un bacio!» rispondo maliziosa.

«Prima mi restituisci il mio giornale!» ride continuando ad abbracciarmi, avvicinando le sue labbra alle mie.

«Stai forse dicendo che viene prima un ridicolo quotidiano di me?» Abbasso il tono della voce e avvicino ancora di più le mie labbra alle sue...

«Ovvio!» risponde mordendomi il labbro, e i nostri occhi sono già gli uni dentro gli altri, e nei suoi è davvero facile perdersi e innamorarsi tutte le volte come fosse la prima volta...

«Sei bello!»

«Tu. Tu sei bella! Sei la ragazza più bella dell'universo! E i tuoi occhi sono due opere d'arte...»

«E i tuoi?» sussurro mentre le sue labbra scivolano sulle mie nel modo più sublime possibile.

«Ti amo.»

«Ti amo.»

Ci baciamo a lungo, per un tempo che sembra infinito, e c'è Bologna con i suoi portici, con le sue luci, con questo dono del cielo che mi ha voluto fare, l'amore della mia vita, e ogni bacio è il bacio più bello che io abbia mai dato, e sono felice, felice, felice! E fra qualche giorno scenderò a Roma a trovare i miei per le vacanze natalizie, e Andrea verrà con me, per la prima volta, e sarà la Roma più bella di sempre con lui, la più magica, e lo porterò al mare, nel mio posto preferito, tra le dune di Ostia, e vedremo il mare d'inverno insieme, nel mio posto del cuore, sulla sabbia di Capocotta. E là faremo quella cosa di togliere un laccio ciascuno dalle nostre scarpe intrecciandoli in un nodo di amore che niente e nessuno potrà mai sciogliere. Non sto più nella pelle, penso a questo e ad altri milioni di cose stupende mentre il bacio più lungo e meraviglioso di sempre non smette di incendiare il mio cuore, la mia testa. Mi stacco e dico: «Forse te lo ridò il giornale...»

«Non lo voglio più... Ora ho colto il fiore più bello. Lo tengo qui, tra le mie mani. E devo proteggerlo, ma devo stare attento. È molto delicato e fragile.»

Ci abbracciamo forte e poi ci avviamo verso un piccolo locale in centro, dietro casa nostra, per bere qualcosa. Camminiamo prendendoci per mano. Camminare è come volare...

Alle 4 mi sveglio di soprassalto, ho fatto un sogno.

Era un prato verde, con margherite blu e stelle rosse. C'era il sole nel fondale di un oceano che faceva da cielo a un mondo nuovo, capovolto.

Era tutto fuori posto, con nomi nuovi, con il vento che soffiava forte, così forte che le foglie erano ferme.

La terra pioveva da su.

La pioggia saliva da giù.

Era un'esplosione di magia.
L'inizio dell'universo.
Ed era tutta colpa tua.
E dei tuoi occhi...

10

Che poi il cuore mi batteva forte soprattutto appena sveglia, appena mi venivi in mente tu...

Roma, venerdì 19 luglio 2019

Alle 21 io e Giulia siamo sotto casa dell'architetta Giorgia Belli, l'architetta più brava e gnocca d'Italia.

«Mi passi il parmigiano, per favore?» urla Patrizio a Elisa che è seduta accanto a lui, dopo un antipasto corposo a base di formaggi. Giorgia ha preparato un primo speciale, il suo pezzo forte, pappardelle al sugo di cinghiale, non proprio estivo ma squisito. Di estivo c'è la terrazza pazzesca sulla quale stiamo mangiando. Qui si sta da Dio! Ed è così che stiamo!

«Ma perché cazzo urli?» urla a sua volta Elisa passandoglielo.

«Elisa, tu sei troppo tesa, sempre incazzata, rilassati, relax! Lo sai che se ti rilassi, l'universo ti premia...» dice Patrizio facendole l'occhiolino da cascamorto.

«Oh, bello, guarda che con me non attacca questo atteggiamento da latin lover, anche perché mi interessano articoli diversi... E poi con questa storia dell'universo che ti premia, hai proprio rotto! Smettila di leggere quelle stronzate zen!»

«Stronzate zen? Lo vedi come sei tesa? E poi... ma sei sicura che io non sia un articolo che fa per te? Guarda qui! Tocca, se vuoi!» e mentre lo dice le mostra il bicipite. «Come fai a non amarmi? Come puoi essere interessata alle femmine se fra i maschi ci sono io?» e dopo averlo detto tira dei bacetti a Elisa soffiandoli dalla mano.

Ridiamo tutti, Patrizio è un pagliaccio, ma lo amiamo perché saprebbe farci sorridere in qualunque momento, anche il più brutto. Infatti pure Elisa non resiste e scoppia a ridere.

«Uno come te dovrei tenerlo nello studio per intrattenere i miei allievi. Un'ora di lezione di canto e dieci minuti di pagliacciate prima di riprendere», riflette ad alta voce. E poi lo abbraccia. La bellezza di Patrizio è questa, con quel suo apparente modo da buffone sa buttare giù qualunque muro, scalfisce persino la dura corazza di Elisa, che a volte sa essere davvero spigolosa e ruvida.

«Ma anche in ospedale sarebbe bello averlo! Soprattutto nel reparto di pediatria, e non lo dico per scherzare. Sei così divertente...» commenta Emma con la sua solita eleganza e dolcezza.

«Mi fai morire, Pat!» dice Giulia ridendo quasi con le lacrime, si diverte troppo con lui...

Patrizio si alza e fa l'inchino raccogliendo gli applausi, si pavoneggia. Che soggetto... Ma sappiamo tutti che la sua è una maschera bella e buona per proteggere la sua sensibilità.

«Allora, a che ora parti domenica, Giulia?» chiede Giorgia.

«Abbiamo il volo alle 10.»

«La prima vacanza da sola con le amiche! Devi essere elettrizzata!» dice Marco.

«Cavolo, davvero!» esclama Giorgia.

«Oddio Giulia, quanto ti invidio! Posso venire con voi? Dici che se ne accorgono che non ho la vostra età?» dice Emma ridendo.

«Ah ah ah! No che non se ne accorgono!» risponde Giulia.

«Ma certo che se ne accorgono!» insinua Patrizio.

«Cattivo!» gli risponde Emma.

«Ma scherzo!» risponde lui. «Del resto non potete mica essere tutti meravigliosi come me!» E appena lo dice Elisa gli tira uno scappellotto.

«Io una botta te la darei...» si inserisce Marco passandosi la lingua sulle labbra.

«Scordatelo, amico. Ma mi vedi? Io sono un maschio alfa per donne dal palato fine!»

«Mmmmm... I maschioni alfa sono quelli con cui mi diverto di più...» risponde Marco alzandosi e correndo verso Patrizio, che a sua volta si alza e inizia a scappare.

Noi moriamo. È bello per questo stare con loro, si ride per sciocchezze, ci basta stare insieme per essere felici...

«Ma quale maschio alfa, sei un dolce piccolo cucciolo!» urlo alzandomi anche io, per andare ad abbracciare entrambi.

Giulia ride di gusto coprendosi il viso con le mani come se non volesse svelarlo...

Poi Giorgia propone un brindisi. Prendiamo tutti il bicchiere. «A Giulia e alla sua prima meravigliosa vacanza con le amiche!»

«A Giulia!» urla anche Emma. E poi tutti gli altri. Io resto per un attimo in silenzio, sento dentro di me un misto di emozione e malinconia, mi chiedo se sono riuscita a dare a mia figlia tutto ciò di cui aveva bisogno, se sia stata finora la madre che speravo di essere e che lei meritava che io fossi. Mi chiedo se avrei potuto fare di più per renderla serena e felice, per colmare quel maledetto vuoto che ci ha spezzate entrambe in modo diverso. E poi per un momento il pensiero va al padre, ad Andrea. Dove sarà in questo momento? Che starà facendo? Chissà se anche lui a volte, anche solo per un istante, mi ha pensata; chissà se gli è tornato in mente l'odore della mia pelle, il sapore delle mie labbra, il profumo della nostra felicità. Perché, cazzo, noi siamo stati felici, e lo è stato pure lui. Io lo so che lo era pure lui, io lo so che mi amava, che mi ha amata, io me li ricordo i nostri momenti. Dopo vent'anni è come se fosse ieri. Questi vent'anni è come se non fossero mai passati, e io l'odore della sua pelle lo sento di continuo, e i suoi occhi così simili a quelli di Giulia li vedo ovunque, e il profumo della nostra felicità, del nostro amore, lo sento tutte le mattine da vent'anni, anche se fingo che non sia così, e lo odio da morire per avermi resa così fragile, per avermi intrappolata in questo incantesimo senza tempo, come se senza di lui l'amore per me non avesse più un nome. Come se, senza di lui, io sia destinata all'infelicità. E quando mi ha lasciata dicendomi che non mi amava più, ecco, di quelle parole ricordo solo il suo sguardo, e nei suoi occhi io non ci ho letto *non ti amo più*. Ma poi lui è sparito davvero. Per sempre. Quindi forse era sincero, non mi amava più. Non mi amava più per sempre. Forse era vero...

E mentre penso a tutto questo sento i miei occhi che si bagnano e torno alla realtà come uscendo da uno stato di trance, e vedo che mi guardano tutti preoccupati, in silenzio, Giulia compresa. E allora esplodo in un sorriso carico d'amore per la mia bambina e per questa stupenda famiglia che mi ama, ché la tristezza e la malinconia ora non posso proprio permettermele. Alzo il calice: «Al tuo viaggio delle meraviglie, piccola mia! Mi fai piangere di gioia...» E scoppiamo tutti in un urlo liberatorio, carico di emozione e felicità, il coro è solo uno: «Evviva Giulia! Evviva noi!»

A letto, metto un po' di musica nella cassa bluetooth che tengo sopra al comodino, accanto a una montagna di libri, alle gocce per quando sono troppo agitata e al liquido per le lenti.

Suonano i Tears For Fears con *Shout*.

Che poi il cuore mi batteva forte soprattutto appena sveglia, appena mi venivi in mente tu...

11

Tu mi ami ancora?

Il quaderno di Giulia

Barcellona, lunedì 22 luglio 2019
Ore 04.36

Stai bene? Ehi, no. Non rispondere subito. Voglio che ci pensi. Restiamo un po' così, in silenzio, vieni qui fra le mie braccia! Metto un po' di musica. C'è tempo per rispondere. Perché voglio che lo senti. Io voglio che tu sia felice, ma sarebbe troppo facile dirtelo e basta. Io prima di tutto voglio capire cosa hai dentro. Cosa ti tormenta. Shh... Non dire niente, fammi mettere l'orecchio sul tuo petto, fammi sentire il battito del tuo cuore. Parlami di tutto con le tue mani, con i tuoi occhi, con i respiri più o meno lunghi, con i sospiri e le pause del tuo cuore. Raccontamelo così, di quando ti perdi o di cosa hai paura. Dimmi di quando ti senti confusa, o sola in mezzo a tanti, o di quando ti senti in trappola o indifesa. Io sono qui, vorrei dirti che ci sarò sempre, perché ci sarò per sempre, ma non so se sarà così, nel modo che speriamo noi, non so se saremo tanto bravi da renderlo possibile, o se la vita vorrà questo. Però adesso siamo qui, sospesi in questo silenzio che è cura e culla e amore, e io ho davvero bisogno di sapere come stai. Voglio vederti sorridere, voglio prenderti per mano e

affrontare insieme a te qualunque cosa. Voglio abbracciarti e cancellare tutti i dubbi, voglio tenerti sul mio petto e spogliarti di tutta la paura del futuro. Il futuro è il bacio infinito e meraviglioso che ci stiamo dando dentro questo abbraccio magico e silenzioso. Insieme, mano nella mano, questo mondo è meno brutto, questo cielo è meno nero, e vorrei che il tuo cuore fosse più leggero. Ricordati che ti amo. Ricordatelo anche quando le nostre mani saranno lontane, se succederà, non lo scordare, amore mio! Non mi scordare...
Stai bene?

Questa volta Fabrizio, il mio Tisbe, si è proprio superato... Queste parole mi hanno riempito il cuore sia di bellezza che di malinconia... Ma forse è questo l'amore: bellezza e malinconia. Buio e luce. Un po' come siamo io e Ale: un giorno siamo in un modo, e il giorno dopo quasi non lo riconosco più. Anche se, c'è da dire, le giostre, le montagne russe e le altalene dipendono sempre da lui. È lui che decide come va il gioco, è lui che decide se accendere o spegnere il mio sorriso...

Ieri mi ha portata a mangiare il sushi, sa che lo adoro, e prima di partire ha voluto farmi questo regalo. E non è stato il solo: mi ha anche portato una borsa stupenda di Prada, cazzo non so quanto sia costata! Ho dovuto nascondere la cosa a mamma. Lei non approva che lui mi faccia regali tanto costosi, che in effetti mettono un po' in imbarazzo anche me. Ma lei non ce la fa, è più forte di lei, ogni cosa deve trasformarla nel dramma più grande del mondo. Saranno affari miei se il mio fidanzato mi fa dei regali? Li fa a lei? Sono regali suoi? È il suo fidanzato? Ci scopa forse lei? Ma che cazzo! Pensasse ai suoi rapporti, alla sua relazione-non relazione con quel soggetto che si porta appresso, che nemmeno lei sopporta. Che sarà sì una persona elegante e oggettivamente perbene, ma che non perde mai occasione per stare zitto, e per non sembrare ridicolo. Un uomo con il quale lei stessa, qualche anno fa, ne sono certa, non sarebbe mai uscita nemmeno a bere una birra e che, soprattutto, non ama...

La serata con Ale è stata bella e brutta. A cena siamo stati benissimo, il posto dove mi ha portata è meraviglioso, sembra di immergerti davvero nell'atmosfera del Giappone, e il sashimi di salmone era il più buono che avessi mai mangiato. Poi, come sempre, siamo stati da lui, e io ero felice di farci l'amore, dato che poi non lo avrei rivisto per diversi giorni. Solo che anche questa volta ho avuto sensazioni altalenanti, è stato davvero fare l'amore? O è stato solo sesso, solo scopare? Ogni tanto mi chiedo se l'idea che io e lui facciamo l'amore sia solo nella mia testa. Perché quando lo facciamo lui, anche se cerca di mostrarsi a volte dolce e premuroso, poi se ne esce con delle cose che vanificano tutto. La verità è che certe volte mi sento trattata come una zoccola. E sento di non essere la sola donna, nella sua vita. È una cosa di cui non ho conferma certa, ma lo sento, e le sensazioni, spesso, valgono più delle prove.

Comunque quando ci siamo salutati, sotto casa mia, ho provato a parlargliene, a fargli capire quello che sento, quello che sento dentro, ma lui mi ha liquidata con qualche battuta, sminuendo come sempre le mie parole, le mie paure, le mie insicurezze, trattandomi come una bambina paranoica che inventa e vede problemi dove non ce ne sono. E come sempre, mentre cercavo di dirgli quanto lo amo e quanto conta per me, il suo cazzo di telefono ha cominciato a squillare alle 2 di notte come se fosse giorno, e lui a rispondere, a parlare di lavoro, di locali, di eventi mentre il mio cuore batteva forte e io mi sentivo non capita, ancora una volta innamorata, innamorata persa. E non capita...

La casa di Barcellona è uno sballo, siamo atterrate verso mezzogiorno e ne abbiamo preso subito possesso. È al primo piano di un palazzo stupendo che affaccia proprio sulla rambla, e abbiamo un balconcino piccolo ma delizioso completamente coperto da bouganville. Abbiamo fatto una mega spesa, metà cibo e metà alcol. E anche se a volte il pensiero è andato ad Ale, questo primo giorno è stato bellissimo... La casa, le amiche, la rambla, il mare. E i ragazzi spagnoli...

Ho sentito mia madre che come sempre mi ha trasmesso solo ansia, seimila domande che nemmeno in un interrogatorio, non si rilassa mai, cazzo!

Ho sentito anche i nonni, prima di partire sono passata a salutarli e loro hanno insistito per regalarmi dei soldi per la vacanza. Non smetteranno mai di viziarmi... Quanto li amo! Mi hanno scritto anche Patrizio, Giorgia ed Emma... Che dolci!

* * *

Come al solito, prima di dormire leggo un po' di post di Loy, di Laura e altri di Tisbe, che poco fa mi ha chiamata per sapere se il volo fosse andato bene e se fosse tutto ok. Che dolce, non mi aspettavo affatto tanta attenzione da lui...

Il primo che leggo è di Loy:

> Ci sono amori destinati a morire, semplicemente perché non lo sono, non sono amore.
> L'amore come potrebbe morire? Se è dentro di noi, se avvolge e tocca ogni cellula del nostro corpo, ogni singolo granello della nostra anima... Se fosse amore, un amore così, come potrebbe mai spegnersi?
> Non avrebbe senso.
> L'universo non finisce mai.
> L'amore non finisce mai.
> Solo che spesso ci incastriamo in storie che non hanno nulla a che vedere con l'amore.
> Perché se è amore, non ti umilia.
> Se è amore, non ti manca di rispetto.
> Se è amore, non ti fa soffrire, non ti procura dolore, non ti chiude in un angolo, non si scorda di te, e non ti mette all'ultimo posto. Non ti tradisce. Non ti nasconde.
> Se è amore, banalmente, ti ama.
> Ti dona la sua vita nel momento in cui si fonde con la tua.
> Chi ti ama, si occupa della tua felicità perché coincide con la sua.
> E le sue priorità sono le tue priorità.
> Le priorità degli innamorati sono gli innamorati stessi.
> E non c'è niente, niente che giustifichi l'amore che si lascia andare. Che ti lascia andare. O che se ne va.

«Ti lascio libero perché ti amo, perché meriti di essere felice. Ecco perché me ne vado!» Ecco, chi ti dice qualcosa di simile non ti ama, non ti ha mai amato, si prende solo gioco di te. Gioca con il tuo cuore, con i tuoi sentimenti e il tuo equilibrio. Gioca con la tua vita. E quindi adesso smetti di soffrire per qualcosa che non è mai esistito!

Quanto è vero! Deve leggerlo per forza zio Diego, domattina glielo giro su WhatsApp.

Poi leggo Tisbe:

Tu non lo sai, ma da quando non ti vedo, da quando ci siamo lasciati, la mattina faccio colazione e apparecchio per due, anche se sono solo. E metto i nostri bicchieri, quelli che tu adoravi, con le nostre iniziali... E quando mi chiedono perché, io rispondo «perché mi rende felice».
Tu non lo sai, ma ho il tuo odore ancora sulla mia pelle, perché se chiudo gli occhi e metto *Ballando al buio* degli Stadio, io so come respirarti ancora un po', so come venire ancora da te in silenzio, senza fare rumore, senza darti fastidio...
Tu non lo sai, ma io me lo ricordo come se fosse oggi quel giorno che mi hai detto: «Ma sei sicuro che mi vuoi?» Ci ripenso spesso, e la cosa assurda è che mi ricordo tutto ma non mi ricordo se sono stato abbastanza bravo a spiegarti che non ero solo sicuro, ma che la mia vita io la vedevo solo accanto a te, e che non avevo mai voluto qualcosa con l'intensità con la quale volevo te, e che forse 'volere' non era il termine giusto, perché per vivere abbiamo bisogno dell'aria, ed è vero che la vogliamo, sì, ma non lo diciamo, perché la respiriamo istintivamente, ecco, non si può vivere senza ossigeno, e

io non posso vivere senza di te. Anche se con il mondo è un po' che fingo che non sia così...
Tu non lo sai, ma quando faccio qualcosa di bello mi chiedo se piacerebbe anche a te, quando ingrasso mi preoccupa il fatto che non ti piacerei, e quando ascolto una canzone d'amore che mi fa impazzire, mi fa impazzire perché penso a te e te la dedico.
Tu non lo sai, ma io non amerò mai un'altra donna, perché amerò per sempre te, anche se adesso non so dove sei, anche se è passato tanto tempo, anche se forse ne passerà ancora e ancora e ancora, anche se forse passerà tutta la vita. Ecco, amore, io tutta la vita sarò solo tuo. E tutte le notti, prima di dormire, io ti accarezzo con il pensiero, ti bacio con un desiderio, e ti proteggo dentro il mio cuore... E lo so che questo, tutto questo, purtroppo, tu non lo sai...

Ma per chi sarà tutto questo amore? Tutte vorrebbero essere le destinatarie di queste parole...

Innamorati di chi ha le idee chiare, di chi sa cosa vuole e sceglie te. Di chi ti fa sentire l'unica speciale creatura dell'universo e del suo cuore, e non un'opzione o qualcosa di intercambiabile in base a come andranno le cose. Innamorati di chi ti sceglie, ti ama e fa di tutto perché le cose vadano nell'unico modo possibile perché tu sia nella sua vita. Perché un'altra vita, con un'altra persona, non sarebbe lo stesso. Non sarebbe vita...

Io lo dico sempre che Laura mi legge dentro, ma come fa? Non vedo l'ora di conoscerla! Ma quando arriva il 5 agosto? Quanto manca alla presentazione? Mi emoziono solo al pensiero, e in più ci andrò con Tisbe...

E poi mi faccio la solita carezza prima di dormire, la Buonanotte di Laura che mi alleggerisce sempre il cuore...

> Buonanotte a te che fingi di non vedere, anche se lui pensa di essere furbo e fartela sotto il naso.
> Buonanotte a te che, adesso, ami anche se ingannata, perché non c'è un interruttore per chi ci mette il cuore, non puoi decidere all'improvviso di non pensarci più. E intanto elabori l'ennesima delusione. E sai che questo, tutto questo: i suoi inganni, le sue bugie... hanno i giorni contati. Hanno una scadenza nel tuo cuore. È solo questione di tempo. Anche se lui, che pensa di essere così furbo, tutto questo non lo sa...

Prima ho sentito Ale al telefono. Sembrava quasi annoiato, scocciato di parlarmi. Ho come l'impressione che ormai sia tutto così, destinato alla tristezza, fra di noi... E ci sto male. Poi, di getto, subito dopo che abbiamo attaccato, ho scritto questo:

> E adesso sorrido, se ripenso a tutte quelle corse per un bacio e un abbraccio e un po' di cuore in gola.
> Sorrido di me e della mia fragilità.
> Delle debolezze e di tutti gli sbagli.
> Nessuno sbaglia come sbaglio io con te.
> Sorrido pensando al fatto che starai ridendo di me, dei miei addii che sono solo un «Ciao, sto male, ti amo, a domani». Delle volte che urlo «Ti odio» e poi piango perché non posso odiarti, anche se giuro che lo vorrei! Perché ti amo da impazzire e l'odio, alla fine, perde sempre!
> È stato tutto bello, comunque, amore...
> La debolezza.

Le fragilità.
I Ti odio.
I Ti amo.
Piangere.
Ridere.
Perdermi nei miei stessi vuoti.
Ritrovarmi nelle mie stesse imperfezioni.
Litigare per tutta la notte.
Tu mi ami ancora?
Volevo chiedertelo stasera al telefono.
Ma poi ho sorriso pensando a quanto fa ridere chiederlo.
Tu mi ami ancora?
Volevo chiedertelo.
Ma poi mi avresti presa sul serio?
Dimmi... Mi avresti presa sul serio?
Tu mi ami ancora?
Volevo chiedertelo.
Perché io ti amo ancora.
Da morire.
Come quando vivi ma senza vivere davvero se lui non c'è.
E tu sei lui. E lui non c'è.
Ti amo. Ma non te lo dico.
Perché tu non vuoi saperlo.
Perché già lo sai...

12

Forse sarebbe bastato non mollare la presa

Roma, lunedì 22 luglio 2019

Prima di prepararmi per la serata vado a fare jogging, era da troppo tempo che non lo facevo, è l'unica cosa che mi aiuta a distendere i nervi. E fra Giulia, Fernando e il lavoro i miei nervi sono davvero tesi...

Vado al parco vicino casa, Colle Oppio. Da adolescente, prima di trasferirmi a Bologna, e anche dopo essere tornata a Roma, quando stavo ancora dai miei, andavo spesso a correre vicino a casa loro, a Villa Pamphilj. E ricordo che lì, una volta, incontrai una strana donna di nome Mia. Me lo ricordo come fosse oggi, anche se sono passati quasi vent'anni, perché quella donna aveva qualcosa negli occhi, nel modo di parlare, nel modo di guardarmi, nel tono della voce, in quello che diceva. Aveva una luce, una magia, e insomma, dopo tanto tempo, ricordo nitidamente quello che mi disse: «Ti diranno che arriverà qualcuno a salvarti, a soffiare sulle ferite. Ad amarti davvero. A dimostrarti che puoi tornare a crederci.

Cancellando tutto il dolore e il freddo nel cuore. E tu scoprirai che è vero. E che quella persona che arriverà nella tua vita a salvarti, innamorandosi perdutamente di te, amandoti come nessuno ti aveva mai amato, ecco, quella persona sei tu». E poi aggiunse: «Ti diranno che l'amore è un sentimento senza musica, e tu, con quella musica, farai ballare l'universo».

Ci ripenso ora, in questo periodo così e così, in questi giorni in cui nello stomaco e nel cuore sento un uragano. E quelle parole hanno un senso ancora più profondo. Ci penso con intensità, mentre corro per tornare a casa e buttarmi in doccia, per poi prepararmi a uscire.

Prima di salire in macchina, do un'occhiata alla pagina di Tisbe. Leggo un post:

> Forse sarebbe bastato non mollare la presa, non smettere di guardare le stelle.
> Ma te lo immagini, amore mio? Io, te e le stelle! Senza pensare mai, nemmeno per una frazione di secondo, che quel cielo non fosse solo nostro. Che quella sabbia morbida non fosse lì a farsi accarezzare dai nostri sogni.
> Forse sarebbe bastato questo, non smettere di credere nel nostro sogno.
> Forse sarebbe bastato non smettere di guardarci in quel modo così magico.
> Forse, amore mio, sarebbe bastato non smettere di dirci Ti amo, in tutti i silenzi del mondo.

Eh, vabbè, ma allora ditelo...

* * *

Con gli altri l'appuntamento è da *Manuel*, a Ponte Milvio, per un aperitivo, poi ce ne andiamo a cena sempre in zona. Ci saranno Elisa, Giorgia, Patrizio e una sua amica, Diego – che ha la pasticceria proprio lì – accompagnato dalla stronza, quella che lo tratta di merda, Roberta...

A cena poi ci raggiungerà anche Fernando. Ha insistito per venire. Non che mi dia fastidio, è solo che non gli avevo chiesto di venire, e lui si è praticamente autoinvitato... C'è da dire che ha le sue ragioni. In questi quattro anni, da quando cioè abbiamo iniziato a frequentarci, l'ho coinvolto in tante incombenze della mia vita, e lui è stato davvero un punto di riferimento, una certezza. Io so che lui c'è quando ne ho bisogno, è sempre disponibile, generoso, pronto a supportarmi in tutto: con Giulia, con la gestione di alcuni aspetti pratici della mia quotidianità, con certe paure e insicurezze che a volte mi assalgono. Quando ho pensato di non farcela da sola, lui c'è sempre stato, e non posso prendere solo la parte che mi fa comodo e poi riservare il divertimento a me stessa e ai miei amici. Ha ragione... Ma non lo so, negli ultimi tempi avverto sempre più marcate le differenze di carattere che ci allontanano. Lo trovo petulante, noioso e pesante, sì, pesante come dice Giulia, anche se quando lo fa la rimprovero perché non deve mai mancargli di rispetto. E nemmeno io dovrei...

Giulia l'ho sentita poco fa, dice che l'appartamento che hanno preso proprio sulla rambla è stupendo. Era eccitata, frizzante, ma alla terza domanda ha cominciato a sbuffare ed è diventata ostile. Un classico...

«Ok, ma è tutto tranquillo? I vicini, il palazzo? Posso stare tranquilla?»

«Tranquilla tu? Mi viene da ridere...»

«Giulia, sono tua madre, è normale che mi preoccupi!»

«Mi pare che tu passi la vita a preoccuparti, a farmi il terzo grado, a mettermi in guardia... è la mia cazzo di prima vacanza, posso godermela? Oppure vuoi rovinarmela?»

«Non capisco né il tono né le parole che usi, ma va bene, io ti voglio bene, un bene immenso, e se tu sei contenta lo sono anche io, amore...»

«Sono contenta... Ok?»

«Ok.» Lo ha detto con il tono di chi pretende che la discussione finisca lì. E così è stato...

Comunque sono felice che si diverta, al di là di questo suo costante atteggiamento astioso e a tratti gelido. Sono felice, anche se nello stesso tempo ho una paura fottuta: mi ritrovo a essere ancora più ansiosa del solito ora che è lontana, senza la mia protezione. Ma del resto è la sua vita, deve viverla come ho fatto io grazie ai miei che sono stati sempre prudenti, sì, ma aperti. Mi hanno lasciato la libertà di fare esperienze, di provare, di sbagliare, ed è anche grazie a loro se oggi sono quello che sono. Anche se a volte mi chiedo se ciò che sono diventata sia una cosa buona...

«Ohi, Franci!» esclama Diego appena mi vede. Lui e la stronza sono già seduti al tavolo, insieme a Elisa che ha una faccia disgustata nascosta dietro a un mezzo sorrisetto di circostanza che conosco bene, del resto il suo disappunto per la storia nella quale si è cacciato Diego e il suo disprezzo per Roberta sono noti, non ne ha mai fatto mistero. Nessuno di noi è felice di vedere Diego così, di saperlo spesso triste e sofferente, ma lei ci va giù pesante, senza mezzi termini.

«Diego, eccovi qui!» Lo abbraccio e poi saluto Roberta. «Carissima, che piacere vederti, come stai?» La falsità...

«Ciao! Io bene, e tu sempre uno splendore!» esclama Roberta, con un fare apparentemente sincero. Lavora in aeroporto come hostess di terra, la presenza non le manca, e l'abitudine all'accoglienza – evidente deformazione professionale – di sicuro gioca un peso importante. Il suo sorriso è, ecco... È wow!

«Senti chi parla!» rispondo, e vedo Elisa che mi fulmina con lo sguardo. Nel frattempo arrivano Patrizio e Giorgia. E io faccio una linguaccia a Elisa.

Passiamo un paio d'ore davvero piacevoli. C'è da ammettere che Roberta sa il fatto suo, ha quel modo di fare che sarà anche un po' pomposo e costruito ma risulta gradevole. Poi è oggettivamente elegante, ha classe, non si può negare, e in più, secondo me, è davvero bella. Di una bellezza speciale e particolare. Con quei capelli biondi e lunghissimi, i tratti delicati, gli zigomi alti, i seni piccoli ma perfetti, come quelli delle modelle, e le altre forme al punto giusto, se pur non eccessivamente pronunciate. Capisco perché Diego possa aver perso la testa per lei, nonostante sia impegnata da anni e abbia una figlia con un uomo a sua volta separato, e nemmeno legalmente, e un altro figlio dalla relazione precedente, che vive con loro. Che situazione...

Verso le 21.30 usciamo dal locale per dirigerci a piedi verso un ristorante dietro l'angolo.

«Ma davvero questi litigano di brutto due giorni prima di sposarsi perché lui trova un messaggio molto ambiguo di un uomo nel telefono di lei, e lei invece di preoccuparsi di tranquillizzare il compagno posta una foto su Instagram dove è mezza nuda con una didascalia ammiccante?» Diego ha un'espressione di puro stupore.

«L'irresistibile tentazione della vanità. Più forte di qualunque droga. Più forte di qualunque amore...» è Elisa a rispondere. Parlano della fidanzata di un amico di Giorgia che abbiamo conosciuto tempo fa. Giorgia ci ha appena raccontato questo aneddoto che fa riflettere... Il problema è che Elisa usa qualunque argomento per lanciare frecciatine a Roberta, è implacabile...

«Siamo proprio alla deriva, non c'è più ritegno...» commenta Fernando, solenne.

«Il fatto è che lui è il classico sognatore, un romantico», dice Giorgia.

«Se ti ostini a voler tirare fuori qualcosa, qualunque cosa, dal cuore di chi quella cosa non la possiede, non sei romantico, né un sognatore. Sei qualcosa di più vicino a uno stupido», replica tagliente Elisa, e lancia un'occhiata a Diego...

«Ma è bona, questa? Nome su Instagram?» Ovviamente a chiederlo è quel cretino di Patrizio.

«Patrizio, sei pessimo!» risponde Giorgia con un mezzo sorriso. Lei ha un animo nobile, ed è sempre pacata, educata, si muove lentamente e con misura, l'esatto contrario di Patrizio, due universi opposti. Eppure ho sempre avuto l'impressione che lei abbia una simpatia particolare per quel soggetto tremendo e adorabile, e la cosa mi fa sorridere. Ogni tanto faccio il gioco di immaginare come starebbero insieme alcune persone. Ma quando mi succede di pensare a loro due, ecco, no, non li vedrei proprio come coppia, eppure boh...

«Lo so, e amo esserlo. Perché poi l'universo mi premia!»

Elisa alza gli occhi al cielo.

Roberta ride di gusto. «Ti adoro!»

«Anche io!» risponde Patrizio, e lo guardiamo tutti con un po' di stupore e di imbarazzo. Elisa negli occhi ha un lanciafiamme, Diego è sorpreso, Patrizio ci guarda con quel sorrisetto paraculo, e poi aggiunge: «Anche io, anche io mi adoro...» E allarga le braccia. Scoppiamo tutti a ridere!

«Cheers!» urla Patrizio. «Vi adoro!»

E alziamo tutti il calice per brindare.

Mangiamo bene, io una tagliata danese al sangue, e il vino va via come se non ci fosse un domani, solo che un domani ci sarà e avrà la forma della mia scrivania e di un sacco di rogne! Però in questo momento non me ne importa.

La serata scorre veloce e piacevole, verso le 23 Roberta se ne va farfugliando una scusa poco credibile.

Non appena la figura di Roberta scompare in lontananza, Diego fa una battuta un po' sarcastica e autoironica e poi, abbandonando quel velo di amarezza, con entusiasmo propone: «Facciamo un altro giro di Negroamaro?»

Il coro è unico, allegro e solidale: «Sììì!»

«Tesoro, non ritieni sia il caso di andare?» chiede Fernando, gelando tutti.

«No, Ferni, va bene un altro giro...»

«Mah... Sembri un po' brilla, poi domani devi alzarti presto per lavorare, non credo sia il caso, ecco... Sei sicura che vada bene?»

«Fernando, ho detto che va bene! Se tu sei stanco, puoi andare. Siamo con due macchine», rispondo molto acida. Quando fa così non lo sopporto. Ci osservano tutti in silenzio, e mi sento terribilmente a disagio.

Lui abbassa un po' lo sguardo e poi risponde: «Ok, allora io andrei, perché sono davvero stanco...» Si alza e, come per provare a riparare alla situazione di imbarazzo, aggiunge: «Ma sono stato bene! Siete sempre tutti deliziosi!»

«Anche tu Fernando!» risponde accomodante Giorgia, e tutti in coro dopo di lei.

«Buonanotte tesoro, mi mandi un messaggio quando sei in casa?»

«Ok...» dico baciandolo e dissimulando una certa irritazione.

Quando se ne va, nessuno dice nulla, ci guardiamo tutti per un attimo. Diego con un pizzico di commiserazione...

Io accenno un mezzo sorriso. «Diego, facciamo che nessuno fa commenti su Roberta e voi non ne fate su Fernando! E facciamo questo ennesimo giro di Negroamaro alla nostra salute!» E butto giù l'ultimo sorso dal mio bicchiere.

«Alla salute!» risponde Diego con un gran sorriso.

«Il mio bicchiere è vuoto, cazzo, quando arriva questa bottiglia?» rispondo, su di giri. Tutti ridono.

Patrizio si alza per cercare il cameriere. «Ci penso io, amica...»

Giorgia mi appoggia una mano sulla spalla, io mi giro, la guardo e lei mi fa una carezza dolcissima sul viso, che significa *ti voglio bene, io ci sarò...*

Le amiche si scelgono in un riflesso impercettibile, una piccola luce negli occhi, una frazione di secondo, è un attimo. Un attimo in cui succede tutto: riconoscersi, accogliersi, comprendersi... E prima ancora che qualcuno intorno lo capisca, è già partita quella silenziosa e indissolubile magia della complicità. Dell'unione. Della fusione.

Le amiche spesso si guardano e non parlano. In mezzo agli altri, accennano un sorriso, abbassano un po' lo sguardo, alzano leggermente il labbro, muovono la borsa, dicono cose che non pensano, il contrario di quello che vorrebbero dire, parole che, per chi è fuori da quella complicità, sembrano non avere un senso o significare tutt'altro, ma che nel loro codice, quando ci sono altre persone presenti, sono comunicazioni chiare, e il senso è *ci siamo capite!*

Le amiche siamo noi, che ci ritroviamo sedute a un tavolo di un bar di periferia, o del centro, o sugli scalini dietro casa, o sdraiate sul letto a fissare il soffitto, o a camminare per le strade di una città mai vista prima per conquistarla, scattando foto e selfie per non scordarci di quanto è stato bello farlo insieme, per fissare quel momento solo nostro.

Le amiche siamo noi che ci ritroviamo ognuna in un posto fisico diverso ma sempre nello stesso luogo emotivo. Sempre dentro la stessa emozione. Nello stesso pensiero.

Le amiche bevono, ridono, cantano, piangono guardando il cielo, sognano al tramonto, e bisbigliano fino all'alba, tenendosi per mano, abbracciate strette strette, per affrontare tutto insieme. Qualunque cosa.

Alzo gli occhi e guardo le mie amiche attorno al tavolo.

E rivolgo loro un pensiero che vuole essere una carezza perché sono qui, non solo fisicamente attorno a questo tavolo, ma prima di tutto sono qui, dentro il mio cuore. Ecco, adesso vorrei dirglielo, e glielo dico: «Voi sarete sempre qui, dentro il mio cuore, ovunque sarete!»

13

Tu sei la mia amica per sempre

Il quaderno di Giulia

Barcellona, mercoledì 24 luglio 2019
Ore 02.50

I primi tre giorni di vacanza sono stati super! Abbiamo visitato un sacco di posti qui a Barcellona. Il Parco Güell e le meravigliose architetture di Gaudì, compresa la sua casa. E poi il Museo Picasso ne La Ribera, la Cattedrale nel Quartiere Gotico e l'Acquario, troppo bello. Barceloneta è stato uno dei quartieri che abbiamo frequentato di più, sia di giorno, in spiaggia, sia la sera, girando per le stradine e i piccoli vicoli antichi, mangiando fritture di mare, bevendo litri di sangria...

Marti, due sere fa, è stata lasciata al telefono dal fidanzato che è a Formentera e le aveva pure promesso di prendere un aereo per venire a salutarla il giorno del suo compleanno, che è oggi. Che stronzo! Anche lui, come Ale, è molto più grande. Non si conoscevano da tanto, ma lei era già partita di brutto. Lui si sente figo perché fa il modello e ha mille ragazze intorno, e secondo me ama solo se stesso, mi è bastato parlarci mezza volta.

Un altro narcisista patologico del cazzo! Ma perché ci innamoriamo di questi casi umani? Quella sera Martina era davvero a pezzi, non se lo aspettava proprio, ed è crollata sul divano, in un pianto a dirotto. Allora io e Noemi ci siamo guardate e abbiamo deciso di fare una cosa che ci eravamo ripromesse di non fare, fumare erba... Sticazzi, ci andava, e l'abbiamo fatto! È la nostra vacanza dopo la sofferta maturità! La nostra prima vacanza da sole! E poi Marti ne aveva bisogno. Però lo abbiamo fatto in casa, senza fare danni. La sangria e l'erba hanno fatto il loro effetto, alla fine Marti rideva come una pazza per qualunque scemenza dicessimo, e noi con lei! Avrà mandato a fanculo Gianluca, il suo ex, urlandogli che è uno stronzo, almeno mille volte, come se lui potesse sentirla. Gli insulti in realtà sono stati vari, e quando ha cominciato a urlare che ce l'aveva piccolo e durava poco, ci siamo piegate letteralmente dalle risate. A mezzanotte abbiamo festeggiato il comple di Marti che eravamo completamente fatte e ubriache. È stato bello e devastante nello stesso tempo, forse non risuccederà, ma la porterò nel cuore come una delle cose più fighe e sbagliate della mia vita!

Comunque, di base, mangiamo a casa per non spendere troppi soldi e tenerli per le serate nei localini, al massimo ci concediamo delle tapas, la mia preferita è *pa amb tomàquet*... Fra quattro giorni partiamo per Lloret de Mar e oggi, anche per festeggiare il comple di Marti, abbiamo deciso di cenare e pranzare fuori. A pranzo siamo state in un posticino delizioso in centro, un piccolo ristorante con le tovaglie della nonna e le sedie in legno, di quelle vissute e meravigliose, su ogni tavolo c'era una piantina di fiori diversa, e i bicchieri erano tutti differenti fra di loro. Sembrava di essere in uno di quei film d'epoca pieni di romanticismo e poesia. Io ho mangiato *arròs negre* e *faves a la catalana*. Avrei dato qualunque cosa per essere lì con Ale, ma tanto a lui non importa niente di me. Ogni volta che lo chiamo mi risponde di fretta, come se non fossimo da giorni a novecento chilometri di distanza. Avrà da fare con le sue galline... Se ripenso a tutte le volte che ero praticamente certa che mi avesse tradita e ho fatto finta di nulla o l'ho perdonato. Mi fa stare troppo male!

Comunque con Marti, Caterina e Noemi, finora mi sono trovata troppo bene! Sono le mie sorelline, le mie amiche...

Infatti ieri sera ci siamo fatte belle, eravamo strafighe, e prima di uscire ho postato una nostra foto: le birre in mano e noi abbracciate. Sotto, nella didascalia, ho scritto, taggandole:

> Amica è quando i tagli sulla tua pelle sono i tagli sulla mia pelle.
> Amica è quando tu non mangi e io non ho fame.
> Amica è se stai male io sto male.
> Amica è se stai bene io sto bene.
> Amica è se tu sbagli, io ti copro.
> Amica è se sei nei casini, puoi contare su di me.
> Amica sono le parole che lui ti ha scritto, analizzate al microscopio per tutta la notte, per capirne il senso e, se serve, per inventarne uno.
> Amica è sole e pioggia insieme.
> Amica è buio e luce insieme.
> Amica è insieme, contro tutto e tutti.

Amica è che i fidanzati passano, gli amori nascono e poi qualche volta muoiono, ma noi no, noi siamo per sempre. Tu sei la mia amica per sempre.

Con Tisbe continuiamo a scriverci, ci lasciamo vocali infiniti. E un paio di volte ci siamo anche videochiamati. È sempre così stimolante parlare con lui, mi racconta dei libri su cui sta lavorando, mi fa leggere post inediti prima di pubblicarli sul suo Insta, mi chiede come mi sento, come sto, se sono felice, se mi diverto. È sempre così sereno. Solo oggi l'ho visto strano quando gli ho raccontato la cosa dell'erba... Più che strano ha fatto una faccia assurda, quasi impaurita, gli ho chiesto cosa avesse, poi l'ho tranquillizzato sul fatto che stessimo tutte e tre bene, e si è rasserenato...

Comunque sento più lui di mia madre, a lei rispondo solo telegraficamente via WhatsApp. Ha il potere di trasmettermi ansia e negatività, e io già ho le mie cose, e qui mi voglio divertire. Sono stata sempre in contatto anche con il resto della famiglia allargata, con quel pazzo di Pat, con Emma, Giorgia e tutti gli altri... Sempre presenti, che belli che sono! Nonni compresi.

Comunque ho deciso, se Alessandro continua a fare il coglione, giuro che mi diverto in tutti i sensi, le occasioni non mi mancano...

Ora crollo, perché sono davvero provata... Prima di dormire leggo un po' di post, ce ne sono alcuni nuovi di Tisbe, e poi come al solito Loy e Laura...

Vado sul profilo di Tisbe, e ne leggo due da stare male:

Vorrei parlarti, di tutto quello che ho dentro, di quello che ho qui dentro. Sai, ha a che fare con te...
Vorrei parlarti, ma prima vorrei prenderti per mano, portarti lontano, portarti via con me...
Vorrei parlarti, e le mie parole vorrei che disegnassero sulle tue labbra, lentamente, la curva del sorriso più bello di sempre...
Vorrei parlarti, perché quello che ho da dirti, sai, vorrei dirtelo da tanto. E vorrei che fosse chiaro, e vorrei che fosse dolce. E soprattutto vorrei che ti rendesse felice. Perché è solo questo che vorrei, che tu fossi felice...
Forse sarebbe bastato avere più coraggio, l'avresti meritato. L'avremmo meritato. Me lo chiedo spesso, cosa sarebbe stato se non fossi stato tanto vigliacco. Sarebbe stato bello. Sarebbe stato meraviglioso. Difficile, complicato, ma meraviglioso.

Mamma, mi fa vibrare il cuore...
E poi:

Quando mi prendevi per mano una parte di mondo non smetteva di essere tossica. Però, lo ammetto, faceva meno paura quando tentava di insinuarsi nel mio cuore...
Quando mi prendevi per mano non c'era un solo giorno nel quale il sole non calasse, è vero, ma la tua mano che stringeva la mia rendeva ogni tramonto il tramonto più bello di sempre...
Quando mi prendevi per mano, pensavo poco, chiudevo gli occhi, sorridevo e, dentro di me, ripetevo di continuo le stesse cinque parole: non ho bisogno d'altro.

Intanto scorre una playlist su Spotify:

Samuele Bersani con *Giudizi universali*
Fred De Palma ft. Ana Mena con *Una volta ancora*
Francesco De Gregori con *Sempre e per sempre*
Vasco Rossi con *Una canzone per te*
Modà ft. Jarabe de Palo con *Come un pittore*
Achille Lauro con *C'est la vie*
Brunori Sas con *Come stai*
Negramaro con *Tutto qui accade*
J-Ax con *Tutto tua madre*
Fabrizio Moro con *Portami via*
Francesco Renga con *Il mio giorno più bello nel mondo*
Antonello Venditti con *Sotto il segno dei pesci*
Benji & Fede con *Fino a farmi male*
Anna Oxa con *Quando nasce un amore*
Thegiornalisti con *Felicità puttana*
Thegiornalisti con *Completamente*

Ora suona Alessandra Amoroso con *Prenditi cura di me...*

E sento i miei occhi bagnarsi un po'...

Leggo Loy:

> Sono nato con una sensibilità particolare, che qualcuno definisce 'in posizione femminile'. Dicono sia insolita in un uomo, la mia psicologa dice che è un bene raro e prezioso, ed è così potente che è sempre stata la mia condanna e nello stesso tempo il mio asso nella manica. Io so vivisezionare gli stati d'animo delle persone che entrano nella mia orbita emotiva. Sento tutto come se fossi un medium delle emozioni. Qualche volta sono fragile e piango, altre sono forte e volo così alto da ap-

parire quasi arrogante. Sono agli antipodi del modello maschio alfa, 'narcisista patologico', che molte donne dicono di detestare, ma di cui quasi sempre poi si innamorano perdutamente. Non ho problemi, per questo, a selezionare, a osservare e poi 'pesare' le persone che incrociano il mio sguardo e con le parole dicono cose, con gli occhi dicono altro. Non mi pesa attendere che arrivi qualcuno che davvero abbia voglia di mischiare il sapore della mia anima con la sua, senza tutte le strutture e sovrastrutture che a volte mi rattristano e mi allontanano. Non sono per tutti. Sono solo per pochi.

Ma quanto è vera questa cosa della sensibilità? Cazzo, è troppo vera! E la sua descrizione è esattamente la mia descrizione! Fortuna e condanna... L'unica cosa che mi stupisce davvero è che questi pensieri siano di un uomo! Penso che se esistono uomini così, non abbiamo perso le speranze. Tale e quale ad Ale... Mi viene da ridere se penso a lui e alle sue galline...

E poi lei, la mia Laura...

Tutte le volte che ti vedranno cadere, fingeranno di tenderti la mano, senza farlo davvero, perché dentro di loro godranno nel vederti a terra. E tu rovinagli la festa! Rialzati da sola. Lentamente. Mettici il tempo che serve. Perché è il tuo tempo. Perché è la tua vita. Mettici tutto il cuore. Sì che ti rialzerai! E quando sarai in piedi, stremata, sorridi! Faglielo questo torto! E poi ricomincia a correre, più forte di prima. Più bella che mai!

E infine l'immancabile Buonanotte...

Buonanotte a te che in fondo bastava un abbraccio. Uno di quelli che ti spoglia di tutte le paure. Uno di quelli che, dopo, ti senti felice, e speciale.

14

Niente ci cambia più del dolore

Roma, mercoledì 24 luglio 2019

«Non sarà più bella, perché non ci saranno termini di paragone... Sarà unica, speciale. Verrà da un mondo incantato come quello delle favole! Con tre soli, la sabbia rosa e i cavalli alati...» Recito queste parole ad alcuni miei collaboratori, e mentre lo faccio me ne convinco anche io. Stiamo chiudendo il *claim* per questo cliente importante, un grosso produttore tv, e serve qualcosa di grosso, potente, incisivo. È un cliente top, non si può sbagliare! Sembrano tutti convinti e motivati, hanno portato delle proposte in linea con il *sentiment* a cui avevo pensato e con quanto ho cercato di trasmettere. Essere una copywriter significa prima di tutto entrare nel *mood*, nello spirito di un marchio, identificarne il lessico, la storia, ciò che rappresenta, i valori che comunica. E da quando sono diventata senior del mio reparto, tutto questo va trasmesso a chi, insieme a me, lavora sul testo. Senza cuore e senza empatia non si va da nessuna parte. Ma io sono fortunata, ho una squadra pazzesca e compatta. La migliore al mondo.

Esco dall'ufficio e passo a casa a cambiarmi, cercando di fare veloce perché anche oggi vorrei fare un po' di jogging al parco. In macchina, mentre mi dirigo verso Colle Oppio, mi arriva la notifica di un nuovo post di Tisbe, che praticamente ormai è diventato una droga. Ho così voglia di leggerlo che accosto un attimo su Via degli Annibaldi.

> Vorrei prenderti per mano, adesso che senti nel cuore un po' di quel buio che a volte ci avvolge per ricordarci quanto siamo fragili...
> Vorrei dirti che quando sei fragile sei ancora più bella, e che la notte è solo il nostro modo magico di aspettare che arrivi il sole. E che, il sole, arriverà!
> Vorrei portarti a guardare il mare, senza dire una parola, staremmo lì, seduti vicino la riva, e io ti abbraccerei da dietro, e ti sussurrerei in un orecchio, con dolcezza e un filo di voce, che andrà tutto bene, che alla fine andrà tutto bene.
> Vorrei regalarti delle margherite con dentro un po' di magia, le stelle e la musica.
> Vorrei regalarti il mio sorriso, per quando il tuo non saprà accendersi da solo, per tutte le volte che non potremo prenderci per mano. Per tutte le volte che non lo abbiamo fatto anche se sarebbe stato bello. Per quando, come adesso, ne avrai bisogno...

Trattengo per un attimo il respiro. Ecco, Tisbe, io adesso ne ho proprio bisogno, ne ho tanto bisogno. E ti prego, tu smettila di farmi sognare così, non è corretto! Poi alzo gli occhi, prima di ripartire, e per un istante mi manca di nuovo il fiato. Sono davanti al Colosseo, e da qui sembra di essere in un film, è pazzesco, stupendo, surreale, la cosa più bella del mondo, se penso che ci passo tutti i giorni davanti... Questo mondo sa sorprenderti con momenti di bellezza assoluta, basta saperli vedere, avere voglia di fermarsi un attimo, smettere di pensare, spegnere il motore e goderne...

Alle 19, subito dopo una breve corsetta, sono a casa dei miei, per un saluto. Li trovo entrambi sul balcone. Da quando sono in pensione si dedicano anima e cuore a Giulia, anche se lei è sempre sfuggente e poco presente, pur amandoli moltissimo.

«Ma è stupenda questa!» dico indicando una pianta di orchidea grandissima e meravigliosa, in un vaso enorme... «Ma come fai? A me le orchidee muoiono sempre!»

«Non te lo ha spiegato Marco? Con le piante serve tanto amore! Ci devi parlare, devi coccolarle, prendertene cura, proteggerle! Come devi fare con il tuo cuore e con le persone a cui tieni...» mi dice mamma sorridendo, mentre innaffia l'olivo.

«Tua mamma è una donna saggia...» aggiunge mio padre, che normalmente lascia parlare lei limitandosi a sottoscriverne ogni parola. Quanto si amano!

«No, a quanto pare non me lo ha detto quel furbetto di Marco, ma prendo nota...» rispondo sorridendo.

«Abbiamo sentito Giulia questa mattina, si sta divertendo! Che gioia che è...»

«Ah, bene, mamma! Sono felice che voi riusciate a

parlarci, perché a me è già tanto se risponde a qualche messaggio su WhatsApp...»

«Amore, devi capirla, anche tu alla sua età eri immersa in un altro mondo e non stavi dietro a noi...» replica mia mamma.

«Esatto!» conferma papà.

«Lo so, hai ragione», rispondo, mentre fisso l'arco in ferro battuto fissato sul davanzale, quello da dove per anni ci siamo affacciate io e mamma a guardare giù, chiacchierando di qualunque cosa, del mio primo amore, delle questioni famigliari, fino ad arrivare alle liti e ai vizi dei vicini. Da questo davanzale al quarto piano che mi fa tornare in mente così tante cose, così tante sensazioni, il mio cuore inevitabilmente torna lì, a quella volta, quell'unica volta che Andrea venne a Roma con me. Era il dicembre del 1998. Ci affacciammo insieme, gli dissi che ero felice di averlo a casa mia, nella casa dove ero cresciuta, che ero felice che conoscesse i miei genitori e i miei amici, e lui rispose che la felicità era tutta sua, mi disse che mi amava da morire e che avrebbe voluto passare la vita con me. Ma mentre lo diceva nel suo sguardo c'era qualcosa, succedeva spesso con lui...

Poco prima di salire dai miei, in macchina, mentre suonava *L'eternità* di Fabrizio Moro, riflettevo sul fatto che non c'è sempre una spiegazione logica al perché sentiamo determinate cose, succede e basta, ci scorrono nella pelle, dentro le ossa, hanno il sapore delle certezze che non si possono dimostrare, come quando gli animali fiutano il pericolo o le cose belle. Io fin da quando ero piccola 'sento' le cose e le persone, le fiuto, le avverto nello stomaco, girano nella mia testa e nel mio cuore senza una forma e senza un nome, ma sanno essere lo stesso magicamente chiare e nitide. Più legate alla sfera spirituale, emotiva, lontanissime dall'oggettività, da ciò che è evidente. Sono lì, dentro di noi, e ci parlano in una lingua sconosciuta ma comprensibile al nostro istinto e al nostro cuore. E sono le uniche cose a cui dovremmo aggrapparci, slegate da condizionamenti, elaborazioni interne o esterne, slegate da tutto ciò che non è puro. Sono la verità, ecco. E sentire le cose così, è un po' una condanna, ti lacera e ti tormenta. Ma è anche bellissimo. Bellissimo come lui, che un giorno si è preso il mio cuore ed è sparito portandolo con sé...

Sono rapita da questi pensieri quando sento la mano di mamma accarezzarmi i capelli, e resto lì per qualche minuto imbambolata a prendermi le coccole, poi dopo un po' mamma si avvicina con il viso, mi dà un bacio tenerissimo sulla guancia e mi chiede: «E tu, amore, ti prendi cura del tuo cuore? Lo sai, con me non è necessario che tu parli, io ti sento lo stesso... Sono la tua mamma. Lo sento quello che c'è qui dentro!» Lo dice con quel suo tono dolce e rassicurante, mettendomi una mano sul petto...

Io la guardo e la abbraccio senza rispondere. Vorrei piangere, ma non riesco... Restiamo così, abbracciate in silenzio per un po', mentre mio papà finge di non sbirciare e continua a innaffiare la siepe.

Dopo poco mi alzo e li saluto. Prima di andare via entro un minuto in quella che era la mia cameretta, con la scusa di cercare un vecchio libro dell'università, e per una manciata di secondi mi godo quel profumo, il profumo delle cose belle, di tutto ciò che poteva essere e poi non è stato, il profumo delle prime volte, degli inizi, delle lettere, dei biglietti, delle partenze e dei ritorni. Guardo sulla mensola sopra il mio letto e vedo *I Quindici*, l'enciclopedia che i miei comprarono l'anno in cui sono nata, quanti ricordi in quelle pagine! Io adoravo il volume 2, *Racconti e fiabe*, era il mio preferito, subito dopo veniva il volume 9, *Come si fanno le cose*. E la chitarra! Dovrei rimettermi a suonare... Mentre esco dalla stanza penso che niente, niente ci cambia più del dolore...

Saluto i miei che ricambiano con un'espressione dolce e forse un po' preoccupata, e prometto di tornare presto a trovarli e di fermarmi a cena. Sul pianerottolo, mentre aspetto che arrivi l'ascensore, mia madre mi fa compagnia stando sull'uscio. Mi guarda con un filo di apprensione. Sento che ha qualcosa da dirmi.

«Cos'hai mamma?»

«C'è una cosa che devo dirti.» Esita un attimo, poi riparte. «Fernando è una brava persona. Lo sai che mi è sempre piaciuto. Ma il nostro cuore non ha bisogno di brave persone. Ha bisogno di battere forte. E ricorda. Quello che conta davvero è che tu sia felice. Tutto il resto, i soldi, la tranquillità, il successo, il lavoro vengono dopo.» Un'altra pausa. Si avvicina, mi accarezza il viso e io resto immobile, pietrificata. Lei mi prende la mano e me la porta sul cuore. «Conta solo questo, amore mio! Sii felice!»

* * *

In strada ricevo un WhatsApp di Elisa:

Elisa: Questa notte sono stata con una gnocca pazzesca! È un'attrice di teatro...
Francesca: Dai! Mi devi raccontare! 😛
Elisa: Per forza! Ci dobbiamo vedere! Intanto leggi che cazzo di parole mi ha mandato questa notte con una mail...

Chi ha mai avuto come partner o amica un'artista, che sia una cantautrice, una pittrice, un'autrice, una poetessa o una musicista, sa che non si tratta dello stesso identico mondo, è una cosa un po' diversa, non superiore o migliore, anzi... Solo diversa e quasi sempre più complicata.
Gli artisti, quelli che mettono tutto il dolore o la gioia dell'universo in un testo, in un quadro, in una scultura, in una canzone, hanno l'esigenza psicofisica di farlo. È gente che spesso si isola, e poi da un momento all'altro ha bisogno di uscire e mettersi a correre a perdifiato verso i propri sogni, verso tutto l'amore racchiuso in un tramonto dove il sole, invece di scendere, sale, perché gli artisti invertono le traiettorie e le regole della fisica e della matematica quando questo è congeniale all'amore o al dolore che sentono. Se metti un'artista davanti alla luce, lei chiude gli occhi, sorride, e ascolta. Se la metti davanti al buio, lei non può fare altro che sedersi, rannicchiarsi in un angolo ginocchia al petto e aspettare che passi, mentre nel suo cuore tutto quel nero, tutto quel dolore ha già una forma, una strofa, una linea melodica, o una combinazione di parole.
E se ami un'artista (e io te lo sconsiglio!) devi aspettarti coriandoli, arcobaleni col sole di notte e la neve d'estate, e il tuo nome impresso fra le stelle, ma anche tutto

il resto. Gli artisti usano la loro arte per farcela anche quando sentono un peso sul petto e il respiro affannato, anche quando vedono i loro sogni e la loro vita sgretolarsi in mille pezzi. Anche quando avrebbero voglia di urlare al mondo che non sanno da dove ripartire o come uscirne.

E una canzone piena di rabbia, quasi sempre è una dichiarazione d'amore. Lo stesso vale per un quadro, o per le parole di uno scrittore.

È un codice e un linguaggio a parte, quello degli artisti, diverso ma simile a quello delle donne che conoscono il sesto e il settimo senso e toccano corde di seta e magia...

Pochi hanno la capacità di comprendere tutto questo, ma chi ci è riuscito, ha saputo capire un angolo segreto di bellezza e fragilità di questo nostro piccolo ma meraviglioso universo.

Francesca: No, vabbè... Ma davvero? Non ho parole! Ok, ti chiamo dopo! Voglio tutti i dettagli!

Non faccio in tempo a mettere il telefono in borsa che arriva un altro WhatsApp, è Emma:

Emma: Oggi non sopporto più nessuno, in ospedale sono tutti impazziti, dai colleghi ai pazienti. In più ci si mette pure il marito con i figli. Dice che il piccolo ha la febbre, mi ha chiamato come se stesse per morire. Ha 37.5... Ma ti rendi conto? I maschi...

Francesca: Sto salendo in macchina, ti chiamo prima di rientrare in casa! Comunque... Secondo me dovresti rifletterci sul fatto di prendere una decisione coraggiosa, hanno ragione gli altri, sei ancora giovane, perché ostinarti a rimanere in una situazione che ti rende infelice?

E soprattutto, perché rinunciare al vero amore? Tu e Antonio vi amate! Lo so...
Emma: Hai ragione...
Francesca: tvb... ♡
Emma: A dopo!
Francesca: A dopo...

Prima di rientrare al lavoro passo da Marco per un saluto velocissimo, prendo una pianta di orchidee uguale a quella di mamma, e lo rimprovero di non avermi mai insegnato ad amarle come ha fatto con lei. Lui per tutta risposta mi dice che questa notte ha trombato con un certo Daniele, che fa l'avvocato e ce l'ha enorme. Ma che hanno tutti? Pago e lo saluto in fretta e furia con un bacio volante e uno sguardo divertito e fintamente scandalizzato, perché nel frattempo entra un cliente. Mi dice che dobbiamo vederci perché deve raccontarmi.

«Ok, ok...» rispondo e scappo.

In macchina faccio uno squillo velocissimo a Giorgia, per sapere come va.

«Sto seguendo questo cantiere sulla Cassia, è una villa pazzesca, il proprietario è un po' schizzato e scassacazzi, a dirla tutta... Ha voluto due architetti, uno per il progetto strutturale e me per la direzione dei lavori, il design interno, e tutto il resto...»

«Dai, davvero?»

«Eh, vabbè, però paga bene e poi la casa, se si calma un attimo, verrà davvero un gioiello!»

«Bene!»

«Ma la cosa che mi ha fatto davvero piacere è aver conosciuto l'altro architetto. È una donna, si chiama Mariangeles, ma la chiamano Mary... di una bellezza mozzafiato. E niente... parlando, siamo finite a parlare d'amore. Strano, eh... E sai cosa mi ha detto, lei? Che alla fine l'amore ti stupisce sempre, ti salva, ti fa volare, ti fa viaggiare nello spazio e nel tempo, e poi ti fa rinascere quando pensavi di essere morta...»

«Wow!»

«Ecco, non so come dirti... Ma i suoi occhi... Il suo modo di parlare... Non so, aveva un qualcosa, un non so che di magico... Sembrava venire da un altro pianeta! Ma mi sono venuti i brividi! E se ci ripenso li ho ancora. Detto questo, il suo lavoro l'ha terminato, non la rivedrò più.»

«Eh... Ci sono quelle persone che magari vedi una sola volta nella vita, e ti lasciano addosso sensazioni inspiegabili... è successo anche a me tanti anni fa con una signora al parco. E comunque, oh, prendiamolo come un buon augurio per il nostro futuro!»

«Infatti!»

Ridiamo entrambe, e poi ci salutiamo.

Alle 21 io e Fernando siamo ai fornelli, lui controlla il sugo, io taglio le zucchine. Sono ancora in accappatoio, uscita dalla doccia non avevo voglia di vestirmi.

«Quindi tutto ok con quella campagna pubblicitaria?»

«Sì, sembra stia andando bene... Abbiamo trovato due proposte forti, sono più serena ora.»

«Bene...» lo dice con un tono più basso, e subito dopo

si avvicina e mi bacia, tirandomi a sé. Oggi è giornata di sesso, penso... Quindi ce n'è anche per me?

Fernando è moro e robusto, non altissimo ma ben messo, ha la carnagione scura e la barba un po' incolta e molto dura, nell'insieme è un bell'uomo, non un adone, ma fa la sua figura. Mentre ci baciamo sento il suo respiro farsi sempre più grosso, e non solo il suo respiro... La sua mano si insinua sotto l'accappatoio, fra le mie gambe, e mi trova già pronta. Con l'altra mi accarezza il seno e i miei capezzoli diventano turgidi. Sono felice che il mio corpo sia ancora in forma e attraente. Anche la mia mano, dopo averli slacciati, si infila dentro i suoi pantaloni, fra le sue gambe...

In un attimo mi ritrovo seduta sul top in marmo della cucina e lo sento entrare dentro di me con decisione. Mi piace, entra ed esce lentamente, poi aumenta il ritmo, diventa sempre più deciso, assestando dei colpi sempre più netti e profondi, e io godo a ogni colpo di più.

«Ti piace così?» mi chiede con il respiro affannato.

«Sì, mi piace!» ansimo. «Mi piace!» urlo.

Il suo ritmo è sempre più serrato, mi bacia il collo, dietro l'orecchio, mi prende per i capelli e mi piega un po' la testa. «Ti faccio male?»

«No!» rispondo sempre più smaniosa di arrivare al piacere.

Va avanti così per un po', alternando l'intensità, ma a un certo punto comincia a spingere forte mantenendo un ritmo alto e io sento che sto per avere un orgasmo.

«Non ti fermare! Non fermarti!»

E lui non si ferma, dopo pochi altri colpi vengo urlando.

A quel punto lui rallenta e mi abbraccia, e io mi adagio sul suo petto, abbracciandolo a mia volta, godendomi questi attimi...

Lui avvicina la bocca al mio orecchio e mi sussurra: «Ti amo».

E io sento una fitta al cuore, ma non è una di quelle che ti fanno sentire felice, no, ha un retrogusto amaro, è qualcosa di orrendo perché ti fa sentire a disagio e in colpa nello stesso tempo. Vorrei rispondere: «Anche io», ma non ci riesco proprio. Lo guardo e, per dissimulare questa mia sensazione atroce, lo bacio a lungo, e poi lo abbraccio ancora rimanendo in silenzio. Lui non dice nulla ma percepisco che l'ha avvertito quel mancato «anche io».

Dopo cena, guardo Fernando sul mio letto. Dorme già. Ripenso a quello che è successo prima, al fatto che forse in me è cambiato qualcosa, sta succedendo qualcosa nel mio cuore, e questo mi spiazza, mi destabilizza, mi terrorizza. Letteralmente. È qualcosa che devo affrontare, con cui devo fare i conti. Da cui non posso scappare.

In questo momento vorrei soltanto essere sola nel *mio* posto magico, tra le *mie* dune.

Andrea... Tu torni sempre, tu tornerai sempre, non mi lasci, non mi lasci... Non mi lascerai mai andare, vero?

Lo ricordo come fosse adesso, quel momento, sai? Quando ci siamo visti per la prima volta quella sera, dentro di me ho sentito una fitta, era dolore, era terrore, era già amore, perché l'amore fa così, arriva all'improvviso, e all'improvviso ti fa provare tutte quelle sensazioni mischiate insieme che non avevi mai provato prima, che sono solo tue, e sanno di felicità. Ecco, quello che non ti ho mai detto è che io, quella sera, ho provato felicità, immensa e inspiegabile, perché non sapevo nemmeno il tuo nome. Ma ho anche provato tristezza, perché sapevo che tu non eri mio, lo leggevo nei tuoi occhi, lo sentivo nel cuore come le altre sensazioni. Non ci eravamo ancora sfiorati e tu già mi sfuggivi. Mi cercavi con lo sguardo, dovevi ancora trovarmi, ma io sentivo che già ti avevo perso...

Niente ci cambia più del dolore...

15

Il potere che diamo agli altri è direttamente proporzionale al peso della nostra gabbia

Il quaderno di Giulia

Lloret de Mar, mercoledì 31 luglio 2019
Ore 03.54

Domani mattina si ritorna a Roma! È stata una vacanza pazzesca! Lloret de Mar ha meno poesia di Barcellona ma è ugualmente fantastica e magica, ed è piena di energia! E poi sotto il profilo del divertimento è una bomba. Abbiamo fatto bene a concedere più spazio alla prima parte della vacanza, perché qui, a parte visitare Girona una mezza giornata, la vacanza è stata solo discoteche, discoteche e discoteche! Se fossimo rimaste di più ci saremmo forse stancate! Ma quanto è stato tutto, ecco, super!

Ale ha continuato ad avere un atteggiamento da stronzo, non si smentisce mai! Qualche volta mi scrive messaggi romantici che mi fanno andare il cuore a mille e poi magari sparisce per tutto il giorno per poi rifarsi sentire alle 3 di notte dicendomi che vorrebbe avermi lì per scoparmi tutta la notte da dietro. Ma come cazzo si permette? Va bene dirci queste porcate, che eccitano anche me, ma quando prima c'è tutto il resto, la dolcezza, il romanticismo, e soprattutto la presenza. A volte credo che mi tratti davvero come una troia! Altro che fidanzata... E io scema che ci sto. È solo che lo amo troppo e non so staccarmene, e dopo averlo tradito, perché, sì, l'ho tradito... È successo una notte qui, dopo una serata alcolica in disco. Subito dopo ho provato un senso di colpa assurdo, perché so che anche lui mi ha tradita mille volte, ma io non sono come lui, e se tradisco la persona che dico di amare, tradisco prima di tutto me stessa, anche se quella persona non si fa il minimo scrupolo a farlo con me, o a trattarmi con sufficienza. Quindi ci sono stata male, ma poi, anche grazie alle mie amiche, la cosa piano piano si è affievolita, e adesso convivo con questa piccola macchia che mi ricorda che non sono perfetta, ma soprattutto che qualcosa è cambiato, dentro di me, nel rapporto con Ale, nel modo che avevo di vederlo e pensarlo. La verità è che mi sono divertita, ho fatto un sacco di cazzate insieme alle mie amiche, abbiamo parlato di molte cose leggere ma anche affrontato discorsi profondi. Abbiamo ballato in discoteca, e sui lettini, durante l'aperitivo sulla spiaggia, prima del tramonto. E il ragazzo con cui sono stata a letto, quello con cui ho tradito Ale, il giorno dopo è venuto a salutarmi in spiaggia, proprio al tramonto, e ci siamo presi per mano. Lui è di Napoli, e so che non lo rivedrò più, ma è stato dolcissimo quando lo abbiamo fatto, ed è stato dolcissimo a tenermi la mano prima di ripartire, mentre il sole calava e i colori del mare e del cielo si facevano magici e rendevano tutto un incanto. Prima che andasse l'ho stretto forte e gli ho detto che era stato bello, e l'ho ringraziato anche per avermi ascoltata, mi sono sentita capita più da lui in poche ore che da Alessandro in tutti questi mesi... E lui mi ha risposto che è stato solo un piacere, poi mi ha dato un ultimo bacio. Subito dopo essersene andato, mi ha mandato un messaggio che mi ha colpita e mi ha fatto riflettere:

> Il potere che diamo agli altri è direttamente proporzionale al peso della nostra gabbia.

Domani mattina verrà a prendermi mamma. Ci sarà anche quel rompipalle di Fernando che mi ha chiamata duemila volte per sapere tutti i dettagli del volo, se dovevamo accompagnare anche Marti, Caterina e Noemi a casa, ed è persino arrivato a chiedermi se avessi per caso valigie in più rispetto all'andata... Sarà anche una brava persona, ma io davvero non lo sopporterei un minuto accanto, come compagno. Ma come cazzo fa, mamma, a starci da quattro anni? Che poi secondo me è esaurita anche per colpa sua. Prima che si mettesse con lui, guarda caso, avevamo un ottimo rapporto... Poverino, mi dispiace anche pensare queste cose, perché lui la ama davvero tanto, e ama anche me, mi tratta come una figlia. Ma resta il fatto che io non lo sopporto proprio...

16

Dove sei?

Roma, mercoledì 31 luglio 2019

Nei giorni successivi a quando ho avuto quella brutta sensazione, con Fernando le cose sono andate in modo particolare, abbiamo avuto un dialogo più sereno del solito, lui si è mostrato più accomodante, ma nello stesso tempo è come se si fosse rotto qualcosa e silenziosamente ce lo fossimo detto, o forse si è rotto qualcosa, sì, ma solo dentro di me. Forse sto solo proiettando anche su di lui una sensazione che è solo mia.

Mentre penso a questo esco dall'ufficio per pranzare, mi raggiungono Marco, Emma, Giorgia e Patrizio. Elisa e Diego, che non sono riusciti a sganciarsi dal lavoro, li chiamiamo per prenderli in giro da una tavola calda in Piazza Ungheria, dietro il mio ufficio, dove stiamo mangiando cinque insalatone.

«Esatto! Mi faccio terra bruciata intorno, a volte, sì, ma per correre meglio e senza erbacce verso le cose belle!» urla al telefono Elisa, con la sua solita esuberanza... È in vivavoce, quindi la sentono tutti e scatta un «Buuuuuuu!» collettivo da sfottò. Lei ride e dice che gliela pagheremo! Poi la salutiamo.

«Quindi torna domani mattina la nostra principessa, giusto?» chiede Giorgia.

«Sì! L'ho sentita io ieri sera!» interviene Patrizio.

«Ma dai, ma che carino!» replica Giorgia.

«Mi serviva per avere delle informazioni su come ragionano le sue coetanee, sto uscendo con una ventiduenne... Non proprio coetanea, ma mica potevo chiedere a voi vecchie! Senza offesa, eh...»

Giorgia fa una faccia assurda e replica: «Fai proprio schifo!»

«Che brutta persona!» dice Marco, ma con un tono poco convinto, infatti aggiunge: «Be', comunque è più che maggiorenne, eh!»

«Ma lui ha anche più del doppio dei suoi anni!» puntualizza Emma, che tiene in mano un libro di tale Luca Anselmi, *E allora sposami*, e non lo molla un attimo. Ci ha detto che pensava fosse il classico libretto rosa colmo di stucchevoli sentimentalismi, invece lo ha trovato stupendo, pieno di poesia e introspezione, e l'ha commossa tantissimo. Ne ha parlato con così tanta enfasi che mi ha incuriosita. Emma, Emma... E la tua razionalità? E il tuo elegante disincanto?

«No, il doppio dei suoi anni sarebbero quarantaquattro, e per averne più del doppio, dovrei averne dai quarantacinque in su... Mentre io ne ho appena quarantadue!»

«Appena?» chiede Giorgia.

«Ha ragione!» è sempre Marco a prestargli il fianco.

Io mi limito a guardarlo come una madre guarderebbe il suo bambino indisciplinato e dico: «Comunque sì, torna domani mattina, infatti Fernando viene a dormire da me anche questa notte... Così domani andiamo a prenderla insieme. Ci teneva».

«Oddio che dolce, Fernando!» dice Patrizio, sarcastico.

«Smettila!» lo redarguisce Marco.

«Ecco, smettila!» gli fa coro Giorgia.

«Ma come vanno tra voi le cose?» chiede Emma. «Ultimamente ti vedo strana, direi insofferente...»

«Sai che non saprei risponderti? Comunque qualcosa che non va c'è...»

«Mi dispiace!» dice Giorgia. «Però sai che lo avevo percepito anche io?»

«A me non mancherà!» dice Patrizio.

Non riesco a trattenermi e scoppio in una risata. «Dio, quanto sei tremendo! Ma come si fa con te!» Lo guardo in faccia, mentre lui fa quell'espressione sorniona, e io rido ancora.

Lui incalza: «Ciao Ferni, ci scrivi quando arrivi?»

«Daiiiii!» ride Marco. Anche Emma ride sotto i baffi, mentre Giorgia guarda Patrizio ancora incazzata, e lui per un attimo sembra rivolgerle uno sguardo diverso dal solito, direi dolce, per poi tornare subito a indossare la sua maschera da finto figo. E io comincio davvero a farmi delle domande...

Mentre ridiamo squilla il telefono.

«Shh! È lui!» dico io nascondendo quasi la testa fra le spalle, quasi provassi un senso di vergogna per averlo preso in giro fino a adesso... Tutti si fanno seri e restano in silenzio. «Ohi, Ferni...» rispondo e vedo Patrizio mettersi entrambe le mani sulla bocca cercando di non farsi sentire mentre ride. Io abbasso lo sguardo e provo a concentrarmi sulla telefonata, ma dopo qualche secondo non è più necessario perché Fernando ha il potere di rendere pesante davvero qualunque cosa, anche il semplice fatto di andare a prendere qualcuno all'aeroporto. Con lui diventa tutto una serie infinita e noiosissima di programmazioni meticolose, dettagliate, di 'recall', di 'alert', di 'forse' e di 'però'. Che palle, cazzo.

«Ok, dai, ora devo lasciarti, ne parliamo a cena, Ferni, abbiamo tutto il tempo del mondo, no?»

Chiudo salutandolo quasi senza nemmeno aspettare che lo faccia anche lui. Subito dopo alzo lo sguardo al cielo e sbuffo. «Aiuto!» urlo quasi. E chiudo gli occhi.

All'improvviso Patrizio se ne esce con un: «Oddiooo!» e penso che è il solito scemo, ora mi fa pure il verso. Poi riapro gli occhi e lo vedo in piedi, correre e saltare terrorizzato. Siamo seduti fuori, i tavoli sono tutti occupati, e tutto il locale lo guarda urlare e divincolarsi scappando non so da cosa e perché. Giorgia ride di gusto sotto i baffi.

«Ma cos'ha?» chiedo agli altri, che assistono divertiti alla scena.

«Una microscopica ape... Ecco cos'ha il nostro supereroe!» dice Giorgia quasi compiaciuta. Emma e Marco scuotono la testa rassegnati.

«No, vabbè, ma ancora non l'ha superata questa cosa delle api?»

«Delle api, delle vespe, dei calabroni...» precisa Emma.

«Ma non ti ricordi a scuola? Quando entrava un insetto in classe? Apriti cielo! Il finimondo», dice Marco.

Alla fine preferiamo pagare e andare, visto che si è fatto tardi e Patrizio è fermo sul marciapiede di fronte e non accenna a tornare a sedersi.

Mentre ci salutiamo noto una scritta con una bomboletta spray sul muro dietro a quel fifone di Pat. È dolce, semplice, mi mette allegria:

> Non serve dirti che ti amo,
> perché suona nell'aria quando ti chiamo.

Per tutta la cena e fino a quando ci siamo messi a letto, Fernando non ha fatto altro che parlare della mia gestione della casa, del fatto che pago sempre le bollette in ritardo nonostante lui me le attacchi bene in vista con le calamite sul frigo. E poi secondo lui la persona che mi aiuta con le faccende domestiche non pulisce bene, non è meticolosa, e «guarda qui quanta polvere!» e «guarda la maniglia che è unta» e «il vetro è sporco». Poi è passato al fatto che non sto attenta con la manutenzione della mia auto, e che non ho fatto il cambio gomme. Senza contare le millemila volte in cui mi ha ripetuto che domani dobbiamo partire prima, perché sul raccordo potremmo trovare traffico, e che la cosa migliore sarebbe stata che Giulia fosse rientrata dopo le 20.

«Basta! Ti prego! Tutto giusto, ok, ma adesso basta! Domani partiamo all'ora che dici tu, adesso ti dispiace smetterla di ripetermi le cose e di riprendermi come se fossi una bambina? Fammi spegnere un attimo il cervello, per favore...»

«Sei nervosa?» mi chiede con quell'aria da chierichetto.

«No, mi hai rotto le palle, porca puttana! Sei tu che mi innervosisci, è diverso! Ok?» mi rendo conto di urlare come un'isterica.

«Non capisco né il tuo tono né questo linguaggio...»

«Fernando...» cerco di tornare alla calma. Provo a contare fino a dieci. «Fa caldo, sto lavorando tanto, in questi giorni sono stata molto in apprensione per Giulia... Mi dispiace di aver perso le staffe e mi dispiace per i toni e le parole usate. È solo che vorrei tu fossi più indulgente, meno giudicante...» Mi tiro su con la schiena e lo guardo. «Scusami. È che vorrei solo questo da te. Indulgenza...» abbozzo un sorriso distensivo e accomodante.

«Ok...» dice lui, tirandomi a sé per abbracciarmi.

Poi ci mettiamo giù, spegniamo la luce e cerchiamo di dormire. Ma io proprio non riesco. Mi alzo fingendo di dover andare in bagno, tiro giù la tavoletta e mi siedo sulla tazza con il cellulare in mano. E mi ritrovo ad avere voglia ancora di sognare... Vado sul profilo di Tisbe, a cercare un po' d'amore... Mi immergo per l'ennesima volta nelle sue parole...

> Alla fine, di me, ti resterà il mio sguardo, quello di un uomo che non aveva mai amato così, quello di un uomo che non aveva mai visto una donna così bella, quello di chi ogni volta che ti guardava sentiva nel cuore una fitta, poi una pausa: era il terrore di perderti.
> Alla fine, di me, ti resteranno i biglietti con le parole

d'amore e le promesse, anche quelle che non ho mantenuto, anche quelle che il cielo ha reso impossibili.
Alla fine, di me, ti resteranno gli occhi, che ogni giorno ti guardavano in modo diverso, che tutte le volte scoprivano un meraviglioso dettaglio del tuo corpo che non avevano notato; che ogni volta che si posavano sui tuoi, si innamoravano di nuovo come se fosse la prima volta. Perché l'amore è amore solo quando si sceglie e ci si riconosce nell'altro tutti i giorni.
Alla fine, di me, ricorderai la mia mano sulla tua, a cercare un intreccio che sapeva di infinito, come due lacci intrecciati che raccontano una favola che inizia e finisce con due parole: *per sempre*.
Alla fine, di te, mi resterà ogni cosa.
Perché, ogni cosa, mi parla di te.

Leggo e ho gli occhi lucidi, non riesco proprio a trattenere l'emozione, queste parole mi catapultano in un universo emotivo da cui ho cercato per anni di prendere le distanze, ma il muro che mi sono costruita attorno è sempre più fragile... Mentre fisso il display del telefono, le lacrime che rigano il viso e addosso una sensazione di sconvolgimento, mi arriva un WhatsApp di Giorgia:

Giorgia: Ho pensato che in questo momento della tua vita questo post dovessi proprio leggerlo. È sempre di Loy:

Tu lo sai, capita di sentirci soli, persi, e allora diventiamo fragili, e allora ci rannicchiamo in un angolo per capire se nel cielo, nel nostro cielo, c'è una stella, anche una sola, piccola ma meravigliosa stella che possa illuminare

i contorni delle nostre mani mentre tremano di notte e cercano le sue mani, senza trovarle...
Ed è assurdo, tu lo sai, perché in quei momenti abbiamo paura sia del buio, che ci disorienta, ci annulla, e ci immobilizza, sia di accendere la luce e guardare l'immagine riflessa nello specchio. Perché la nostra faccia non ci piace, ed è rigata da lacrime che scavano prima di essere risucchiate nel nostro stesso vuoto.
E poi lo sai, di giorno, quando ci chiedono: «Come stai?» e noi rispondiamo «Bene», e sfoderiamo il nostro sorriso più bello, quello più convincente, quello che nasconde tutto meno che gli occhi, quelli no, se li guardi bene, se hai voglia di guardarli bene, lì ci trovi tutto...
Perché siamo fatti così, ci innamoriamo, voliamo, mettiamo sul piatto tutto quello che abbiamo, il cuore, gli sguardi, la rabbia, l'ingenuità, l'amore, tutta la nostra vita... E poi perdiamo tutto quello che possiamo perdere, e poi no, ecco, poi no, non lasciamo andare niente di quello che ci ha fatto vibrare l'anima, non lasciamo mai andare quello che abbiamo protetto nel cuore, anche se quello che abbiamo protetto nel cuore ci ha bucato il petto, ci ha tradito, ci ha colpito alle spalle, mandandoci in mille pezzi. E non c'è un modo semplice per rispondere alla domanda: «Perché? Nonostante quello che ti ha fatto... Perché, perché? Nonostante tutto questo dolore...» Ché le cose importanti per il nostro cuore non possono essere spiegate con quattro parole, perché sono rare, e solo nostre, e hanno il sapore delle cose infinite, della magia, di quei voli che parti, stacchi i piedi, e non sai quando torni. Perché forse non torni. E tu lo sai...
E niente, tutto questo ha a che fare con la mia vita, con il mio passato, con i segni sul mio viso, col freddo che sento adesso, con quelle mani che cerco e non sento addosso, con le stelle e la poesia, con una canzone che mi emoziona e con la malinconia, con i miei sbagli,

con le parole che non ho mai detto, con tutte le mie imperfezioni e con gli abbracci che ci fanno credere che alla fine andrà tutto bene, ecco, tutto questo ha a che fare con la paura che a volte ci rende fragili, con tutte le volte che siamo caduti e ci siamo rialzati più belli di prima.

Apro la finestra, la notte è piena di stelle. E all'improvviso ricordo un dialogo che speravo di aver dimenticato per sempre.

«Non ci lasceremo mai», disse lui.

«Come puoi dirlo?»

«Come posso dirlo? Ecco, tutte le notti, amore mio, mentre guarderemo le stelle, io ti dirò: 'Domani ti porto a guardare le stelle'. E lo farò davvero. Al mare. Per strada. In giardino. Ma ti ci porterò. E quando non potrò portarti, e non sarà mai perché non ne avrò voglia, allora te le disegnerò. E quando la mia mano tremerà troppo per disegnarle, scriverò lentamente su un foglio: 'le tue stelle'. E quando non potrò fare nulla di tutto questo, e non sarà mai perché non ne avrò voglia, allora, amore della mia vita, significa che ci sarò io, fra quelle stelle. E tu guardando il cielo, guarderai me. E io brillando illuminerò i tuoi occhi, e guarderò te. E ci faremo ancora compagnia. E non ci lasceremo mai.»

Andrea, dove sei?

17

Nessuna cosa si allontana veramente da noi, fino a che la custodiamo stretta dentro al nostro cuore

Bologna, giovedì 25 marzo 1999

La casa dove viviamo è deliziosa, in Via Fondazza, proprio davanti al muro che cinge quel gioiello nascosto che è il Giardino Lavinia Fontana: ha due camere, un salotto con all'interno un angolo cottura, un bagno con la vasca antica, i soffitti altissimi, le porte e le finestre grandi in legno bianco, le persiane verdi, e due balconcini che danno sul magnifico cortiletto interno, che sono l'invidia di tutte le mie amiche di facoltà. Due balconcini stretti e lunghi con la ringhiera antica in ferro battuto lavorato a mano.

La mattina, all'alba, è stupendo. Ma al tramonto è un sogno...

Per andare all'università in bicicletta impieghiamo un quarto d'ora. Ok, quando è solo Andre ci impiega molto meno, ma quando gli orari delle lezioni coincidono, e andiamo insieme, lui è costretto a rispettare il mio ritmo che è decisamente più blando del suo...

L'appartamento è un regalo che i genitori hanno fatto ad Andrea. In realtà è una fra le tantissime proprietà della sua famiglia, il padre e la madre sono notai storici di Bologna, e sono molto ricchi.

Andrea parla davvero poco dei suoi, spesso quando lo fa si incupisce, o diventa freddo e distaccato, un po' come quando, negli ultimi tempi, si abbandona a quegli sguardi malinconici e glaciali che mi terrorizzano... Anche quando parliamo dei suoi sembra perdersi allo stesso modo: si incupisce, diventa triste, a volte anche stizzoso, si innervosisce quando azzardo una domanda di troppo...

Qualche volta va a dormire da loro, magari in mezzo alla settimana, una o due notti, poi torna qui. In realtà questo succedeva più all'inizio, ora molto meno. Ho conosciuto entrambi i suoi genitori, nemmeno due settimane fa. Sono passati a trovarci, al rientro da un viaggio di lavoro, e sono saliti. Sapevano di me, si sono presentati e sono stati molto cortesi, quasi affettati, direi... Tipico di un certo ambiente altoborghese. Mi hanno chiesto se mi trovassi bene a Bologna, in quella casa, se avessi bisogno di qualcosa, e che per qualunque esigenza loro erano assolutamente a disposizione. Erano entrambi molto eleganti, impeccabili. Indossavano vestiti classici e, immagino, molto costosi. Del padre mi è rimasto impresso lo sguardo, non era felice. Era grigio. Il suo sorriso di cortesia non riusciva a mascherare qualcosa che proprio non funzionava. La mamma invece aveva dei modi e delle espressioni dolci, di lei arrivava questo: dolcezza, delicatezza e forse un pizzico di fragilità.

Si sono fermati non più di una ventina di minuti. Il

tempo di un tè. Poi è passata una macchina a prenderli e sono andati via. Andrea è sceso con loro, ed è risalito dopo poco più di cinque minuti. Ricordo la sua espressione, sembrava spaesato, disorientato. Quasi sconvolto. Sembrava un cucciolo pronto a esplodere in un pianto disperato.

Avrei voluto abbracciarlo e chiedergli cosa avesse, ma non mi ha dato nemmeno il tempo di aprire bocca: «Preferirei non parlarne e che tu non mi facessi domande! Ho solo litigato con i miei, nulla di che...»

«Ok...» gli ho risposto.

«Vado a fare un bagno caldo.»

«Va bene, amore!»

Si è girato per dirigersi verso il bagno, e prima di varcare la porta, senza voltarsi, ha detto: «Scusa...» E dopo un attimo di esitazione ha aggiunto: «Grazie...» Per poi accelerare il passo e chiudersi a chiave dietro la porta.

Dopo il bagno, durato un'eternità, era un altro.

È arrivato da dietro e mi ha abbracciata.

«Chi è l'amore della mia vita?» mi ha chiesto con una dolcezza disarmante.

Io mi sono lasciata andare verso di lui, con la mia schiena sul suo petto, ho girato la testa e l'ho baciato, per poi sussurrargli nell'orecchio: «Ti amo».

Lui mi ha abbracciata forte, fortissimo, chiudendo gli occhi.

Siamo rimasti per tanto tempo in quella posizione, e io lo so, lo so che anche se dai suoi occhi non sono uscite lacrime, in realtà quel giorno lui ha pianto, ha pianto tantissimo. E io avevo il cuore straziato, spezzato, ma l'unica cosa che potevo fare per lenire un po' di quel dolore che gli sentivo addosso e di cui non conoscevo né origine né natura, era rimanere così, in quella posizione, senza fare domande, senza muovermi. In silenzio.

Andrea è la cosa più bella che mi sia mai capitata, e anche se a volte fatico a comprenderlo, ultimamente sempre di più, anche se negli ultimi mesi ci sono momenti in cui sembra quasi mettere addirittura in dubbio il nostro rapporto o non metterlo al primo posto, è mio dovere proteggere il nostro amore, anche quando sembra barcollare sotto i colpi di una forza esterna che non riesco a decodificare. Questo amore è il mio miracolo, e i miracoli vanno custoditi. È quello che dico sempre alle mie amiche che mi spingono a reagire diversamente quando lui si comporta così, magari mettendolo davanti a un aut aut, ed è la stessa cosa che io consiglio di fare a loro.

È l'amore. È la vita!

Moltissime cose belle si perdono semplicemente perché le persone non sanno custodirle e proteggerle come meriterebbero.

Chi non ha cuore, forza e coraggio per buttarsi e soffrire mille e più volte per un amore grande, per sempre vivrà una vita piccola. Una non vita. L'amore è audacia. Perdono. Tagli sulle mani. Tagli sul cuore. L'amore è anche rabbia e delusione. L'amore è anche sentirsi feriti. L'amore è avere tutto il mondo che ti dice che non ne vale la pena mentre tu, dentro di te, sai che invece è l'unica cosa che abbia saputo renderti davvero felice. Anche solo per una frazione di secondo. Questo è l'amore. Ecco perché serve coraggio. Ecco perché...

* * *

Ci penso con un po' di inquietudine mentre sono affacciata al balconcino e non so dove sia Andrea. Dalla strada arrivano le voci degli studenti. Mi manca. Vorrei un suo abbraccio. Vorrei sentirmi dire che mi ama, che posso stare tranquilla, che non mi lascerà mai. Vorrei saperlo sereno, essere certa che è felice. Vorrei togliergli tutta quella malinconia di dosso, quel male di vivere che certe volte lo piega e lo allontana dalla sua vera natura, lo trasforma in un Andrea diverso, a cui non credo, anche se conosco il suo carattere schivo e solitario che lo porta a frequentare pochissime persone. So che lui ama la vita, ama goderne a modo suo. Vorrei vederlo sorridere, perché quando sorride lui sa accendere il cielo e le stelle, e sa accendere il mio, di sorriso.

Ma il mio amore grande sorride sempre meno, ormai.

Guardo giù la gente passare, le coppie prendersi per mano mentre si fermano davanti alle vetrine. Chissà dov'è, ora, e cosa sta facendo. Chissà se anche io gli manco un po', se non vede l'ora di tornare da me. Questa mattina mi ha detto che sarebbe andato a fare un'escursione in montagna con Maurizio, uno che fa boxe con lui, e che sarebbe tornato dopo cena. Chissà se è davvero così... Poi penso che nessuna cosa si allontana veramente da noi, fino a che la custodiamo stretta dentro al nostro cuore.

18

Niente di quello che ho intorno potrà mai essere al posto giusto se tu non sei con me

Roma, lunedì 5 agosto 2019

«Sono cinque giorni che non si fa viva!» dice Diego.

«Assurdo!» dico io, ed Elisa sottoscrive...

«Che poi, in fondo, il profilo di certe persone, ne parlavo con la mia psicologa, è di una banalità unica. E loro nemmeno lo sospettano. Forse non sono state amate quando erano piccole, poverine, e adesso fanno così... E uno ci casca perché ragiona in modo sano, e inizialmente crede alle loro parole, ma solo perché, banalmente, è così che dovrebbe funzionare: se tu mi dici che mi ami, io ti credo. Punto. Non penso al delirio o alla manipolazione...»

Raramente ho sentito urlare Diego, oggi è davvero nero. Sta praticamente sbraitando, e da lui proprio non te lo aspetti. Sono in pausa caffè, e alla telefonata partecipano in audioconferenza anche Marco, che non manca mai, ed Elisa.

È l'ultima settimana di lavoro, avrei potuto andare

in ferie anche qualche giorno fa, ma devo chiudere una campagna pubblicitaria di un cliente davvero grosso e fidelizzarne un altro con un incontro, stiamo analizzando gli ultimi dati sul target e io devo fare le proposte finali sul copy. Siamo tutti sotto pressione perché il cliente è esigente, spenderà un sacco di soldi e non si può sbagliare. La tensione si taglia col coltello.

Ma anche Diego non mi pare molto rilassato...

«Quindi poi ci si sta male perché si resta spiazzati da certi atteggiamenti, da cambiamenti improvvisi e apparentemente incomprensibili, non perché loro siano irresistibili o pieni di qualità. 'Vincono' perché sono persone anaffettive, perché non hanno avuto un modello emotivo da cui imparare, non l'hanno ricevuto, l'amore, e allora non lo provano. Pensano di provarlo, ma non lo provano, o fingono di farlo. Ti trascinano dentro dinamiche malsane in cui rimani invischiato come in una trappola seduttiva e micidiale perché sembra sincera, genuina. Ma questo non significa essere belli o intelligenti o affascinanti, no, questo significa semplicemente essere manipolatori privi del più elementare senso di empatia. Pericolosi. Pericolosi per chi casca in quella trappola e non ha le spalle abbastanza larghe. O magari vive un momento di particolare fragilità.»

È una furia. Che sia arrivato il momento in cui capisce di doversi sfilare da questa situazione che non lo rende felice?

«Diego, è esattamente quello che tentiamo di farti capire tutti da mesi...» dice Marco con voce dolce e accomodante.

«Esatto, che è una stronza narcisista! Ma tu, Diego, cazzo, devi smetterla di farti trattare così, lo devi a te stesso! Meriti molto, molto di più! Ora lo hai capito?» Il tono di Elisa, come al solito, è tutt'altro che dolce...

«Sì, credo proprio di aver toccato il fondo, ormai... Prima ho visto una foto su Facebook, rilanciata anche su Instagram, in cui si baciava con il suo compagno! Che poi una volta è il compagno e un'altra è l'ex... Senza parlare del fatto che lui è ancora legalmente sposato con un'altra, ma lasciamo da parte queste cose che già dovrebbero bastare a darmi la cifra dello schifo in cui mi sono cacciato... Mi viene il voltastomaco! E quindi, oltre a sparire e a partirci insieme, con la scusa della figlia, pure il bacio passionale al tramonto! A che cazzo serviva, eh? Me lo spiegate? Ha superato qualunque limite! Ma come fa a essere così insensibile?»

«Lo fa e basta...» dico. «E tu glielo permetti.»

«E quasi sempre poi scopri che lo stesso giochino lo hanno messo in scena in modo seriale millemila volte, e millemila volte lo perpetreranno... Solo che poi, se lo capisci, quando lo capisci, in un istante diventano così piccoli e insignificanti, da un momento all'altro spariscono dalla tua mente e *puff*, non possono più causare sofferenza. Improvvisamente ti rendi conto che, oltre all'amore mai esistito (perché non sanno cosa sia, come dicevamo, non per altro), non c'era nemmeno eleganza, né grazia, né tantomeno intelligenza o talento, se non quello per l'inganno e le bugie. Così tante bugie che alla fine, ne sono certo, non sanno nemmeno più quale o dove sia la realtà», aggiunge Elisa, approfittando dell'accondiscendenza di Diego.

«Proprio così, è pure una cessa, diciamolo!» rincara Marco, e lo dice proprio come una checca isterica. Infatti risulta poco credibile...

«Questo no!» dico io. «Sembra un angelo, con quei capelli biondi, gli occhi azzurri e le lentiggini! È stupenda, non diciamo cazzate! Stronza, insensibile, ok... Ma stupenda!»

«Mah!» risponde.

«Ragazzi, non concentriamoci sulle cose inutili! Il punto non è se è figa o cessa, e cessa non è... Il punto è che a lei, di Diego, non gliene frega nulla! Ok? Lo ha dimostrato», dico io.

«E anche sotto il profilo estetico era tutta una lunga, noiosa, faticosa costruzione di plastica, posticcia, senza charme né anima, un'immagine che non regge il confronto con la bellezza vera, quella che puoi trovare solo nel cuore di una persona piena di amore e poesia. Ecco, quando lo capisci, quando le capisci, queste persone diventano niente. Innocue, inoffensive. Penose. Così piccole. Così tristi...» incalza Elisa, senza pietà. So che la metà delle cose cattive che dice non le pensa fino in fondo, ma pur di proteggere Diego, ci va giù pesante... «Ecco, volevo dirlo. Sono d'accordo con Marco!»

Diego non parla più, si arrende alla veemenza di Elisa, e alla nostra opinione irremovibile da così tanto tempo che penso sia divenuta ormai anche la sua. Dopo un attimo di silenzio, cambiando discorso, chiede: «Tu come stai? Va meglio con Fernando?»

«Eh, volevo chiederlo anche io!» dice Elisa.

«Abbiamo domande di riserva?»

«Mannaggia...» risponde Elisa.

«Ma avete provato a parlare?» chiede Marco.

«Esatto, state cercando un dialogo?» aggiunge Diego.

«Ragazzi, sto iniziando a chiedermi se sono io il problema. Perché difficoltà di comunicazione ne ho anche con Giulia... E pensare che è il mio lavoro!»

«Ma figurati! Ma quale problema! Non dirlo nemmeno per scherzo! E non perché è il tuo lavoro, ma perché una persona più disponibile ed empatica di te non so nemmeno se esista!» dice Marco tirando su la voce di due ottave.

Appena esco dall'ufficio volo verso la macchina, sono in ritardo per l'appuntamento con Patrizio: facciamo un aperitivo veloce prima di cena, in zona Prati, in un posto dietro Via Cola di Rienzo, poi torno a casa. Il caldo e lo stress degli ultimi giorni lavorativi, dove si deve chiudere tutto e bene, mi stanno davvero massacrando. Se ci sommi i problemi con Fernando...

E poi sono sempre in pensiero per Giulia, che continua a essere così fredda, distaccata, sfuggente. Non riesco a prenderla in nessun modo. Mi salva che ci siano gli altri a sentirla e a seguirla, rassicurandomi sul fatto che sia tutto ok. Ma quanto vorrei tornare a quando eravamo unite, quasi in simbiosi. A quando non c'era nessun muro invisibile e invalicabile a separarci.

Appena accendo il motore mi arriva una telefonata, è Fernando. Appunto...

Mi chiede del lavoro, come è andata, se ho sentito Giulia. Se ho pagato la polizza assicurativa. Mi racconta di una litigata con un cliente della banca che stava per denunciare. Poi continua con l'interrogatorio...

«A che ora hai l'aperitivo?»

«In realtà ora. Sono in ritardissimo! Infatti ti dispiace se attacchiamo? Tanto ci vediamo più tardi a cena...» cerco di dirlo nel modo più dolce e accomodante possibile.

«Ok, ok... Però sarebbe bello se tu avessi questa premura anche per me, quando mi fai aspettare le ore...» Lo dice con un tono apparentemente scherzoso, ma io ci leggo la solita frecciatina, non lo sopporto più! È sempre così pignolo, intrusivo e petulante... «Ehi, sto scherzando, eh!»

«Non lo so quanto scherzi, Fernando...»

«Ma sei sempre sul piede di guerra, tu? Su!»

«Va bene, dai, se scherzavi va bene...» dico cercando di dissimulare la frustrazione e l'insofferenza che prendono il sopravvento su ogni altra emozione quando ho a che fare con lui. E questa cosa non so davvero quanto potrà continuare. Quindi ci salutiamo e corro da Patrizio.

Il locale dove mi aspetta per l'aperitivo è davvero carino, ha uno stile anni Cinquanta, con il pavimento a scacchi bianchi e neri, le poltrone imbottite e i tavolinetti in metallo dagli angoli stondati.

E anche la musica è in linea con quegli anni, quando

sono arrivata stava finendo *Guarda che luna* di Fred Buscaglione, e ora suona Gino Paoli con *Il cielo in una stanza*...

«Comunque mi sembrano sciocchezze quelle cose che si dicono alla fine di una storia. Tipo che ci ha rimesso uno o l'altro. O che lei o lui 'non ti meritava'», dice un insolito Patrizio, serio e profondo. Ha voluto sapere se con Fernando le cose continuano ad andare male, e così ora ci ritroviamo in questa conversazione inedita per noi due.

«Non vince mai nessuno, nessuno ci rimette, nessuno ci guadagna perché si parla di segni sul cuore che non si vedono ma restano lì a ricordarci qualcosa, a dirci che il senso non è mai così banale, e il finale mai così scontato. E che la direzione delle nostre emozioni si inclina in base al nostro universo emotivo. E a volte sono stelle meravigliose. Altre volte invece sono buchi neri senza fondo», aggiungo io.

«L'amore arriva. L'amore va», prosegue lui, riprendendo la parola. «Molti, quando chiudono una storia, si sentono dire dai loro cari o dai loro amici che 'non faceva per te', 'non te l'ho mai detto per delicatezza, ma non vi vedevo insieme', 'eravate troppo diversi'. Ma cosa fa di più di un bacio che ci salva la vita o di un sapore sulla pelle che non vorremo mai lavar via con una stupida doccia?»

Guardo Patrizio e mi chiedo se è davvero lui a parlare, ma stiamo toccando una ferita così aperta per me che non mi fermo. «Chi può arrogarsi il diritto di dirci cosa è adatto a noi, quando nella maggior parte dei casi non ha saputo guardare nemmeno dentro al proprio cuore? E, soprattutto, le parole dell'amore amano i silenzi e le grandi pause, i sospiri e le esitazioni, e in questi spazi pieni di magia, col passo lento e le incertezze, non c'è posto per il 'diverso'.» Ora Patrizio si limita ad ascoltarmi e non apre bocca. «L'amore si specchia negli occhi degli innamorati, li rende fusione, vibrazione. Li rende uguali», insisto. «La complicità di uno sguardo d'amore, o del semplice gesto del tenersi per mano, annulla qualunque distanza. E rende poco credibile qualunque diversità...»

«Pensa a me e a Giorgia e a quanto siamo diversi...»

«In che senso, Pat? Non capisco...»

«Certo che non capisci! Ho fatto una battuta!»

«Ok... Facciamo che non ti chiedo nulla di più...»

«Franci, era una battuta. Che altro c'è da dire?» si affretta a puntualizzare. Guarda il cellulare e dice: «Scusami, Franci, ora però devo scappare. Ho una gnocca fotonica che mi aspetta a casa...»

«Ancora un'altra? Sempre il solito! Ma quando metterai la testa a posto?»

«Quando l'universo smetterà di premiarmi!»

Camminando verso la macchina, ripenso al discorso con Patrizio sulle coppie che si mollano e a quanto diversi possano essere gli stati d'animo con cui una stessa persona affronta una rottura.

Entro in macchina e mi rendo conto che non ho davvero voglia di andare a casa e vedere Fernando, quindi lo chiamo scusandomi e chiedendogli se per lui va bene vederci domani, perché ho bisogno di andare a correre. Da quando ho ripreso è diventata un po' una droga, e mi fa stare bene, perché mi immergo in uno spazio solo mio: io, il mio fiato, il mio ritmo, la mia musica, e i miei pensieri... A volte correre è così simile a fuggire. A perdersi. A lasciarsi andare.

Fernando mi ha detto serenamente che non c'era problema, ma io ho percepito della tristezza nella sua voce...

Il parco non è molto affollato, sarà l'orario, mi piace... Mentre corro in cuffia suona una playlist che ho chiamato 'Run'. Ora va Franco126 ft. Tommaso Paradiso con *Stanza singola*, che ho scoperto grazie a Giulia, mi fa impazzire, la trovo bellissima, dolce, poetica, malinconica... Poi dicono che le nuove generazioni non sfornano più canzoni belle! Quante cazzate! E mentre cerco di tenere un buon ritmo di marcia, mi risuonano in mente le parole di un post di Tisbe, letto poco fa, ci penso ossessivamente, e so che questo ha un senso, così come un senso ha avuto non aver voluto vedere Fernando e, un senso, hanno avuto i discorsi fatti con Patrizio.

Qualcosa è cambiato dentro di me, qualcosa da cui non si torna più indietro. E intanto continua ad andare la playlist con *Perfect* di Ed Sheeran, e intanto continuano a insistere le parole di quel post...

> Ho paura sai, amore, ho paura adesso che mi sto guardando dentro e, ecco, avrei bisogno di te! Ora vorrei che mi prendessi per mano! Adesso che sono a terra a cercare i pezzi, i mille pezzi di me, del mio cuore, della mia vita, vorrei che mi tenessi la mano!
> Che poi è anche il tuo, è anche il tuo cuore. È anche

la tua vita. Perché ogni cosa mia è anche tua, anche se non lo sai, pure se non te l'ho detto mai...
Pensavo di potercela fare, rimettere insieme tutto, affrontare alcune cose che erano andate storte, guardare le stelle e sentire che, in qualunque posto fossi, le stavamo guardando insieme. Ma non basta... Tu sei l'amore della mia vita, e niente di quello che ho intorno potrà mai essere al posto giusto se tu non sei con me, se io non sto con te. Siamo noi, amore, siamo noi. Siamo solo noi...

19

L'amore è solo per pochi

Il quaderno di Giulia

Roma, martedì 6 agosto 2019
Ore 00.56

Ieri ho realizzato uno dei miei sogni: sono stata alla presentazione del libro di Laura Massa, la mia scrittrice preferita. E ci sono stata con uno dei miei blogger preferiti. Che ormai è diventato un amico, Tisbe...

La presentazione è stata spaziale! Laura incanta anche quando parla, oltre che quando scrive. Ma di lei, quello che arriva è lo sguardo, vero, profondo, autentico! Era visibilmente emozionata, è al suo secondo libro, che poi non è proprio un romanzo canonico, ma un mix fra narrativa e poesia. Un ibrido che sta andando molto di moda, ora, ma che mi piace solo espresso da lei, perché lei ha la magia dentro. Altrimenti di norma preferisco i romanzi più tradizionali, con un inizio, una fine, un intreccio narrativo, i personaggi e tutto il resto... Questi aspetti tecnici li ho fatti miei anche grazie a Tisbe, che man mano mi sta spiegando tutto. Ho scoperto anche come si lavorano le bozze, come gli editor normalmente correggono i manoscritti dei grandi autori, revisionandoli.

L'ultimo libro di Laura si chiama *Luce*, ed è stupendo, contiene innumerevoli riflessioni e poesie (in chiave moderna) sulla vita, sulle emozioni, sul dolore, e ovviamente sull'amore.

Per essere certa di avere la sua firma sulla mia copia, ne ho acquistata una nuova, giorni fa, alla libreria Mondadori dove si svolgeva l'evento: è una libreria stupenda e quasi ogni settimana ospita scrittori di fama, anche internazionale.

Quel giorno scoppiava di gente, soprattutto donne di tutte le età. La fila arrivava fuori dal locale.

È stato emozionante sentirla parlare, ascoltarla raccontare, fare un cenno alla meravigliosa e stupefacente storia d'amore fra la madre e il padre, Leonardo e Angela. Li ha fatti anche alzare, a un certo punto, erano seduti in prima fila. Io e Fabrizio eravamo due file dietro, li ho osservati spesso, guardavano Laura con gli occhi lucidi, superfieri, e si tenevano la mano.

E Leonardo, dopo aver rivolto un lungo e commovente pensiero a Laura, ha annunciato che lui e la sua dolce metà, dopo tanti anni assieme, si sarebbero sposati da lì a breve, aveva gli occhi lucidi per l'emozione, e lei di più, e tutti noi con loro. Poi ha chiesto il permesso di leggere alcune parole per Angela. Laura ha semplicemente annuito, commossa:

> Ricordo che la prima volta che ti ho vista ho pensato: E adesso? Adesso come farò senza di lei? Perché fin dal

primo istante, quando ancora tu non mi avevi nemmeno notato, quando non sapevamo niente l'uno dell'altra, ecco, prima ancora di sapere come ti chiamassi o che odore avesse la tua pelle, prima ancora di innamorarmi del tuo sguardo, della tua piccola cicatrice sulla caviglia sinistra, di quel modo buffo che hai di reagire quando sei in imbarazzo, prima ancora di impazzire guardandoti rannicchiata in un angolo del mio divano con addosso solo la mia felpa gigante, prima di perdermi per sempre nei tuoi occhi, prima di fare l'amore e capire che, l'amore, non lo avevo mai fatto prima di te, prima di sapere quanto fossi ridicola quando ti offendi per cose stupide, e quando scoppi a ridere per le tue stesse battute bruttissime e pretendi che lo faccia anche io, ecco, prima di tutto questo, non lo so, sarà stata magia, o un filo invisibile che univa i nostri cuori, ma io già ti amavo da morire, e già tremavo, amore mio, all'idea di poterti perdere...

Siamo rimasti tutti con il fiato sospeso fino all'ultima emozionante parola. Loro due sono la prova che l'amore per sempre esiste! La presentazione è proseguita come un incanto, intervallata da dialoghi fra Laura e il pubblico e letture del libro.

Quando smette di amarti, non hai bisogno di sentirtelo dire, perché c'è un momento esatto in cui percepisci che l'altro non ti ama più, che non c'è più per te. Che è arrivato il momento di voltarti e fare da solo, ricominciando da te stesso.
E fa male, cazzo se fa male! È un lutto. Il senso dell'abbandono ti uccide. È il punto più basso di quella favola. Ma è sempre un nuovo inizio. Perché senza il tramonto,

anche il più meraviglioso dei tramonti, ecco, le stelle non arriverebbero mai...

Ma questa è quella che mi ha stesa:

Non ti chiederò di amarmi come vorrei, perché non sono io a decidere per te, perché se te lo chiedessi sarei patetica, perché se non mi ami adesso, come vorrei, allora non mi amerai mai.
Non ti chiederò di prendermi la mano quando ho paura, o di abbracciarmi quando sento freddo e il cielo è nero. Perché deve partire dal tuo cuore la voglia di abbracciarmi, di prendermi la mano, di dirmi che comunque, sì, il cielo è nero, ma è lo stesso per entrambi. E quando inizia a piovere, se ci prendiamo per mano, il cielo nero si trasforma nella cosa più romantica dell'universo.
Non ti chiederò mai di smetterla di rendermi insicura e di farmi soffrire, perché se per te non sono così speciale, se non sono né unica né l'unica, allora che senso ha baciarci, sognarci, fare l'amore?
E non ti chiederò nemmeno di capire che a volte sono solo insicura, e che ho bisogno di essere tranquillizzata, e che tu mi dica che ami solo me, che tutto il resto viene dopo, che non mi lascerai mai. E che sarà per sempre.
Perché sarà per sempre solo se non avrò bisogno di chiederti niente...

Ecco, ascolto e piango, e penso che è proprio questo che dovrei imparare, a non elemosinare l'amore, a non dipendere emotivamente da nessuno, a non permettere ad Ale di mettermi al secondo, terzo, quarto posto.

Per un attimo ho fantasticato di essere io, lì al posto di Laura, a presentare il mio primo libro, e ho immaginato mamma seduta in prima fila, insieme a tutti gli altri, zia Giorgia, zio Pat, Emma, Elisa... E le mie amiche, e poi mi sono girata verso Tisbe, così gentile e premuroso, così stimolante e, diciamolo, figo, che ecco, ho pensato che mi sarebbe piaciuto avere anche lui lì in prima fila... E in quel momento ho realizzato che mi sto affezionando parecchio a lui. Perché sa essere presente senza essere mai pesante o invadente. Perché mi pare di conoscerlo da sempre. Comunque la presentazione ha raggiunto il suo apice quando Laura ha letto alcune parti accompagnate dalle note di una pianista che suonava dal vivo in modo soft brani di repertorio classico.

> Tu che sai dei cieli e dei silenzi. Tu che sai del rumore del mare e delle notti stellate.
> Tu che nel temporale fuori dalla finestra ci vedi solo amore.
> Tu che quando dici «Ciao, a dopo!» dopo piangi un po' perché hai paura che non sia vero, che sia solo «ciao», senza «dopo»...
> Tu e quella piccola cicatrice sul sopracciglio.
> Tu e quel sorriso un po' indeciso.
> Tu sei l'amore della mia vita.
> E quando ti dico «Ciao, a dopo!» io intendo «Ciao, a per sempre!»
> Perché se non sei tu il mio per sempre, io per sempre mi perderò...
> Sei così bello che non esiste un numero, una parola, un termine di paragone che possa definirne la grandezza. Sei bello come un quadro che non può comprare nessuno, uno di quelli che non potrà mai appartenere a una sola persona, perché non si può toccare, non si può prendere in nessun modo, perché è stato dipinto

nel cielo. Come una magia, un miracolo che sembra per tutti invece è solo per pochi. Solo per quei pochi che possono vederlo. Solo per chi sa meritarlo. Sei bello come un'apparizione.

Sono parole così incantevoli che non riesco a resistere alla tentazione di cercarle nel libro, fotografarle e inviarle ad Ale su WhatsApp, con scritto Ti amo.

Quando ho avuto la possibilità di parlarle, alla fine, durante il firmacopie, ho cercato di dirle tutto quello che mi trasmettevano le sue parole e quanto la stimassi. Inoltre, è una ragazza stupenda! Tremavo e sono sicura di aver fatto la figura della scema, ma lei è stata così dolce, mi ha messa a mio agio, mi ha sorriso e mi ha abbracciata forte. Poi mi ha detto: «L'amore è solo per pochi». E io mi sono messa a piangere.

Dopo ho chiesto a Tisbe, che è rimasto in disparte, di farci mille foto, per essere certa che ne uscisse una dove stavo bene. E la sera l'ho postata su Insta taggando Laura. Lei ha messo *like* e ha iniziato a seguirmi. Non stavo nella pelle...

Comunque è stata una delle esperienze più belle della mia vita, seconda solo al concerto di Ultimo. Anzi, alla pari...

Mentre ero in fila per farmi firmare il libro, ho notato una ragazza che conosco di vista, studia canto con Elisa, non da molto, la sua ex insegnante, amica oltre che collega di zia Eli, è andata a vivere in Francia. L'ho incrociata un paio di mesi fa. Ero passata da zia Eli perché poi dovevamo andare al cinema, e lei aveva appena finito la sua lezione. Zia Eli mi aveva detto che anche lei, come me, è una fan sfegatata di Laura Massa. Si chiama Sally ed era insieme a quello che immagino sia il suo ragazzo, perché erano mano nella mano. E con loro c'era una ragazza bionda con le lentiggini. Non credevo mi avesse riconosciuta, invece poi è venuta a salutarmi insieme alla sua amica, Marzia.

Tornando a casa, dopo essersi sorbito il mio ennesimo sfogo, Tisbe mi ha confessato di amare una ragazza da molto tempo, e che non ha mai avuto il coraggio di farsi avanti. Perché è davvero una situazione complicata, delicata, non saprebbe come affrontarla... E questo mi ha stupita e anche un po' intenerita, detto da un uomo della sua età che sembra così spigliato e sicuro di sé. Assurdo... Non ho fatto altre domande, non mi è sembrato il caso. Però sono stata troppo felice che si sia aperto. Del resto ci sentiamo quasi tutti i giorni, ormai. Ci siamo visti diverse volte dal vivo, e ci conosciamo, anche se solo virtualmente, da tanto tempo. Ecco, si può proprio dire che iniziamo a essere amici intimi... O almeno io voglio pensarlo. Mi è rimasto impresso il suo profumo, sapeva di buono, in macchina, poco prima che mi lasciasse davanti al portone, ho chiuso gli occhi per qualche secondo e ho sorriso. Nello stereo andava *A mano a mano*, con la voce di Rino Gaetano.

20

Non te l'ho mai detto...

Roma, sabato 10 agosto 2019

Ieri pomeriggio, anche se ero già ufficialmente in ferie, sono passata da un cliente molto importante. Ci teneva a salutarmi prima della pausa estiva. Ci siamo visti in centro, in Via dei Coronari. Dopo esserci salutati, tornando alla macchina, sono passata davanti a una basilica bellissima, che amo tanto, e ogni volta che mi si presenta l'occasione di essere da quelle parti, ci entro anche solo per un minuto, perché, al di là dell'istituzione religiosa che rappresenta, mi trasmette e restituisce un senso di pace e serenità. Si chiama San Salvatore in Lauro, ed è veramente meravigliosa. La adoro fin da quando ero piccola. Ad Andrea dicevo sempre che il mio sogno era quello di sposarci lì... Sono entrata un attimo anche ieri, è stato bello e rasserenante come sempre. Accanto a me c'erano due uomini, più o meno miei coetanei e, a essere onesta, anche discretamente fighi. Parlottavano. Non ho resistito e ho origliato: dicevano che era troppo figa questa cosa che si stavano per sposare lo stesso giorno con le donne che amavano da impazzire, e che loro fossero amici da una vita. E ho trovato anche io che la cosa fosse stupenda, e loro dolcissimi... Erano felici, pieni di gioia ed energia. Ho provato un pizzico di sana invidia, lo ammetto. Beati loro e le loro future mogli. Comunque mi hanno trasmesso allegria. Poco dopo li ha raggiunti il sacerdote che li avrebbe sposati, e così ho scoperto anche i loro nomi: Filippo e Leonardo.

Non ho resistito, e prima di uscire ho fatto loro i miei più sinceri auguri. Mi hanno ringraziata, e uno dei due, credo Filippo, ha fatto pure una mezza battuta da cascamorto, seguita da una risata, ma è stato subito ripreso dall'amico. Ho riso anch'io e li ho salutati... Evviva gli sposi!

Domani finalmente si parte. Quest'anno ne avevo davvero bisogno. Vieste deve essere meravigliosa, l'ho vista solo di sfuggita dieci anni fa tornando da Santa Maria di Leuca. Giulia non sembra particolarmente entusiasta. Ovviamente rispetto alla vacanza con le amiche, questa deve viverla come una rottura, io invece spero che sarà l'occasione per parlare un po', per cercare di aggiustare il nostro rapporto. Ho davvero bisogno di tornare a viverlo come un tempo, ho bisogno di lei, e sento che lei ha bisogno di me. Fernando è appena andato via, ha voluto offrirci la cena in un ristorante sotto casa, abbiamo mangiato davvero bene. Poi siamo saliti un attimo tutti insieme perché gli avevo chiesto di aiutarmi a programmare l'irrigazione automatica sul balcone, so farlo ma volevo essere certa di non aver toccato qualcosa di sbagliato. E prima di salutarci, ci ha fatto una sorpresa: ha portato a entrambe un regalo, due pacchetti con dentro due braccialetti identici, molto fini, in oro bianco, con delle medagliette con su scritti tutti e tre i nostri nomi e un cuoricino sotto. È stato un gesto tanto carino, ma io e Giulia ci siamo guardate per una frazione di secondo e ho capito che abbiamo avuto una sensazione simile. Lei comunque si è mostrata gentile con lui, fingendo di apprezzare il gesto e che il braccialetto le piacesse davvero tanto. Penso che nel mio caso ci sia anche qualcosa in più, è come un senso di soffocamento. Il comportamento eccessivamente premuroso e impeccabile di Fernando mi esaspera. Tutto questo, le sue attenzioni, i regali, le premure, dovrebbe rendermi felice, ma non è così e, paradossalmente, mi restituisce un retrogusto ancora più amaro, condito da un senso di colpa infondato, forse, ma pungente.

La verità è che appena Fernando se ne è andato, dopo avermi abbracciato forte, dopo avermi detto milioni di volte che gli mancherò tantissimo in questi giorni, ecco, appena ha chiuso la porta dietro di sé, e io mi sono ritrovata a dover sistemare le ultime cose in valigia con la prospettiva di tre settimane di vacanza in una fattoria accanto al mare in un posto meraviglioso del Sud Italia insieme a mia figlia, ho sentito un senso di sollievo, di felicità, di libertà. E questo, questa cosa che sento dentro, non è più qualcosa da cui posso scappare, non è più solo una sensazione, è un dato di fatto, una realtà che devo prendere di petto e affrontare. Questi giorni di relax e vacanza mi serviranno per rifletterci bene. Al ritorno spero che avrò le idee chiare per prendere una decisione, anche se, credo, le idee chiare, quando ti fai certe domande, già le hai...

E mentre penso a questo senso di sollievo e libertà, a questa voglia di bellezza che non ci lascia mai, e ci accompagna a qualunque età, mi ritrovo senza volerlo a pensare a lui, Andrea, a quell'amore mai tramontato dentro di me, quell'amore che per troppi anni ho finto di credere morto. Forse perché continuare a credere in un amore che non ha creduto in te è una forma di masochismo che a un certo punto non puoi permetterti: quando hai una vita da rimettere in carreggiata e una figlia da tirare su con le tue sole forze, per esempio. E quindi vorresti essere forte, vorresti avere quella sfrontatezza per trattare con freddezza e superficialità chi ha trattato te con freddezza e superficialità. Forse perché vorresti solo smetterla di essere una cosa piccola, poco importante, dimenticata. Non scelta. Forse perché ti sei sentita talmente sciocca, e patetica, e stupida ad avere dato così tanto senza ricevere nulla in cambio; a pensare ancora, dopo tutto questo tempo, a una persona che ti ha persa, dimenticata così, in una frazione di secondo, come se tutto quell'amore non avesse significato nulla, come se non fosse mai esistito, come se le parole e le promesse in cui avevi sperato e confidato fossero state menzogne sin dall'inizio, una pura illusione. Forse perché il dolore che ti ha squarciato l'anima, quel dolore assurdo che ti ha tolto il sonno e il sorriso, ti ha impedito di affrontarlo a viso aperto, senza scappare, senza nasconderti, senza alzare muri intorno e sopra di te... Ma adesso, in questo momento, ho voglia di guardarmi dentro, di chiedermi perché, di ripartire da quel dolore, per mettermelo davvero alle spalle.

E mentre ci penso mi viene naturale aprire l'ultimo cassetto del mio comò.

In fondo, sotto le sciarpe e le maglie che non uso più, tengo quel poco che mi resta di Andrea, cinque lettere e tre fotografie, anzi due: la terza è quella che ho dato a Giulia – io e Andrea immortalati di spalle, per sempre – e che mia figlia tiene in bella vista sulla sua scrivania.

Apro le lettere, e le leggo lentamente, e mentre le leggo sento gli occhi inumidirsi, e poi farsi sempre più lucidi, fino a che, sotto i colpi di quelle parole tremendamente romantiche e cariche di poesia, mi ritrovo a piangere senza freni, chiedendomi come possa essere finito tutto ciò.

Voglio solo la tua felicità, vorrei essere certo che il treno sul quale viaggi, questo treno su cui sono anch'io con te, ecco, vorrei essere sicuro che sia il tuo treno, che ti porti lì dove il tuo cuore desidera, che il panorama che vedi dal finestrino ti emozioni di continuo, e che guardandomi ogni mattina, mentre il treno va e noi vibriamo per via delle rotaie, tu riconosca nei miei occhi la tua felicità, perché fino a che sarà così, quella sarà anche la mia felicità. Ma il giorno che nei miei occhi dovessi trovarci vuoto, noia, tristezza, io vorrei che tu scendessi da questo treno, ti saluterei con tutta la dolcezza che possiedo. Forse i miei occhi si bagnerebbero un po', ma poi guardandoti correre di nuovo piena di vita, di nuovo emozionata, lontana da me, senza voltarti mai, allora, ecco, allora la tua felicità, amore mio, sarebbe ancora una volta la mia...

Andrea, non è andata così. Lo so. Lo sai.

Mi giro per essere certa che Giulia non mi senta, è in camera sua, e la porta della mia stanza è socchiusa. Allora continuo a leggere e sento un fiume in piena dentro di me, un uragano nel cuore, cazzo, è come se il tempo non fosse mai passato, è come se questi diciannove anni non fossero trascorsi. È come se io fossi esattamente lì, in quegli attimi di amore, in quei momenti in cui la vita sembrava un sogno, una favola, la favola più bella e vera che io potessi desiderare. È come se io, adesso, mi trovassi in quel posto, nell'unico posto che può farmi sentire felice e speciale e unica e amata e invincibile: fra le sue braccia.

Non te l'ho mai detto, ma ho sempre pensato che avremmo passato tutta la vita insieme, perché ci riconosciamo, ci sentiamo, e in mezzo a milioni di anime sappiamo che siamo noi, che ci stavamo aspettando, e che prima di incontrarci è stato meraviglioso quasi più di quando i nostri sguardi si sono incrociati, perché l'attesa rende le cose più belle, ecco, io la mia vigilia più bella l'ho passata a guardare il mare, a conoscere gente, a fingere di divertirmi e di essere felice, nell'attesa che arrivassi tu, a rendere davvero bella ogni cosa nella mia vita. A rendermi davvero felice.
Non te l'ho mai detto...

Le mani mi tremano, non riesco ad andare avanti per quel vuoto mai colmato che di nuovo si spalanca dentro di me. Allora prendo tra le mani le foto. Anche le altre due sono state scattate lo stesso giorno, sempre in bianco e nero. Eravamo ancora in spiaggia, in riva al mare, in quel luogo che poi è diventato il *mio* luogo. In una, abbracciati, ci baciavamo, lui mi teneva la testa con le mani. E io ancora adesso sento il cuore esplodere, impazzire...

Nell'altra lui ride e fa una smorfia buffa in uno dei suoi rari momenti di spensieratezza. Io sono defilata, in secondo piano, e cerco di fargli il solletico.

Rimetto velocemente tutto nel cassetto, mi soffio il naso e mi asciugo gli occhi, cercando di ricompormi. Sono sottosopra. Sento l'impellente necessità di fumare. Lo faccio una volta ogni tanto, soprattutto quando sono particolarmente felice o triste, o quando mi succede qualcosa che mi spinge a farmi mille paranoie e film assurdi, e quasi sempre la mia voglia di fumare coincide con quella di andarmene in quel luogo che mi appartiene, sulle dune, per starmene un po' da sola.

Ma questa sera non si può. Domani ho un viaggio da affrontare in macchina con mia figlia. Quindi no, questa sera terrò nel mio cuore tutte queste emozioni, insieme al ricordo di Andrea e di quell'ultima volta in cui l'ho visto, il giorno in cui mi ha detto che non mi amava più per poi sparire, il giorno in cui, mentre mi diceva che non mi amava più, un attimo prima di sparire, io lo guardavo negli occhi, e ci leggevo altro...

Questa sera mi accontenterò delle mie sigarette. Prendo la borsa, le chiavi ed esco lentamente dalla stanza. Per fortuna la porta di Giulia è ancora chiusa, appena esco sento partire un pezzo di Vasco Rossi, è *Anima fragile*, una canzone che amiamo entrambe. Busso e il volume si abbassa...

«Sì?» risponde lei.

«Amore, vado un attimo giù a prendere le sigarette, così le ho per il viaggio...»

«Ah, ok! Tutto bene?» chiede. Trovo insolito che lo faccia. Per un attimo ho paura che mi abbia vista piangere.

«Sì, perché?» rispondo cercando di dissimulare il mio stato d'animo.

«Perché, perché, perché... Era solo una domanda...» risponde scocciata, e io tiro un sospiro di sollievo. Il volume dello stereo si alza improvvisamente mentre Giulia dice: «Ciao, a dopo», senza possibilità di replica.

21

Amo solo te... Lo sai?

Bologna, venerdì 27 novembre 1998

«Ma che senso ha che ci resti amico?»

«Amore, non deve avere un senso, sono cose che senti...»

«E tu senti di rimanere amico con le tue ex, di sentirle, di vederle?»

«Sì... Hanno fatto parte del mio vissuto, ho voluto bene a entrambe. Per Carla ho provato amore, lo ammetto, ma non come amo te, tu sei la donna della mia vita, non ho mai amato e non potrei amare nessuno come amo te...» Eravamo in piedi, davanti ai fornelli e alla dispensa in radica, in procinto di preparare la cena. Andrea voleva tanto che gli cucinassi la carbonara, la adora.

Avevamo appena fatto l'amore sul divano, era stato stupendo e dolce, e forte e intenso. Io mi sentivo così felice, mi sembrava di volare. Poi ha telefonato Carla, la sua ex, allora gli ho chiesto spiegazioni, e lui ha ammesso che qualche volta la sente, e l'ha anche incontrata per un caffè. E poi è uscito che la stessa cosa è successa una volta anche con Maria, quella che ha frequentato prima di Carla.

«Ok, ma io non sento l'esigenza di vedere Pierpaolo, il mio ex...»

«Amore, ok, ma se la sentissi non ti criticherei e non mi arrabbierei!»

Io sono furiosa, sono gelosa. Cerco di mantenere la calma ma sento le vene pulsarmi. «Ok!» rispondo secca. Poi aggiungo: «Ci vai a letto?»

«No che non ci vado a letto!» risponde sorpreso. Mi guarda sorridendo, poi mi abbraccia e mi dice nell'orecchio: «Io amo solo te, voglio solo te... Non sono la persona che sta con una donna e va a letto con un'altra. Lo sai».

«Non lo so!» ribatto dura, con gli occhi lucidi più per rabbia che per dolore, o forse per entrambe le cose.

«E invece lo sai!» Lo dice prendendomi il viso fra le mani con la sua solita dolcezza, con quel suo modo speciale di fare ogni cosa. Poi inizia a baciarmi il collo, fino all'orecchio. Siamo ancora mezzi nudi, io addosso ho solo il suo maglione di cashmere che mi cade largo sulle spalle e sulle gambe nude. Sento la sua lingua accarezzarmi il collo, proprio dove poco prima mi aveva riempito di baci, per poi finire dietro il mio orecchio. Intanto le sue dita si insinuano dentro di me, e lui mi sussurra: «Voglio solo te... Amo solo te... Lo sai?»

«Non lo so!» rispondo ancora, chiudendo gli occhi, ma questa volta lo dico in modo meno convinto, con la voce rotta dall'eccitazione, e mi sento di nuovo pervasa da quell'emozione che sa farmi provare solo lui. Mi prende in braccio, io allargo le gambe e gli cingo il collo con le mani per reggermi, e lui mette le sue mani dietro la mia testa, fra i miei capelli spettinati. Comincia a camminare all'indietro, lentamente, verso la camera da letto, passando per il piccolo corridoio, intanto ci baciamo, ci baciamo e ci lecchiamo, e la sua saliva si mischia con la mia, mi stringe a sé, e sento che è pronto... E io sono pronta per lui.

Arrivati vicino al letto si piega piano piano adagiandomi con delicatezza con le spalle sul letto, afferrando le mie caviglie per alzarmi le gambe, e con dolcezza e veemenza entra dentro di me, e io ansimo. Per un attimo sento mancarmi il fiato. I suoi capelli sono lunghi e sciolti, senza elastico, nerissimi come i suoi occhi e la barba un po' incolta. Torna con la testa nell'incavo del mio collo, mentre entra ed esce, prima lentamente, poi con colpi più forti e decisi. Io non capisco più niente, forse perché non c'è più niente da capire, l'alchimia, la chimica dell'amore, non hanno bisogno di spiegazioni, ti vibrano addosso, cavalcano il tuo corpo, il tuo cuore, la tua vita. Quello che stiamo facendo non è sesso, noi stiamo facendo l'amore, nel modo più speciale possibile, e tutte le volte sento che non potrei provare niente di simile con nessun altro al mondo. Sento il suo pene spingere sempre di più, il suo respiro farsi sempre più grosso, e i suoi baci sul mio collo non smettono di martellarmi di piacere.

«Lo sai...» dice per la terza volta, ansimando forte e io con lui. Raggiungo un picco di piacere assoluto e subito dopo sento che lui raggiunge il suo, lo urliamo nello stesso momento.

«Lo so...» dico con un filo di voce, mentre sono su un altro pianeta. E poi mi abbandono sul letto, lui si accascia accanto a me, appagato. Dopo qualche minuto di silenzio, chiedo: «Amore, cosa ti piace di me?»

Lui si gira e mi guarda con quei suoi occhi splendidi: «Vuoi sapere cosa mi piace di te?» Poi sorride: «Di te mi piace la tua schiena sul mio petto, è il modo più dolce e silenzioso per essere meravigliosamente complici. Di te mi piace quando pronunci il mio nome, perché sai renderlo speciale. Di te mi piace come sai farmi sentire unico, l'unico nel tuo cuore. Di te mi piace il tuo sguardo che si posa sulla mia vita e la rende più bella. Di te mi piacciono le nostre mani che si trovano e si prendono, in un intreccio che ha il sapore della felicità. Di te mi piace che non abbiamo bisogno di cercarci mai, che nessuno dei due va via o ritorna, perché siamo sempre nello stesso posto, noi restiamo! Anche quando i nostri corpi si allontanano. Di te mi piace quando litighiamo, perché poi facciamo pace. E fare pace con te è bello! E non so dirti 'Ti amo' in un altro modo, ma so guardarti in un modo sempre diverso e, amore, non ti do mai per scontata, perché sei la persona più importante della mia vita, sei la mia persona, e le persone importanti si amano, si proteggono, si custodiscono, e si stupiscono ogni giorno. E io tutte le mattine appena sveglio ti penso. E mi innamoro perdutamente di te».

Io lo guardo con le lacrime agli occhi e il cuore che mi batte così forte che temo possa scoppiarmi nel petto.

Non riesco a dire una sola parola. Lui mi prende a sé, stringendomi forte. E rimaniamo così per tanto tempo. Parlandoci solo con i pensieri, i respiri, i sospiri...

E poi ci addormentiamo abbracciati.

Senza cena.

22

La senti?

Il quaderno di Giulia

Roma, domenica 11 agosto 2019
Ore 05.58

È mio padre! Non ci posso credere. Ancora non ci credo! Come ha potuto mentirmi per tutto questo tempo? Come?!

Appena mamma è uscita, sono entrata nella sua camera, piena di angoscia, molto preoccupata. Ho finto di non essermi resa conto di nulla, ed è stata dura farlo, perché sarei corsa da lei ad abbracciarla, qualunque fosse il motivo di quella tristezza, di quel dolore, di quelle lacrime... Ma per rispetto a lei e della sua dignità, ho fatto uno sforzo enorme, e mi sono richiusa in camera prima che mi vedesse.

E quindi ho aperto quel cassetto... Sentivo che lì in fondo, nascosto, c'era qualcosa che oltre ad aver fatto piangere mamma, avrebbe incasinato il mio cuore, non lo so perché, ma la tempesta che stava per arrivare me la sentivo vibrare sulla pelle.

Non ci credo, cazzo. Quel cassetto è sempre stato lì.

Ricordo nitidamente il giorno in cui, insieme a zia Giorgia, abbiamo scelto quella cassettiera blu petrolio con i piedini fini di ferro e i pomelli rotondi. Il top mamma lo usa per i suoi profumi, i bracciali, gli anelli e le collane. Ce n'è una in particolare a cui tiene, è una collana di perle bianche dalla forma irregolare. E io so perché la ama così tanto...

E sotto al top, leggermente più ampio della base, ci sono loro, sei grandi cassetti. E quel cassetto, *il* cassetto, è l'ultimo in basso, sulla sinistra.

È sempre stata lì la mia risposta. È sempre stato nascosto lì gran parte di ciò che mi ha spezzata in due, generando questo cazzo di vuoto che mi fa perdere l'equilibrio, mi fa barcollare, che mi toglie il sonno, che mi rende vittima inconsapevole di certi stronzi come Alessandro a cui permetto di alimentare quel vuoto trattandomi di merda, rinnovando a fasi alterne il senso di abbandono che mi terrorizza: una deriva incomprensibile e perversa, che mi eccita e mi attrae.

Sono sempre state lì, le lettere che mio padre scrisse a mia madre, e quelle altre due foto di cui lei non mi aveva mai parlato nelle quali si vedono nitidamente entrambi, soprattutto lui. Il padre che per me non ha mai avuto un volto. E Dio solo sa quanto avrei voluto conoscere i suoi lineamenti, il suo sguardo, quei suoi occhi che adesso so essere neri, e quel mezzo sorriso meraviglioso e malinconico che se lo vedi, cazzo, poi non è che te lo puoi scordare!

È mio padre! Tisbe è mio padre, porca puttana!

Come si è permesso di giocare con me?

Le mie mani si muovono quasi senza rispondere al mio comando, afferrano quei fogli dai bordi ingialliti dal tempo, e gli occhi corrono sopra quelle parole che raccontano di un amore nato prima di me:

E metti che appena ti vedo, ti guardo e scoppio a piangere, perché non so trattenere la gioia. No, dico, metti che ti salto addosso, perché solo quando sono addosso a te sento il profumo di casa.
E metti che poi ho voglia di regalarti un pezzo del mio mondo, quello col cielo sotto ai piedi e i tramonti nelle tasche.
Metti che tutte le stelle della notte sono nei miei occhi quando tu ci appoggi i tuoi.
Metti che ti amo così tanto che ho il cuore in gola tutte le volte che ci baciamo e sento che la mia vita è un sacco più bella da quando ci sei tu.
Metti che la magia esiste davvero, e l'universo si blocca mentre ci guardiamo, facendoci uscire per un attimo dai corpi, per farci vedere con i nostri stessi occhi come si guardano gli innamorati.
Metti che facciamo l'amore tutta la notte e poi io ho voglia di uscire per strada, correre a piedi nudi in mezzo al traffico, urlare al mondo che ti amo. Ti amo! E che non smetterò mai...

Sfoglio le lettere e leggo a caso, senza sapere quale scegliere, senza capirci molto, travolta dall'intensità delle emozioni sigillate dentro quelle righe:

Vorrei portarti a vedere l'alba, amore. In uno di quei posti dove il sole nasce sul mare. Ne ho in mente uno, è un posto speciale. Ci basterebbero un sacco a pelo e dei fiammiferi. Non ti farei mica dormire. Ti canticchierei nell'orecchio, sotto voce, le canzoni d'amore che ami. Quelle che amo anch'io. Quelle che quando le sentiamo alla radio, il nostro cuore comincia a battere più forte, perché sanno di noi. Ce ne staremmo tutta la notte svegli nel sacco a pelo, a raccontarci i nostri segreti, a parlarci dei sogni, delle paure, di quanto ci amiamo, a soffiare sulle nostre ferite, a sciogliere qualunque insicurezza. Faremmo l'amore tutta la notte, e sarebbe bellissimo baciarti sotto la luna e quel cielo stellato che ci fa sentire protetti, al riparo da tutto, mentre aspettiamo un giorno nuovo, una luce nuova che illumini lo stesso amore, il nostro. Saremmo noi, amore mio, io e te. E quando il primo spicchio di sole si affaccia all'orizzonte, su quella sottile, impalpabile linea che divide il cielo dal mare, ecco, io in quel momento ti prenderei per mano, e ti direi che sei tutta la mia vita, che ti amo da morire, e che il sole, ogni giorno, nasce solo per ricordartelo...

Dovrei essere incazzata anche con mamma perché mi ha mentito per tutti questi anni dicendomi che non esistevano altre foto. Ma non sono arrabbiata con lei, nemmeno un po', perché so che lo ha fatto solo per proteggermi, so che farlo, tenermi all'oscuro dell'esistenza di quelle foto, ha dilaniato prima lei: lei che ha dovuto subire un abbandono ancora più grande e spaventoso del mio. Mio padre le ha spezzato il cuore in un modo in cui nessun altro poteva riuscire. E in tutto questo, lei ha dovuto cercare la forza e le energie per rialzarsi, perché in ballo non c'era solo la sua vita, ma anche la mia.

La gente ti guarda da fuori e pensa di sapere tutto, vede che hai una carriera, una bella macchina, una bella casa, un compagno apparentemente perfetto, e allora tu sei felice, che cazzo ne sanno loro di quello che abbiamo passato? Cosa cazzo ne sanno di quando da piccola urlavo e sbraitavo contro di lei perché volevo il mio papà, perché volevo un papà come tutte le altre bambine: un papà che la sera tornava a casa dal lavoro e giocava con me. E cosa cazzo conta per questa gente se la notte, dopo averle vomitato addosso qualunque schifezza, provavo un senso di colpa così grosso da correre nel suo letto piangendo e chiedendo scusa? Cosa cazzo ne sa mio padre di tutto questo?

No, non ce l'ho con mamma, mamma la amo, e la rispetto, e da oggi cambierà tutto! Perché non si merita la mia freddezza, il mio distacco, si merita solo il mio amore, la mia stima, la mia comprensione. Ora so che Fernando, inconsciamente, ha rappresentato per lei un modo per colmare quel vuoto, una figura che mi rendesse più sicura, su cui, dal suo punto di vista, poter contare... La verità è che mamma, da quando era giovane, non fa altro che prendere schiaffi, prima da papà, poi da me, passando per un compagno che la rispettava, sì, ma che lei non amava, e stare con qualcuno che non ami è peggio di vivere senz'amore. Molto peggio. E in qualche modo sento che la responsabilità ricade su di me. Da domani cambia tutto, e io e lei torneremo a essere al centro del nostro mondo.

Sono le 6 di mattina e non riesco a prendere sonno, sono elettrica, emozionata, in collera, felice e incazzata, ci sono milioni di sensazioni contrastanti, a volte opposte, che scorrono dentro di me, ma tutte estreme.

* * *

Fra due ore dobbiamo partire per la Puglia e il mio telefono continua a squillare ininterrottamente da ore. È Tisbe, o Fabrizio, o Andrea, o papà, non saprei più come cazzo chiamarlo, ora. È da mezzanotte che prova a chiamarmi, quando ho visto la foto e scoperto che era lui sono rimasta così sconvolta che per una mezz'ora buona non sono riuscita a muovere un dito, era come se fossi paralizzata, immobile, come in quei sogni in cui vorresti fare mille cose, correre, urlare, scappare, ma non riesci e quando ti svegli tiri un sospiro di sollievo, perché quel senso di costrizione ti faceva sentire in apnea. Ecco, io così mi sentivo, in apnea.

Appena sono riuscita a muovermi e a realizzare quello che avevo appena scoperto, ho avuto la freddezza di riporre le foto e le lettere in fondo al cassetto. Non so ancora cosa o chi mi abbia regalato tanta forza, so solo che in una frazione di secondo avevo preso la decisione di non parlarne con mamma, non subito... Non era una decisione scaturita da un ragionamento logico o razionale, sentivo dentro che era solo quello che volevo. Prima dovevo affrontare la questione con mio padre. Poi ho iniziato a urlare, senza riuscire a trattenermi, perché forse era l'unico modo per non implodere e sparire per sempre.

Quindi sono corsa fuori di casa, giù in strada, ho fatto le scale a duemila, piangendo come una pazza. Nemmeno mi ero resa conto che si fossero fatte le 20.30 e sotto, non so da quanto, c'erano Marti, Cate e Noemi. Eravamo rimaste che sarebbero passate per un abbraccio prima che io partissi. Quando mi hanno vista sono sbiancate.

Abbiamo camminato tantissimo, siamo arrivate a Piazza Venezia e poi siamo tornate sotto casa per poi proseguire fino al nostro solito posto. Quindi, salendo i *nostri* scalini, siamo arrivate al muretto sopra la Metro, in Via Cavour, e ci siamo sedute lì. Nel frattempo, con grande affanno, ho raccontato tutto. Sono rimaste di sasso anche loro, ho parlato così tanto di Tisbe in questi ultimi mesi che ormai è come se lo conoscessero meglio di me. Glielo avevo presentato al volo il giorno della presentazione di Laura Massa, era passato a prendermi in moto, qui sugli scalini.

Appena ho ritrovato un attimo di calma e sono rientrata un po' in me, le ho abbracciate fortissimo, dicendogli che sono loro la mia forza, la mia unica forza in questo momento, con questo ciclone che mi sta investendo. Abbiamo pianto, siamo riuscite persino a ridere, e siamo rimaste parecchio in silenzio.

Mi sono fatta lasciare due sigarette e le ho pregate di andare, avevo una cosa grande, terribilmente grande da affrontare, e dovevo farlo da sola. Loro hanno insistito un pochino, ma poi hanno capito, perché loro mi capiscono, sono le mie amiche, le mie persone! Quindi sono andate...

Appena sono rimasta da sola ho preso il telefono, non lo controllavo da prima di aprire quel dannato cassetto! Avevo diverse telefonate e messaggi... di Marti, Noemi e

Cate, prima che scendessi, e poi c'erano delle chiamate di mamma, ma di pochi minuti prima.

Ho fatto un respiro profondo, mi sono fatta coraggio, e ho scritto a mio padre:

> Giulia: Dimmi che non è vero.
> Tisbe: Cosa?
> Giulia: Cosa?
> Tisbe: Non capisco, Giulia, che ti prende?
> Giulia: Vaffanculo! Ecco cosa mi prende! So chi sei, cazzo! Lo capisci che so chi cazzo sei? Lo capisci? Quando pensavi di dirmelo?

A quel punto lui ha smesso di scrivere, e dopo pochi secondi mi ha chiamata. Io non ho risposto, non avrei saputo cosa rispondere in quel momento. E poi ero così incazzata, sconvolta. Avrà provato trenta volte.

Dopo circa un'ora, ho accettato la chiamata.

All'inizio non è stata una telefonata, ma un mio monologo di ira, collera e rabbia. Urlavo e piangevo, con la voce rotta e il fiatone, e lo insultavo, senza che lui avesse nessuna possibilità di replica. Gli ho chiesto come avesse potuto mentirmi. Perché. Con quale scopo. Ho voluto sapere da quanto tempo sapesse di me, e perché non si era fatto avanti prima, e gli ho urlato che è un pezzo di merda, scorretto, che ha rovinato la vita di mamma e la mia. Che ha spezzato il cuore di mamma, e adesso ha spezzato il mio, e gli ho chiesto perché. Ecco, la parola che ho usato di più è stata: *perché*.

Sembrava anche lui sconvolto, e non riusciva a rispondere, forse perché io non gliene davo il tempo. Mi ha detto che non si aspettava che potessi scoprirlo, non in quel modo, e che avrebbe voluto parlarmene, che lo avrebbe fatto a giorni, che stava aspettando il momento giusto, di trovare la forza e le parole.

E che comunque era una storia lunga, complessa e dolorosa, non solo per noi...

Che c'erano delle cose che dovevo sapere. Cose che doveva sapere anche mamma.

E che la vita a volte gioca con noi, con il nostro equilibrio, ci tira dei brutti colpi, e qualche volta questi colpi sono così duri e ben assestati che non ce la fai proprio a restare in piedi.

Mi ha detto che le cose non stanno esattamente come sembrano, e che il tempo guarisce alcune ferite, mentre altre continuano a sanguinare.

E allora gli ho fatto altre domande, sempre senza aspettare la sua replica, forse perché non ero pronta per nessuna risposta. Perché, per certe risposte, ci vuole un sacco di coraggio, e io oggi sono solo sconvolta, persa, piccola. Fragile.

Ho continuato a sbraitare, accusandolo di qualunque cosa, gliene avrei voluto fare milioni, di domande, ma ero incazzata.

Lui mi ha detto che mi racconterà tutto, ma dal vivo e con calma.

E la stessa cosa con la mamma.

A un certo punto ho chiuso dicendogli di sparire per sempre, e di lasciarci in pace, perché non avrei mai più voluto rivederlo. Sapendo, in fondo, di mentire...

Non so quante volte avrà provato a richiamarmi. Verso le 3 ha smesso. E ha iniziato a scrivermi, a provare a spiegarmi. Ma solo in modo vago, poco comprensibile. Mi ha lasciato vocali piangendo, e ho pianto anch'io con lui anche se, lui, questo non lo sa.

Poi mi ha mandato delle parole. Delle cose solo per me. Una lettera che da tempo aspettava l'occasione giusta di darmi.

> Volevo dirti delle cose, amore di papà, e queste cose prendile come tante piccole carezze, non come i consigli di una persona più grande che pensa di saperne più di te, della vita, perché non è così. E non è sufficiente nemmeno il fatto che io ti ami da morire. Anche se è così: ti amo da morire...
>
> Sai, non basta essere un padre per dire a una figlia cosa deve fare, e a volte sono i figli, con la loro dolcezza e con i loro occhi puliti, a spiegare ai genitori come esserlo davvero!
>
> Il dovere di un padre è solo quello di amare e proteggere, per quello che può.
>
> Il dovere di un padre è quello di insegnare a un figlio che seguire sempre il proprio cuore è l'unico segreto per essere felici. E poi, un padre ha il dovere di esserci, a volte, purtroppo, anche solo da lontano.
>
> So di aver fatto degli errori. E adesso ci sono cose che devo dirti.
>
> Ecco, volevo dirti questo: ci saranno persone che odieranno il fatto che sei bella, che sei dolce e intelligente, e che hai quel coraggio, quello di credere nei tuoi sogni, e di inseguirli senza paura. E tu non prendertela, non ti arrabbiare, non permettergli di intossicare la tua vita, o di spegnere, anche solo per un attimo, il tuo sorriso. Continua a sorridere! Perdonali! E fa' in modo che il

tuo cuore resti leggero, senza astio né rabbia, perché questo sarà il tuo modo di deludere chi vuole affossarti, il dispetto peggiore che puoi fare a chi non ti ama è amarti! Ed essere felice!
Ci saranno giorni con le farfalle e il cuore in gola, ti innamorerai perdutamente, e sarà fantastico! Ci saranno i suoi occhi sui tuoi, le sue parole a farti battere il cuore, i suoi gesti gentili, le rose e i bigliettini, i baci, la luna, la spiaggia, le stelle, e poi fare l'amore. E sarà volare. E sarà magia.
Però poi, piccola, potrebbe accadere che questa favola si spenga, lui potrebbe rivelarsi diverso da quello che sembrava, e tu potresti soffrire, ecco, amore di papà, qui c'è la mia mano, la senti? In quel momento, quando sarà buio nel tuo cuore, quando farà freddo e ti sentirai sola, abbandonata, rifiutata, ingannata e poco attraente, tu stringi la mia mano, tu non sarai mai sola, io non ti lascerò mai sola.
E poi, dopo le delusioni di chi diceva di amarti, dopo i tradimenti di qualche amico di cui ti fidavi, dopo la notte, la pioggia e la tempesta... il mare si calmerà, e torneranno il sole, la luce, e l'amore. E lui sarà quello giusto! Lo sentirai subito, perché vi apparterrete, perché vi sarete sempre appartenuti, sarà riconoscervi, sarà la stessa pelle, lo stesso cielo, e dipenderà solo da voi proteggere quel miracolo.
Le cose belle ci accadono come per magia, l'amore è una scintilla immeritata, succede e basta, ma poi sta a noi alimentare quella fiamma o farla spegnere. Ma tu sei una cosa bella, tu sei unica, e hai il dono di essere donna e di essere speciale, e quella fiamma la custodirai! So che lo farai.
In tutto questo, e fino a che potrò respirare, la mia

mano, quando ne avrai bisogno, sarà qui, a stringere la tua, amore mio... La senti?

La rileggo in continuazione e ogni volta provo emozioni diverse: rabbia, felicità, eccitazione, incertezza, e poi ancora rancore, e poi ancora gioia, e confusione, e incredulità. Sono sconvolta ed esausta.

23

Volevo scrivere qualcosa su di noi...

Bologna, domenica 9 agosto 1998

Mentre sistemo un po' le mie cose, nel cassetto del mio comodino ritrovo il primo biglietto che mi ha scritto Andre, e mi viene da piangere dalla gioia. E infatti gli occhi mi si gonfiano di commozione.

Ci eravamo conosciuti una settimana prima a un party...

Sono passati quasi due anni, ma me lo ricordo come se fosse adesso. Era il 7 ottobre 1996. Lo avevo guardato e avevo sentito un brivido lungo tutto il corpo: era bello, ma non era solo questo, lui era *lui*, e io l'ho sentito subito. L'avrei riconosciuto in mezzo a milioni di persone, fra milioni di vibrazioni, sguardi e scie di profumo. Lo aspettavo, e all'improvviso eccolo arrivare. Sapevo che prima o poi sarebbe successo, che mi avrebbe trovata, ma non pensavo potesse accadere così, all'alba di un lunedì di inizio ottobre, in una città che non era la mia. Pochi istanti e il suo battito era già il mio battito, e il mio battito in quel momento era accelerato, cazzo se era accelerato!

Ricordo di essermi maledetta per non aver indossato un vestitino rosa che mi stava da Dio! E poi era successo che lui si era avvicinato con due cocktail. E mi aveva sorriso. E il mio petto era sul punto di scoppiare. Il suo sorriso è una di quelle meraviglie per le quali le persone arrivano da tutto il mondo e si mettono in fila per poterle ammirare, per poterne godere qualche minuto, il tempo del tuo turno, fino a che dietro di te non senti qualcuno lamentarsi dicendo cose tipo: «Abbiamo pagato anche noi il biglietto!» Ecco, in quel momento mi ero sentita una ladra di sorrisi, mi ero chiesta dove si facesse il biglietto, dove potevo pagare per godermi quello spettacolo senza sentirmi in colpa o fuori luogo, perché era così che mi sentivo: in un territorio sconosciuto, che mi metteva paura e mi faceva sentire incredibilmente viva. E soprattutto mi ero chiesta quanto tempo avrei avuto a disposizione prima che qualcuno venisse a farmi notare che quello non era il mio posto o che il mio turno era finito.

E mentre mi chiedevo tutte queste cose, pietrificata, lui era arrivato a pochi centimetri da me...

«Ciao, io sono Andrea!»

Ecco come succede, lui si avvicina con quel sorriso protetto dall'Unesco, e ti dice: «Ciao, io sono Andrea». E da quel momento sai che la tua vita non sarà più la stessa. Sai che non potrai più vivere come se nulla fosse, e anche se il suo «Ciao, io sono Andrea» è stato solo un «Ciao, io sono Andrea» estemporaneo, provvisorio, circoscritto a quel momento e a quella circostanza, tu cercherai quel sorriso, quegli occhi neri e quella voce roca, calda e suadente per il resto della tua vita...

«Piacere, Francesca!» gli avevo risposto con un tono poco deciso e il fiato corto.

Aveva una camicia bianca di lino, senza colletto, alla coreana, con dei bottoncini in caucciù e i risvolti sulle maniche, jeans scuri a vita alta, e i capelli lunghi e neri raccolti con un elastico dal quale qualche ciocca sfuggiva per cadere come una spada sul mio cuore.

Ero a Bologna da qualche settimana, e le mie coinquiline mi avevano trascinato alla festa di Nicola, quello che poi avrei scoperto essere uno dei migliori amici di Andrea, uno dei pochissimi. Anche se lui – ho scoperto anche questo, poi – di amici ne ha davvero pochi e li frequenta a piccole dosi. È un solitario il mio amore, un po' strano, un po' schivo, un po' intellettuale. Un po' l'amore della mia vita...

Comunque Nicola aveva una casa pazzesca, viveva con i suoi, a dire il vero, e i suoi, come i genitori di Andre, sono pieni di soldi.

Il party si svolgeva su una terrazza immensa che affacciava su Piazza dei Tribunali, con il dee-jay, la musica dance, le strobo e centinaia di persone che nemmeno una discoteca. La festa era praticamente finita, erano le 5.30, e in quel momento passava un classico dei Depeche Mode, *Enjoy the Silence*, che poi sarebbe diventata la *nostra* canzone, insieme a *Iris* (*tra le tue poesie*) di Biagio Antonacci... Abbiamo la cassetta, ogni tanto la mettiamo nello stereo e la balliamo come fosse un lento, e tutte le volte io piango come una scema e lui mi prende in giro...

Andrea sembrava un po' brillo ma sempre abbastanza composto: «Sei di Bologna?» mi aveva chiesto.

«No, sono romana... Sono a Bologna per l'università...»

«E cosa studi?»

«Comunicazione. Tu? Sei di Bologna?» cercavo di mantenere la calma senza farmi travolgere dall'imbarazzo e dall'agitazione.

«Diciamo di sì... Anche se i miei vivono in Via San Mamolo, ai piedi dei colli, appena fuori dal centro, vicino al Parco di Villa Ghigi... e quindi al momento vivo da solo a Bologna. Frequento anche io l'università...»

«E cosa studi?»

«Lettere.»

«Bello!»

«Tu...»

«Tu, cosa?» avevo chiesto sorridendo mentre sentivo di arrossire.

«Tu, tu sei bella. Questo, intendevo...»

«Bene, ora devo essere bordeaux...»

«Non volevo metterti in difficoltà...»

«Mettimici tutta la vita», avrei voluto rispondere. E forse poi è quello che ha fatto. Al di là di come andranno le cose e di cosa deciderà il destino per noi, io lo so, lo sento, sarò sempre sua... Come in un incantesimo d'amore!

Mi accendo una sigaretta, e rileggo quel biglietto, quel primo meraviglioso biglietto...

Volevo scrivere qualcosa su di noi, che ancora non abbiamo un nome e forse non lo avremo mai.
Che ci siamo trovati per caso anche se per caso non succede niente. Perché io credo che due anime si incontrano quando è arrivato il momento. Come i baci, quelli veri.

Quelli che fanno cascare il cielo e suonare la pioggia. Quelli che quando partono, è sempre l'inizio di una magia. Ecco, volevo scrivere qualcosa su di noi, prendermi del tempo per farlo, ma è difficile trovarne, se non smettiamo di baciarci.

L'amore è sempre un rischio, un meraviglioso rischio, un terreno minato ma pieno di stupore e bellezza. L'importante è essere onesti e leali, il resto è un vuoto dove puoi perderti o volare. Nessuna certezza. Qualunque garanzia sarebbe falsa e spoetizzante...

E ogni singolo bacio dato con amore ci ricorda che vale sempre la pena rischiare...

24

Nessuno conosce le tempeste che agitano il tuo cuore...

Il quaderno di Giulia

Vieste, mercoledì 21 agosto 2019
Ore 18.20

Alessandro mi ha scritto che verrà da me il fine settimana, sabato mattina, e ripartirà domenica pomeriggio perché poi ha una serata. In questi giorni è stato più dolce con me, ma boh, mi hanno detto di averlo visto di nuovo con quella... Ho provato come sempre gelosia, rabbia... ma questa volta è stato diverso, ho messo in preventivo di poterlo perdere. Alcune persone le perdiamo, altre si perdono... Non gliel'ho nemmeno fatto notare, so cosa risponderebbe: *è solo un'amica, sei paranoica, cerchi sempre un motivo per litigare* eccetera...

In fondo il problema non è quella stronza, e nemmeno se lui mi tradisca davvero o meno. Il problema è che lui non mi ama e io sì. E fino a che gli permetterò di giocare con la mia vita e con i miei sentimenti, la colpa non potrà mai essere sua...

* * *

La verità, però, è che c'è una novità! Mi sento serena, stravolta ma felice, eccitata... e tutto questo non dipende da lui!

I giorni qui a Vieste scorrono come fossero scanditi dalla magia, ed è tutto così inaspettato! Assurdo... Se un mese fa mi avessero detto che sarei stata felice di essere qui, con mamma, peraltro dopo la mia prima e stupenda vacanza da sola con le amiche in Spagna, mi sarei buttata per terra a ridere. Avrei chiamato zio Patrizio per avere man forte e farmi quattro risate con lui, che ci avrebbe messo il carico da dodici.

E invece in una frazione di secondo la vita ti cambia, ci cambia. Cambia il senso di ogni cosa, e ti ritrovi a essere felice di fare colazione con tua madre, in un delizioso giardino immerso in una fattoria pugliese, con gli animali, gli oliveti sterminati, le strade sterrate e la ricotta calda.

E ti ritrovi, a diciotto anni, ad amare le passeggiate lungo i sentieri naturali e selvaggi di questa terra meravigliosa, pieni di alberi, ruscelli e bellezza. In quel silenzio che ti avvolge e ti culla. Senza sentire, per un po', l'esigenza di feste, vestitini e tacchi a spillo.

E capisci che devi tutto a quella donna che ha lottato per due come una leonessa, come una guerriera, la tua guerriera! Portandosi appresso il peso di un dolore tanto immenso, e la responsabilità di una figlia a cui non far mancare nulla, prima di tutto l'amore e, l'amore, non è mai mancato. Anche se a volte sono stata terribilmente stronza e lei, diciamolo, in certi momenti è stata terribilmente ansiosa, ma come non giustificarla?

Ieri ho scritto un pensiero per lei, una lettera, forse un giorno gliela farò leggere:

> Nessuno conosce le tempeste che agitano il tuo cuore, sarebbe facile urlarlo al mondo piangendo e chiedendo aiuto, ma non sarebbe da te, non saresti tu, così piena di classe e dignità.
> Nessuno sa di quando hai paura di non farcela, di quando hai paura di cedere, di essere sopraffatta da questa vita che corre come un treno sulla tua fragilità, anche quando sei forte e lo stomaco brucia e avresti voglia di piangere.
> Nessuno è dentro la tua testa, quando ti fai quelle domande che ti terrorizzano, perché non sai rispondere, o perché rispondere significherebbe rimanere completamente nuda.
> Nessuno è nel tuo cuore quando cerchi di rimetterlo insieme, quando cerchi un modo per non perderti, per smettere di pensarci. Quando cerchi di convincere te stessa che ti scorderai di lui, mentre in mano tieni una sua foto.
> Mentre scendono lacrime, che si nascondono dal mondo per non fare rumore...

È una grande donna...

Comunque, in questi giorni stiamo parlando un sacco, e io le sto facendo il terzo grado. Voglio sapere tutto, di come sta, di come si sente, di com'era quando aveva la mia età, dei nonni, degli anni bolognesi, di com'era papà, cosa le diceva, cosa si dicevano, di come si sono conosciuti, di quando hanno capito di essersi innamorati, del primo bacio...

E lei mi dice tutto, perché fra di noi le barriere sono

cadute, i muri sgretolati, e adesso possiamo parlare senza filtri, senza più rabbia né astio, e ritrovarci persino a piangere, come è successo giorni fa, mentre mi raccontava di quando lui le ha regalato la collana di perle, quella a cui tiene tanto e che mette solo nelle occasioni speciali, mi ha raccontato cosa le disse quel giorno, di quelle parole... Mentre parlava è scoppiata a piangere, e io con lei. E poi siamo rimaste lì, su quella panchina fra gli olivi, senza dire più niente, abbracciate.

Più di una volta mi ha chiesto come mai, in questo periodo, io sentissi questo bisogno marcato di sapere del suo passato e di mio padre, specificando che non le dava il minimo fastidio parlarne, e che anzi trovava naturale che io volessi sapere, ma la incuriosiva solo questo improvviso interessamento. Poi ha aggiunto che mi comportavo diversamente nei suoi confronti, e che questo le riempiva il cuore di gioia... Significava che stavano cambiando delle cose dentro di me. Ed era una cosa molto bella.

Mi sento in colpa a non averle detto di papà, che so, e che lo sento... Perché, sì, lo sto sentendo. E come avrei potuto rinunciare? È mio padre! Da quella notte non abbiamo mai smesso di sentirci, più volte al giorno, via messaggio, telefonicamente, con lunghissime infinite chiacchierate pomeridiane, durante la mia quotidiana passeggiata nei boschi...

Lui evita sempre di entrare nei dettagli, rimane sempre un po' vago, come se le parole, quelle parole che vorrebbe dirmi, debba prima pesarle bene, come se non potesse sbagliare più. Ed è proprio questo che mi ha detto, che non può e non vuole più commettere errori con la mamma, e con me. Perché non può permetterselo. Perché questa volta, oltre a non perdonarselo, non ne uscirebbe vivo...

Mi aveva promesso, nei giorni scorsi, che sarebbe venuto a trovarmi qui a Vieste, chiedendomi però di non dire nulla a mamma, pregandomi di mantenere questo nostro segreto, solo per il momento. E che mi spiegherà tutto, piano piano. E che poi spiegherà tutto alla mamma, se lei gliene darà l'opportunità...

Ha mantenuto la promessa, è andato via poco fa. È venuto davvero! Dio come sono emozionata! Quando l'ho visto svoltare sulla stradina di campagna dove ci eravamo dati appuntamento, avevo il cuore che mi scoppiava. Era mio padre! Stava venendo da me! Da me!

Io ero in bici, quindi lui ha lasciato la macchina lì, in una piazzola sulla statale, e abbiamo proseguito a piedi. Lui ha voluto portare la mia bicicletta a mano, e ci siamo inoltrati in uno di quei sentieri che percorro quasi ogni giorno. Camminavamo e parlavamo, e ogni tanto io mi giravo di nascosto per guardarlo, e mi veniva da sorridere, e in un paio di occasioni ho scovato anche lui fare lo stesso con me.

Mi ha confessato di aver scoperto di avere una figlia, e che quella figlia fossi io, solo nel 2015, quando avevo postato la foto di loro di spalle sul mio Instagram. Mi ha detto che non ha mai scordato mia mamma, e che nel 2012 ha accettato una collaborazione con quella piccola casa editrice specializzata in libri per bambini, qui a Roma, quella che mi ha fatto visitare. Ha iniziato come semplice correttore di bozze, poi è diventato editor. Ha ammesso di essersi trasferito qui a Roma forse inconsciamente per avere la scusa di provare ad avvicinarsi a mamma, e che dopo aver scoperto dove viveva, un giorno, di nascosto, si è appostato vicino a casa nostra: l'ha vista entrare nel portone con me – io ero ancora una bambina – e un uomo che aveva pensato potesse essere il suo compagno, il mio papà. Dalla descrizione ho capito che si riferiva a Diego... E che quindi inizialmente aveva ignorato potessi essere sua figlia. Anche se, lo ha ammesso, aveva avuto una sensazione... Quindi, per questo motivo, aveva deciso di non farsi avanti, limitandosi da quel giorno a controllare ogni tanto il profilo Facebook di mamma – sempre molto ermetico – e successivamente i miei social. Senza vedere mai foto dell'uomo, Diego, che aveva pensato potesse essere il compagno di mamma, nonché mio padre...

Io lo ascoltavo praticamente in trance, in silenzio, avevo e ho il cuore a mille, le sue parole suonavano vere, e coerenti, ma non riuscivo a non provare odio e rabbia nei suoi confronti. E amore...

Quindi ha continuato dicendomi che poi, nel tempo, aveva iniziato a controllare i nostri profili sempre più spesso, e più volte era tornato sotto casa nostra per osservarci di nuovo da vicino, sentendo sempre più affinità, notando una sempre maggiore sensazione di familiarità nel mio aspetto, nei miei gesti, nelle mie espressioni, oltre che nel taglio degli occhi, praticamente identico al suo... E quando ho postato quella foto di spalle, quella a Capocotta, quella in cui mamma ride in quel modo così meraviglioso e commovente, ecco, lì ha capito tutto, ed è impazzito. E mi ha detto che proprio non molto tempo dopo quello shock, ha cominciato realmente a scrivere, aprendo quel profilo Instagram che, mese dopo mese, ha guadagnato sempre più follower e seguito... Come se non potendo scrivere direttamente a me e soprattutto alla mamma, sentisse l'esigenza di affidare le sue parole al mondo, a destinatari sconosciuti che potessero prenderle, farle proprie e, in qualche modo, custodirle, curarle e renderle vere...

E poi niente, mentre parlava mi girava la testa, so solo che ha farfugliato qualcos'altro sulla scrittura: che è grazie a quella se siamo entrati in contatto. Contatto che lui ha cercato in mille modi, ora che ci ripenso, e in effetti io ero una delle poche persone a cui metteva *like*, alla quale lasciava commenti...

«Sono state le parole a unirci», mi ha detto a un certo punto.

Mi sono fermata, e lui pure, l'ho guardato e gli ho detto che per ora poteva bastare, che le parole avevano fatto tanto. Che ero felice.

Ero felice...

Ora scrivo sul mio quaderno seduta su un sasso accanto a un ruscello, papà è andato via da circa mezz'ora.

Nelle cuffie suonano i Modà con *Favola*.

E sono felice...

25

Eppure basterebbe guardarti negli occhi...

Roma, domenica 1° settembre 2019

Le settimane di vacanza, a Vieste, sono state davvero belle e per certi versi sorprendenti. A parte che Vieste è davvero meravigliosa, meravigliosa era anche la fattoria nella quale ho deciso di prendere la casa. È un posto a dieci minuti dal mare ma nello stesso tempo immerso in un'atmosfera stupenda. Una fattoria a tutti gli effetti, con le galline, i cavalli, i maiali, le mucche e tutto il resto, a due passi dalla Foresta Umbra, un'area naturale protetta e incantevole.

Come incantevoli sono i paesaggi di mare di tutta la zona. I ristoranti, gli scorci dei borghi antichi...

Ma la vera sorpresa è stata Giulia. Fin dal primo giorno il suo atteggiamento è stato diverso dal solito, oserei dire nuovo. Meno bellicoso, meno freddo e arrogante. Per tutto il tempo del soggiorno è stata comprensiva e affabile. Abbiamo parlato molto, io ero letteralmente stupita, felice ma spiazzata.

Mi ha chiesto del lavoro, del rapporto con Fernando, mi ha confessato di volergli bene (del resto aveva quattordici anni quando è arrivato nelle nostre vite), ma nello stesso tempo di non riuscire a vederlo accanto a me, né accanto a lei come figura di riferimento. Lo trova una persona perbene ma noiosa, poco stimolante, e ritiene che io meriterei di meglio. E confesso di essermi ritrovata spesso nelle sue parole...

Mi ha raccontato di quell'Alessandro, di cui è innamorata, quello che a me non è mai piaciuto. Dice che ultimamente si sta facendo parecchie domande, dice che è un po' stronzo, che non la fa mai sentire sicura, che un giorno si comporta in un modo e il giorno dopo è un'altra persona, oggi terra e sassi, domani stelle e luna. Il classico narcisista...

Insomma, un'altalena, una giostra di cui si è stancata. E ha ammesso che i miei dubbi sul suo conto erano fondati, che pensa sia arrivato il momento di prendere una decisione, di avere coraggio e mandarlo a fare in culo.

E poi ha voluto sapere ancora di suo padre, era tanto che non mi chiedeva di lui, davvero tanto! Mi ha fatto mille domande, a molte delle quali avevo già risposto negli anni precedenti, ma lei è voluta tornarci su, ripercorrere tutte le tappe, come se non ne avessimo mai parlato. È voluta scendere nei minimi dettagli, ha voluto sapere di me, di come mi fossi sentita, di come avessi vissuto emotivamente quei momenti. Da un lato tutte quelle domande mi hanno gettata nuovamente in quel dannato limbo d'amore magico e irreale, collocato in un tempo sospeso nella memoria che per me non è mai diventato davvero *passato*, qualcosa di vecchio, di finito, superato. Dall'altro lato mi ha fatto piacere parlarne, perché eravamo noi, io e lei, e fra di noi nessun argomento è scomodo o difficile da affrontare. E poi mi ha emozionata che lei abbia voluto sapere quelle cose, quei dettagli del padre, sì, ma anche di me e del mio cuore, della mia emotività, del mio equilibrio. Dopo tanto tempo mi sono sentita finalmente compresa, considerata e accolta nel suo cuore. È stato bellissimo...

Penso si sia divertita, siamo state parecchio assieme, ma entrambe abbiamo avuto i nostri spazi, i nostri momenti di solitudine.

La vacanza doveva essere anche, ed è stata, un momento solo mio per guardarmi dentro con onestà, senza condizionamenti, per pensare e ripensare alla relazione fra me e Fernando, che è finita ormai. Ed è stato triste prenderne atto. Fra pochi minuti Fernando sarà qui, e gli parlerò senza esitare. Possiamo forse sottrarci a questo genere di tristezza? Sono passaggi obbligati, da affrontare con delicatezza, con dolcezza, ma con fermezza e senza esitazioni.

Fernando arriva intorno a mezzogiorno, quando sale trova me e Giulia sul divano, davanti alla tv. Stiamo guardando insieme una serie Netflix, *La casa di carta*, ci ha prese così tanto che abbiamo fatto l'alba per finire la prima stagione!

«Ciao Ferni!» dice Giulia mentre si alza per salutarlo. Lo abbraccia e poi, voltandosi verso di me, intuendo che sarà una conversazione delicata, mi sorride e dice: «Io mi preparo al volo e raggiungo Martina in piscina, poi questa sera andiamo a mangiare una pizza tutte insieme».

«Ok, amore», dico mentre mi alzo per salutare Fernando.

«Ciao tesoro, buona serata!» dice lui con un sorriso che sembra già presagire quello che sta per accadere. Del resto al telefono questa mattina sono stata abbastanza chiara, gli ho detto che volevo parlargli, e quando lui mi ha chiesto di cosa io gli ho risposto che avrei preferito discuterne di persona...

«Allora? Eccoci qui!» dice lui allargando le braccia e sorridendo. «Volevi parlarmi del nostro futuro matrimonio?» È chiaramente ironico e capisco che sa esattamente cosa sta per succedere.

«Fernando...» comincio abbassando per un attimo gli occhi. «Ecco, vedi...»

«Tranquilla... Lo so... So cosa vuoi dirmi...» mi dice avvicinandosi, guardandomi serio, con gli occhi leggermente velati, ed è la prima volta che lo vedo in quel modo. Mi accarezza il viso e aggiunge: «Mi stai lasciando... Vero?» E senza attendere la mia risposta aggiunge: «Ma ne sei sicura?»

Io resto in silenzio tutto il tempo, lo guardo e a volte abbasso gli occhi, mi sento un mattone nello stomaco, è tutto così maledettamente straziante. Del resto, inutile girarci intorno, Fernando è una delle persone più belle che io conosca. Gli voglio un gran bene, ma non è questo che merita da me, non è questo ciò che desidera. Lui vuole e deve essere amato, ma io non lo amo, e, l'ho realizzato solo in questi ultimi mesi, credo di non averlo mai amato...

«Sì... Mi dispiace, non è necessario che ti dica che sei una persona meravigliosa, stupenda, ma io non credo di amarti. Non più...»

I suoi occhi da leggermente velati si fanno bagnati, si gira, se li asciuga, poi si volta ancora e mi guarda. «Ok.» Un colpo di tosse, si siede sul divano, gli occhi persi nel vuoto, e ripete: «Ok...» con un filo di voce.

«Mi dispiace, Fernando. Vorrei non fosse così, ma devo essere onesta con te, meritiamo entrambi la verità.»

Fernando si stringe le mani tra le ginocchia, emette un lungo e struggente sospiro, difficile da sostenere anche per me che ho cercato mille volte di immaginare, di anticipare col pensiero questa scena. Non dice nulla. Si alza e cammina verso di me, guardandosi la punta dei piedi. Poi finalmente solleva il volto e mette i suoi occhi dentro i miei. «Ti posso abbracciare un'ultima volta? Ti va di abbracciarmi solo un'altra volta?» mi chiede con compostezza, con un tono triste ma non compassionevole.

Scoppio a piangere e lo abbraccio forte. «Mi dispiace. Mi dispiace tanto...»

Rimaniamo abbracciati senza parlare per molto tempo. È lui alla fine a sfilarsi lentamente dall'abbraccio. E mi saluta dicendo che chiamerà Giulia per parlarle e salutarla, e che per qualunque cosa entrambe potremo contare sempre su di lui.

Ci sono cose destinate a uno spazio e a un tempo precisi. Puoi tentare di modificare qualcosa, di modellarne la forma, di metterci impegno, ma a volte non è possibile.

E la verità è che la colpa non è davvero di nessuno.

Non ci resta che conservare nel cuore la dolcezza, la bellezza di certi momenti, affrontando questo mozzico di vita con serenità, sperando che tutti quelli che amiamo, a cui teniamo, possano stare bene e possano trovare, con qualche sforzo, un loro equilibrio, un modo per andare avanti e sorridere, fino al giorno in cui sarà possibile guardare al passato con un pizzico di nostalgia, sì, ma soprattutto come a qualcosa di meraviglioso che ci ha arricchiti e resi più belli. Che ci ha resi quello che siamo.

Senza più astio.

Senza più buio.

Senza più veleni.

Dovremmo mantenere tutti quel briciolo di dignità che ci permette di uscire da ogni situazione, anche la più inaspettata, persino la più dolorosa, con un insegnamento, con una storia da raccontare. E con un sorriso bello da morire...

Mentre mi apro un rosso forte, perché ne ho voglia, perché ho voglia di distendere i nervi – è stata una giornata dura –, mi arriva un WhatsApp, è Giulia...

Giulia: Come è andata, mammi?
Francesca: È andata, piccola, è andata come era giusto che andasse...
Giulia: Ti voglio bene, mamma!
Francesca: Io ti amo!
Giulia: 😀

Giulia: Ti giro una cosa di Laura Massa... Te la dedico! È come se lo avessi scritto io per te. ♡
Giulia: Eccola...

Dicono che sei forte perché sorridi sempre e sei gentile. Perché mostri sicurezza e dignità. Perché sei sempre curata e non ti lasci andare.
Dicono che sei forte, ma nessuno sa cosa hai dentro. Nessuno ha voglia di andare oltre quel sorriso. Eppure basterebbe guardarti negli occhi, e lì dentro troverebbero il cuore e l'anima di una donna che ha sofferto, ma che non vuole dare in pasto al mondo le sue fragilità, i dubbi e tutte le paure, e allora mostra quel sorriso.
E fino a che qualcuno non spegnerà la luce, prendendoti per mano, dicendoti: «Non avere paura, ci sono io, e non me ne vado. Ci sono io qui, se hai voglia di piangere, piangi. Se vuoi parlarmi, parlami. Se vuoi restare in silenzio, noi resteremo in silenzio. Ma da oggi, non sarai più da sola».
Ecco, fino a quel momento, tu sei forte!
Tu sorridi...

Mentre leggo non riesco a trattenere l'emozione, e scoppio a piangere. Sembrano davvero scritte per me, quelle parole. E mi chiedo se arriverà mai quel qualcuno a spegnere la luce, a prendermi per mano...

Francesca: ...
Giulia: ...
Francesca: Grazie...
Giulia: Siamo noi. Sempre unite!
Francesca: Sempre, amore mio! Sempre!

26

A chi protegge l'amore!

Bologna, giovedì 4 giugno 1998

> Alle cose che verranno.
> A quelle che non vediamo ma che sono già davanti ai nostri occhi.
> A chi protegge l'amore.
> A chi non rinnega le parole dette.
> A chi mantiene le promesse.
> Al coraggio!

È scritto sul muro dell'osteria dove stiamo cenando io e Andre. È in un piccolo e delizioso vicoletto di Bologna, che affaccia sulla famosa finestrella sul Canale delle Moline. Stiamo festeggiando il mio trenta in Marketing di impresa, una materia che mi è risultata particolarmente ostica rispetto alle altre.

«Sono meravigliosi, amore mio! E poi questo... Lo so che sarà la centesima volta che te lo dico, ma tu mi fai davvero impazzire con il tuo modo di fare, con il tuo essere così speciale in tutto...» mi riferisco prima alla rosa rossa e al girasole che Andrea mi ha regalato insieme alla cena, e poi al bigliettino allegato con su scritte delle parole che mi hanno fatto tremare il cuore:

> *Sei bella come le cose che non si possono toccare, come quelle esposte nelle vetrine dei negozi di lusso, come i quadri e le opere d'arte nei musei. Come le stelle cadenti, esistono davvero, ma nessuno ne ha mai toccata una, perché sono troppo lontane, anni luce, perché nemmeno il tempo di guardarle illuminare il cielo e la tua vita e di meravigliare il mondo lasciando tutti con il fiato sospeso, che loro sono già sparite dalla tua vista. Sei bella come il fuoco quando arde, ti incanti a guardarlo, ti fa innamorare, provi ad avvicinare il dito e ti bruci. E capisci che quella cosa, bellissima, non puoi tenerla nella tua vita se vuoi essere sereno, devi tenerla lontana, se vuoi stare bene... Ecco, tu sei bella così, come quelle cose che poi ti avvicini, te ne freghi, perché sai che ti farà impazzire e sarà bellissimo lo stesso. Anche quando ti farà male...*

«Dio! Mi fai impazzire!»

«Tu a me!»

«E poi io non sono così bella, né potrei mai farti male...»

«Tu sei così bella e mi fai sempre male, anche quando mi fai bene! Perché ti amo così tanto che le emozioni mi scavano dentro...»

«Tu non ti rendi conto di quello che dici, di quanto sia il contrario, e di quanto tu faccia per me, ogni secondo della mia vita...»

«Faccio tutto in modo così naturale con te, amore

mio... Alla fine ce l'hai fatta a superare questo dannato esame!»

«Certe volte mi sento così inadeguata, vorrei essere tutto per te, vorrei darti tutto!»

«Fra, ma cosa cavolo dici? Inadeguata? Sei la creatura più preziosa dell'universo! Io non voglio avere tutto, sei tu il mio tutto.»

«E tu il mio!»

«E poi... Nessuno può avere tutto, ma tutti possono avere qualcosa di unico. E tu sei la mia cosa unica. Tu sei speciale...»

Oddio, ma come potrei non amarlo? Mi fa morire quando mi dice queste cose!

E poi le parole di Andrea coincidono sempre con le sue azioni, lui non mi regala solo frasi d'effetto che lasciano il tempo che trovano, lui sembra avere davvero voglia di dimostrarmi quanto mi ami con i gesti, con i fatti...

Solo che a volte nei suoi occhi noto una vena malinconica, sembra perdersi con lo sguardo, e quando succede mi sento mancare la terra sotto i piedi perché non so dove sta, che fa, cosa pensa. Ho sempre il terrore che tutto possa finire, che lui possa lasciarmi. Che ci sia qualcosa che mi sfugge da sotto gli occhi. Non lo so... Non mi fa dormire la notte, questa sensazione, sento che c'è qualcosa che non mi dice. Lo sto sentendo anche adesso. Dopo avermi detto queste parole meravigliose ha distolto lo sguardo, l'ha puntato verso la finestra, poi lo ha abbassato sul suo bicchiere di rosso...

«Amore, che parole meravigliose! Anche tu sei la mia cosa unica, superunica! Nulla è più speciale di te!»

«Alla tua!» dice con un sorriso che nasconde quel velo di malinconia che si fa sempre più evidente.

«Alla nostra!» rispondo io e poi aggiungo, riprendendo le parole scritte sul muretto: «Alle cose che verranno!» e sorrido.

«Giusto! A noi e alle cose che verranno...» dice Andrea. Poi si fa di nuovo serio e aggiunge: «Ho paura...»

Scandisce queste parole guardandomi negli occhi.

«Di cosa, amore?» rispondo tremando.

«Non lo so, non so dirti di cosa. Ho sentito questa cosa, qualche volta mi capita di sentire paura.»

«Ma è una paura che riguarda te o noi come coppia, amore mio?» chiedo, subito spaventata.

«Ecco, no, non credo, ma è solo un attimo, arriva e poi passa. Vedi? È già passata...» e mi sorride prendendomi la mano e accarezzandomi il viso. «Ricordati solo una cosa, amore mio, promettimi di ricordartela!»

«Cosa?» lo chiedo quasi tremando.

«Ecco... Ricordati che io non smetterò mai di amarti, di stare con te, di prenderti la mano, non finirà mai, io ti amerò tutta la vita. E se un giorno il destino dovesse portarci a un capolinea, su un binario morto, e metterci davanti a una realtà impietosa, triste, dolorosa. Senza via di scampo. E se quel giorno, cercandomi con lo sguardo, tu dovessi smettere di trovarmi, ecco, anche in quel caso, tu non temere, aspettami, amore mio! Perché io tornerò da un binario nuovo, e insieme inventeremo un'altra realtà!»

Io sono gelata, e terrorizzata, e non so cosa pensare o dire. «Ok, amore, però mi metti paura...»

«Non devi averne, ti ho appena detto una cosa bella e importante, anche se può sembrare altro... E comunque quella sensazione di prima, giuro, è già sparita...» mi rassicura sorridendo.

«Sicuro, Andre? Guarda che per qualunque cosa io ci sono, anche, non so, per parlare di cose tue, o di, ehm, ecco... Noi siamo belli! Siamo belli insieme! E insieme possiamo affrontare tutto! Noi contro tutto e tutti. Sempre! Ok, amore? Siamo noi? Siamo sempre noi?»

«Siamo sempre noi...» Si alza e mi dà un bacio di quelli che mi fanno sentire le stelle, il cielo blu e la luna nel cuore anche quando fino a poco prima era tutto grigio e mi nevicava dentro!

A casa abbiamo fatto l'amore tutta la notte. E di quella sua brutta paura adesso sembra non esserci più traccia. Ma io me la sento ancora addosso, sulla pelle. Sento il rischio di perdere la mia felicità, il mio equilibrio. La mia cosa unica. La mia persona. Le cose belle che verranno. Quelle meravigliose che non vediamo ma che sono già davanti ai nostri occhi.

La rabbia, il rancore, gli occhi, i tramonti, i sogni, la gelosia, la passione e l'impulsività.

La lealtà e la correttezza.

La sincerità e le stelle.

Il mare e un abbraccio infinito.

Un bacio e poi farlo in penombra.

Correre, correre.

Crederci per due.

Sognare per due.

L'insonnia.

La terra, il sudore, la pioggia.

Due calici.

Un biglietto con le parole incise per non dimenticare.

Una rosa.

Un girasole.

E l'amore.

E l'amore.

E l'amore.

Questa, anche questa, sono io.

E il terrore che tutto, da un momento all'altro, possa finire...

27

Ho bisogno di quegli aspetti che non nota nessuno...

Il quaderno di Giulia

Roma, mercoledì 30 ottobre 2019
Ore 02.36

Negli ultimi mesi io e papà abbiamo continuato a frequentarci segretamente, mi ha giurato che presto ne parleremo a mamma, e io mi sento sempre più in difetto con lei, ma felice del rapporto che si sta creando con papà. Capisco anche la difficoltà che deve avere avuto mamma ogni volta che ha tentato di descriverlo, a volte è davvero enigmatico, chiuso, complicato... Ma sento anche che è qui per affrontare il suo passato, i suoi errori, il suo essere introverso, e per tirare fuori tutto ciò che non ha tirato fuori in questi anni e che lo ha letteralmente ingabbiato in non so quale stanza buia e fredda. So che molto ha a che fare con la sua famiglia, con il padre, in particolare, mi ha detto di averlo perso, ma non so quando, e in che modo... La madre, mia nonna, vive ancora a Bologna, ma da quello che ho capito è in una casa di cura per persone con problemi psichiatrici...

Mio padre sarà stato pure uno stronzo, o un narcisista,

o un codardo, non so... Ma non deve avere avuto una vita tanto semplice. Nonostante siano così ricchi...

Ieri, parlando con Marti e Noemi, mi sono aperta, prima su di lui, e poi su Alessandro. Gli ho beccato un messaggio di quella troia sul telefono, dopo averli 'seguiti' entrambi per un bel po' sui vari social... Pensavano di farla franca, di farmela sotto gli occhi!

Lui ovviamente ha negato, nel messaggio lei scriveva *che ti farei...* Come cazzo fai a negare? E in più, non c'erano altri messaggi precedenti, segno che lui aveva cancellato la conversazione. Dice che è una battuta, e che fra amici intimi quelle sono battute normali, e allora se siete amici intimi, mi chiedo, dove sono gli altri messaggi? I milioni di messaggi WhatsApp che due comuni amici si scambiano nel corso del tempo? Ha farfugliato qualcosa sul fatto che aveva avuto un problema col telefono e che aveva perso molte conversazioni.

Ma chi gli crede!? Mi fa solo soffrire, Ale, da sempre. Pochi, rari momenti di gioia, picchi di gioia, è vero... Ma tutto il resto è stata umiliazione, offesa, mancanza di rispetto, non amore...

Sento che è arrivato un punto di non ritorno per il mio grado di sofferenza, la verità è che Alessandro mi ha sempre fatto stare più male che bene, molto più male! Che cosa cazzo me ne faccio di un uomo così, cosa ci faccio con un uomo così?

È così tanto tempo che sto male per amore... Sono stata male perché ho scelto di entrare in qualcosa in cui, al di là delle sue rassicurazioni, sapevo che mi sarei bruciata. Nessuno entra nel fuoco senza bruciarsi. Nessuno può farsi accarezzare dal diavolo senza essere disposto a perdere l'anima. Sono stata male perché ho accettato di essere messa in un angolino buio, nascosta al mondo, messa lì dietro la porta a guardare l'amore dallo spioncino.

Come una ladra di sogni da quattro soldi a cui hanno promesso un bottino grosso che non arriverà mai.

Sono stata male perché ho accettato di essere solo una parte del tutto, solo un momento di rose e farfalle, senza i prati, il sole e l'arcobaleno.

Sono stata male perché ho amato e forse ancora amo più della mia vita un uomo che dice di amarmi più della sua, ma poi così non è stato. Ma che così poi non mi ha mai dimostrato...

Sono stata male perché ho protetto un amore che era solo il mio. Che era solo una mia proiezione.

Sono stata male perché mi sono fidata delle promesse di chi diceva di custodirmi e amarmi. Del resto la promessa di un figlio... di un matrimonio... o uno scherzo... o di tutta la mia vita... Che differenza fa? Cosa cambia? Cosa cambia? C'ero io lì a guardarlo negli occhi. C'ero io lì in silenzio ad aspettare. Ed ero io stessa l'artefice della mia piccola gabbia, del mio dolore, dei miei sorrisi appesi ai suoi.

Cosa cambia se poi mi ritrovo a raccogliere i pezzi per terra, scomposta, senza sguardo e senza cuore, senza lacrime e senza amore.

Sono stata male perché non ho ascoltato le mie sensazioni prima di entrare nel fuoco. Loro mi parlavano chiaro. C'era un cartello enorme con scritto: LÌ NON SI ENTRA!

Però, adesso, la sofferenza si è trasformata, man mano, in distacco, il dolore mi ha cambiata. E in più sono successe troppe cose nella mia vita per essere quella che ero prima, la storia di mio padre è stata, nello stesso tempo, sconvolgente e meravigliosa. Adesso non è più come prima. E comincio a sentirmi profondamente in colpa con mamma, dovrei parlarle, dovrei dirle tutto. Ma non trovo le parole per farlo, e in più papà mi chiede di temporeggiare, perché è una cosa che sente di dover affrontare ovviamente anche lui, ma è terrorizzato, forse più di me, e per motivi diversi.

Ho sentito gli altri, Patrizio, Marco, zia Emma e Giorgia, Elisa... Diego... E ogni volta sono stata tentata di aprirmi con loro, ma è tutto così dannatamente più grande di me! Loro sono sempre così dolci e presenti!

Giorni fa, zia Giorgia, parlando di Ale, mi ha detto: «Ricorda, ti sembrerà banale adesso, ma... chi ti ama, te lo dimostra. È tutto lì, ed è molto meno complicato di quanto vogliano farci credere». Ma quanto è vero! E quanto la stimo! Anche Pat mi ha stupita, dopo avergli detto che era un periodo di grande stress, per mille motivi, compreso quello stronzo di Ale, è rimasto in silenzio per un po', al tel, e poi ha esclamato: «Tu sola sai cosa è giusto per te. Cosa desideri. Di cosa hai bisogno. Non te ne rendi conto adesso, forse, ma il tuo cuore già lo sa. E molto presto te lo farà capire». Per poi sdrammatizzare con: «Però di' a quello stronzetto che se mi presenta una ventenne gnocca, lo perdono, e sto dalla sua parte». Che pazzo! Ma io so che era buona la prima parte, e quelle parole mi sono servite tanto e mi hanno fatto troppo riflettere.

Comunque sento che si avvicina il momento nel quale avrò la forza di chiudere con Ale, è umiliante che io ancora non riesca, ma voglio farlo quando sarò in grado di rialzarmi, perché questa volta il mio cuore dovrà essere davvero forte, perché la botta sarà davvero forte. Ma sento che ci sono quasi. E lo capisco anche perché mi sento sempre meno in colpa per averlo tradito in Spagna, anzi, ultimamente mi sono ritrovata a fantasticare di farlo ancora, di uscire con un ragazzo che mi faccia stare bene, che mi faccia passare una bella serata, e che mi faccia sorridere. Ecco, solo questo vorrei: sorridere. Solo questo volevo, sorridere...

Poco fa ho letto un post di Loy, che mi ha fatto riflettere e sperare che ancora esistano uomini che in una donna cerchino determinate qualità, oltre e al di là dell'aspetto esteriore:

> Io non me ne faccio niente di una donna da rivista patinata, che passa la vita in palestra, che trascorre le giornate a non mangiare a non bere a non vivere per rincorrere la perfezione. Vestita alla moda e con lo sguardo ammiccante. Con gli zigomi simili ad altri mille zigomi. Con le labbra simili ad altre mille labbra. Col trucco, il capello e la pelle di cera.
> Io ho bisogno di qualcosa di più, io ho bisogno d'altro. Io amo i particolari, le imperfezioni mi mandano fuori di testa.

Ho bisogno dei dettagli, dei piccoli segni, del tuo modo di muovere le mani, o di alzare gli occhi al cielo mentre ridi.
Ho bisogno dei tuoi capelli spettinati dalle mie mani, dal vento e dalla vita.
Ho bisogno delle tue parole scomposte dall'alcol, dall'euforia e dall'amore.
Ho bisogno di quegli aspetti che non nota nessuno, come la tua voce che trema quando dice «Anch'io» dopo che ti ho detto «Ti amo», come le tue guance che diventano rosse se ti sussurro che vorrei passare la vita con te.
La perfezione la lasciamo agli altri, amore mio. Io ho bisogno del tuo essere a tratti insicura, della tua timidezza, delle tue mani che sudano per l'emozione. È tutto questo che ti rende bella. E ho bisogno di te, per innamorarmi perdutamente.

Che belle parole, Loy! Che bel mondo sarebbe...

Ieri mi sono ritrovata a pensare a mamma, a quanto deve aver sofferto, e per lei il colpo deve essere stato più duro, più cattivo e impietoso, perché, da quello che lei stessa racconta, papà si comportava davvero da principe azzurro, cioè, a parte il suo carattere chiuso e introverso che lo portava qualche volta a isolarsi da tutto il mondo, e che gli conferiva quel senso di malinconia, con quello sguardo che tutt'oggi, a volte, si perde chissà per quali pianeti e mondi lontani e solo suoi, ecco, a parte questo, lui era impeccabile con lei, e le aveva dimostrato sempre un amore dolce, romantico e smisurato, fino a quel giorno, fino a quel fatidico giorno...

E niente, in questi giorni il mio pensiero è volato spesso a loro due... E, lo ammetto, ho fantasticato sulla possibilità che tornino insieme, visto che li trovo così perfetti l'uno per l'altra. Continuo a non comprendere cosa abbia realmente spinto papà a comportarsi così. Perché lui quando arriviamo a quello, nonostante parliamo di continuo di tutto, ecco, lui diventa vago e non riesce a parlare, scoppia a piangere, si blocca...

28

Quello che mi manca di te è la parte più bella di me

Roma, venerdì 17 marzo 2000

«Amore, ti va un po' di tè con dei biscotti?»

Sono le 6 del pomeriggio, e Roma oggi sembra Bologna, mentre rileggo per l'ennesima volta la mia tesi di laurea. A volte guardo fuori dalla finestra, il cielo è grigio e nuvoloso, tira vento e fa tanto freddo. Sarà che questo freddo si somma a quello che sento dentro al cuore, questo vento gelato che soffia forte sulla mia anima. Non sento e non vedo Andrea da più di un mese. Non l'ho più sentito né visto, ok, però lo sogno tutte le notti. Nei sogni che faccio lui è quasi sempre triste, freddo, lontano. Questa notte invece era diverso: eravamo in un parcheggio, io nella mia macchina e lui nella sua, ci siamo guardati per un attimo e lui era serio, all'improvviso è sparito, poi ci siamo ritrovati in un negozio dove vendevano oggetti usati e vintage, il negozio l'ho riconosciuto, è a Bologna, vicino all'università, ci andavamo spesso assieme, siamo entrambi fissati con quel genere di articoli. Nel negozio c'erano altre persone, e a un certo punto i nostri sguardi si sono incrociati ancora, e lui questa volta mi ha sorriso, con quel suo modo unico, magico e speciale, con quel sorriso che tutte le volte sapeva cercarmi, trovarmi e salvarmi. Quel sorriso che tutte le volte mi faceva innamorare come se fosse la prima. Io ho ricambiato il sorriso, e ho sentito una gioia immensa nel cuore, così forte e potente che sono scoppiata a piangere. Stavo per correre verso di lui per abbracciarlo quando uno sconosciuto, che era già nel negozio, si è messo fra di noi, proprio davanti a me, e mi ha chiesto qualcosa che non ricordo. Io ho cercato di levarmelo di torno, di ignorarlo, ho fatto un passo laterale per tornare con lo sguardo da Andrea, ma lui non c'era più. L'ho cercato ovunque nel negozio, ma non c'era più. Sono uscita velocemente e mi sono ritrovata di nuovo in macchina, nel parcheggio immenso e malinconico di prima. A un certo punto l'ho visto passare in auto davanti a me senza degnarmi nemmeno di uno sguardo, e dirigersi verso quella che doveva essere l'uscita del parcheggio, c'era una sbarra che si alzava. Richiusa la sbarra, la sua macchina è corsa via, e io sono rimasta immobile a guardarlo dileguarsi davanti ai miei occhi. Ero come bloccata, avrei voluto urlargli di restare, di tornare, di portarmi con sé, di non lasciarmi più, di non abbandonarmi un'altra volta, ma non sono riuscita a dire nemmeno una parola, non ho fatto nemmeno un piccolo passo, niente... Poco dopo, nel sogno, mi ritrovo di nuovo in macchina, questa volta sono a Roma, nel mio quartiere, Casetta Mattei: guido e svolto nella via dei miei, quella dove sono nata e cresciuta, e dove, dopo che Andrea mi ha lasciata, sono tornata a vivere. Quando arrivo all'altezza del nostro portone, tiro fuori la testa dal finestrino e guardo su, e affacciati al balcone di casa mia ci sono mia madre e Andrea, che mi salutano sorridendo, parlano fra di loro, sono sereni, è come se mi stessero aspettando. Il mio cuore ricomincia a battere forte, me lo sento in gola. Ed è di nuovo felicità. Ma a quel punto mi sveglio di soprassalto, passando da un picco di gioia a uno di tristezza e dolore, perché mi rendo conto che era solo un sogno, che Andrea non era lì, a casa ad aspettarmi. Non era tornato. Non era tornato...

Mi piacerebbe vederti arrivare... Sono sicura che all'inizio mi sentirei morire, e tu non diresti niente. Verresti verso di me in silenzio, inclinando un po' la testa sorridendomi, come facevi quando ti avvicinavi per dirmi qualcosa di dolce, di bello, col solo intento di farmi sorridere e rendermi felice.

Mi piacerebbe vederti tornare e sentirmi dire sussurrato in un orecchio: «Non so vivere senza di te, mi perdoni?»

Mi piacerebbe vederti entrare dalla porta, con un biglietto dei tuoi con scritto solo TI AMO.

Perché mi basterebbe sapere che mi ami per essere felice, per tornare a sorridere. Per ritrovare, nel mio cuore, un po' di bellezza. Per riappropriarmi del mio lato migliore, quello che mi permetteva di guardare le stelle anche quando il cielo era nero. Ecco, quello che mi manca di te è la parte più bella di me.

* * *

«Sì mamma, grazie», rispondo con lo sguardo perso nel vuoto.

«Amore, che c'è?» mi chiede mamma accarezzandomi dolcemente il viso.

«Nulla», le rispondo, ma sento i miei occhi bagnarsi.

Lei senza fare altre domande mi stringe forte al petto, e mi rendo conto di quanto possa amarmi, di quanto è facile comunicare con una madre, di quanto solo lei sappia capirmi senza che io debba per forza parlare.

«Piccola mia, a volte è dura, ma tu sei forte, e ci siamo io e papà con te. Non ti lasceremo mai. Andrà tutto bene!»

Non rispondo, continuo solo a piangere e a prendermi tutto il suo abbraccio.

In quel momento entra papà, quando mi vede in lacrime, poverino, fa un'espressione terrorizzata, esita qualche secondo prima di parlare, e poi imbarazzato dice: «Che succede qui?» abbozzando un sorriso e fingendo disinvoltura. «Tieni, questo è per te...»

«Cos'è, papà?»

«Un cellulare nuovo!»

«Papà, ma non dovevi!»

Mentre apro la scatola lui sottolinea con grande entusiasmo: «Pensa, ha anche il lettore MP3 integrato! Così potrai ascoltare tutta la musica che vuoi! Sai che la musica è terapeutica...»

Mentre lo dice lo guardo e vedo che anche i suoi occhi sono lucidi, ma questo lui non lo ammetterebbe mai.

Ed è di una dolcezza disarmante... «Sì papi, lo so! E sai anche quanto io sia legata alla musica!»

«Dovresti riprendere a suonare la chitarra.»

«Hai ragione! Dovrei!» Nel frattempo tiro fuori il cellulare dalla scatola, è piccolo, grigio metallizzato, e fighissimo! «Ma è stupendo!» esclamo. «Solo che... sarà costato tantissimo!»

Papà mi mette una mano sulla spalla: «Non preoccuparti, amore, un collega rappresentante mi ha fatto ottenere uno sconto importante, come faccio sempre io con lui quando ha bisogno di un abito... Voglio solo vederti sorridere ed essere felice! Ascolta tanta musica. E sorridi. Ok, cucciola?».

«Ti voglio bene...» Poi guardo anche mamma che è lì in silenzio, ma compiaciuta. «Siete i genitori migliori del mondo!»

La mia vita è cambiata, stravolta improvvisamente. Sono incinta, l'amore della mia vita mi ha lasciata di punto in bianco senza nemmeno concedermi la possibilità di dirgli che aspettiamo una bambina, fra tre mesi discuterò la tesi di laurea. E poi, ecco, poi non so cosa accadrà, che ne sarà di me e del mio futuro. Di me e del mio equilibrio, del mio cuore. Della mia vita. Non lo so...

29

Una piccola meravigliosa margherita bianca...

Roma, martedì 10 dicembre 2019

«Oggi giornata tranquilla al lavoro?» mi chiede mamma guardandomi con dolcezza, per poi passare in rassegna il mio look.

«Direi proprio di sì, salvo sorprese nel pomeriggio...» rispondo incrociando le dita. Sono riuscita a staccarmi un po' prima dal lavoro, a mezzogiorno ero già qui.

«Quindi, amore, come ti senti? Come va a casa? Mi pare che fra te e Giulia le cose vadano meglio!» mi chiede mamma. Siamo sedute sui due divani che fanno angolo, sono i nostri divani storici in velluto verde, dei primi anni Settanta: i miei li comprarono appena sposati e negli anni li hanno conservati con cura, facendoli di volta in volta rifoderare e risistemare, sempre nello stesso stile. Li adoro per la loro forma elegante, per la comodità, ma soprattutto per ciò che rappresentano, mi basta sedermici, passare la mano sulla fodera e annusare il loro vecchio odore familiare per toccare un po' di felicità. Mi viene in mente quella volta, quell'unica volta che venne Andrea, ero così felice di vederlo fra le cose che mi ricordavano la mia infanzia! I divani, le foto di me a tutte le età e nelle ricorrenze importanti, dentro cornici d'argento e in bella vista sul pianoforte. È incredibile, Fernando ci si sarà seduto mille volte su questi divani, ma adesso, dopo tre mesi che ci siamo lasciati, invece di pensare a lui mi viene in mente Andrea, ancora Andrea.

«Sì, mamma, devo dire che dal viaggio a Vieste, questa estate, è cambiato tutto con Giulia...» rispondo mentre gusto un ottimo caffè, di quelli che non sono più abituata a bere da quando mi sono convertita alle cialde. Mamma invece usa ancora la moka, e si sente: quell'aroma che si sprigiona quando il caffè sale insieme a quell'inconfondibile borbottio, quel fischio che sembra il campanello delle cose belle e delle vigilie. Perché quando il caffè viene su, è esso stesso una vigilia, un piccolo significativo gesto d'amore che precede quasi sempre altre cose belle, come sedersi con le persone che ami per parlare o darsi il buongiorno. E qui, dai miei, tutto ha il sapore di cose belle, di sguardi protettivi e rassicuranti. E tutto, incredibilmente, tutto mi riporta ad Andrea, perché Andrea aveva questo potere, lui guardava qualcosa, e quella cosa era per sempre anche un po' sua...

«Ma io non avevo dubbi, vi amate. Siete una mamma e una figlia, esiste forse un legame più intenso in tutto l'universo? E comunque non che non ci considerasse prima, è sempre stata un tesoro di nipote, dolce e affettuosa, ma devo dire che adesso è molto più presente. Chissà, forse comincia a vedere me e suo nonno come dei poveri vecchietti da accudire... Sarà una questione di compassione!» scherza mamma, consapevole di essere una giovane sessantaseienne che dimostra almeno dieci anni di meno.

«Ma smettila! Lo sai che sei una figa!»

«Ma che parole usi con una vecchietta come me?» dice e scoppiamo a ridere.

«È la maestrina che parla?» Mamma ha insegnato alle elementari fino a quando io non ho iniziato le scuole medie. Allora, insieme a papà hanno deciso che fosse più importante seguire me. All'epoca le coppie spesso facevano queste riflessioni arrivando a scelte di questo tipo. E non saprei se criticarle o meno, considerando che è merito di mia mamma se ho imparato il senso del dovere, del sacrificio e un metodo serio e costante di applicazione, prima nello studio e poi nel lavoro...

«Figurati! Sai bene quanto me ne freghi delle etichette... Credo di averti trasmesso ben altro! Educazione, eleganza, sì... Ma senza troppi bottoni...»

«Lo so mamma, scherzavo!» le rispondo sorridendo. «Papà dov'è?»

«Sta arrivando. Sa che ti fermi per pranzo, è andato a prenderti la mozzarella di bufala buona.»

«Oddio, che dolce!»

«Francesca... Dimmi una cosa, ma devi essere sincera con mamma, ok?»

«Certo, dimmi...»

«Come va? A te, intendo... Come ti senti emotivamente? Come va qui dentro?» e mentre lo dice batte delicatamente la mano sul suo petto all'altezza del cuore.

«Bene, mamma, davvero... Fernando proprio non faceva per me. Non eravamo compatibili, nemmeno Giulia lo vedeva accanto a me, tanto meno come figura paterna di riferimento. Insomma, sono davvero serena rispetto alla scelta che ho fatto!»

«Lo so. Fernando non era l'uomo per te, l'ho sempre pensato anche io. Quello che volevo sapere è come sta il tuo cuore rispetto ad Andrea.»

Ci guardiamo negli occhi in silenzio per alcuni lunghi secondi, prima che mamma riprenda a parlare: «Ci pensi ancora. Io lo so. Io lo so cos'hai lì dentro, dentro quel cuoricino tenero e immenso, lo sento cosa provi, io sono tua madre...» Lo dice con un tono delicato e disarmante, poi abbassa gli occhi sulla sua tazzina d'epoca con i bordi in oro zecchino. Beve l'ultimo sorso e la posa sul tavolo di cristallo basso, posizionato davanti ai divani.

Io sono letteralmente spiazzata. «Ma mamma...» riesco solo a dire. Poi sento un peso sul petto e il desiderio di scoppiare in un pianto potente e liberatorio, uno di quelli che ho strozzato troppo spesso negli ultimi anni. E mentre provo a controllarmi, il pianto è già esploso. Faccio appena in tempo a posare la tazzina sul tavolino e a coprirmi il viso con entrambe le mani. Comincio a piangere a dirotto, senza più argini. Dopo pochi attimi sento le braccia calde e amorevoli di mia madre che è venuta a sedersi accanto a me, e mi ha avvolta in una stretta di quelle che fanno bene al cuore. Io poso la testa sul suo petto e continuo a piangere forte, alleggerendomi in parte di quel grumo di rancore, rimpianto e nostalgia che per anni ho fatto silenziosamente crescere dentro di me, e mamma mi abbraccia, mi culla e mi accarezza la testa. E io piango, piango.

Non è stato necessario rispondere, mamma sapeva già tutto, sapeva cosa avessi dentro, e lo sapevo anche io. L'ho sempre saputo: Andrea, da dentro di me, non se n'è andato mai, nemmeno per un istante...

La sera, a casa, io e Giulia diamo gli ultimi ritocchi all'albero di Natale. L'abbiamo piazzato all'ingresso, davanti alla nicchia in muratura che ingloba parte della cucina. E sta davvero bene, Giulia ha un gusto sopraffino. Abbiamo messo solo palle e fili bianchi, e spruzzato un po' di neve spray. In cima, la stella di Natale è la chicca, l'abbiamo presa in un negozio vintage in Via del Governo Vecchio.

«Ho lasciato Alessandro!» mi dice Giulia all'improvviso, e nell'espressione del suo viso leggo soltanto calma e serenità.

«Ok, amore... E come mai? È stata una scelta maturata col tempo o è successo qualcosa?»

Giulia accomoda meglio un filo bianco sopra una mano, poi dice: «La verità è che questa mattina mi sono svegliata, sono andata all'università, e ho incrociato un ragazzo che vedo spesso in facoltà. Un tipo molto carino ma semplice. Nei modi, nel vestire. Insomma, non il classico figo...» lo dice e mima il virgolettato con le dita.

«E?»

«E niente, lui aveva in mano una piccola meravigliosa margherita bianca... Mamma, credimi, era stupenda!»

«Oddio! Quanto amo le margherite! Marco lo dice sempre, sono semplici, incantevoli, eleganti... Un piccolo miracolo della natura!»

Giulia allarga le braccia. «Infatti! E questo ragazzo mi è venuto incontro, e senza dire una sola parola ha allungato la margherita verso di me... Io l'ho guardata e per poco non mi commuovo.»

Siamo proprio uguali, penso. Ma mi limito a rispondere: «Ti credo, cucciola, sei così sensibile!» e le accarezzo il viso.

«Io gli ho sorriso e gli ho detto grazie, solo grazie...» Ora Giulia ha smesso di sistemare l'albero per concentrarsi sul racconto. «Lui mi ha sorriso e non ha detto nulla, ha solo fatto un cenno con la testa poco prima di proseguire per la sua strada...»

«E non l'hai fermato?»

«No, ero come paralizzata, imbambolata... Non so spiegartelo, non so cosa mi sia preso. Ero così emozionata per quel gesto piccolo ma immensamente grande. Per quel sorriso semplice, per quei suoi occhi gentili...»

«Amore mio...»

«Ecco, mamma, il punto è proprio questo. Ho ricevuto più amore da lui in una manciata di secondi, che da quello stronzo in undici mesi.»

«Capisco, Giulia, non immagini neanche quanto io possa capirti...»

«So che tu puoi capirmi... Comunque, niente, subito dopo ho scritto un messaggio ad Alessandro, dicendogli che in questo momento non ho più voglia di vederlo né sentirlo. Che credo di non amarlo più. E che forse ci ho messo troppo tempo a capire che nella mia vita non voglio mai più essere trattata come mi tratta lui.» Mi guarda seria, poi esplode in un sorriso: «Ed eccomi qui». Allarga di nuovo le braccia, ma questa volta è come a dire: «Fatto! Tutto qui! Semplice, no?»

Io la guardo, sorrido. E ci abbracciamo forte.

Se è vero che dalla vacanza pugliese il suo atteggiamento verso di me è totalmente cambiato in meglio, è anche vero che questo è il primo abbraccio potente, autentico e viscerale che ci diamo dopo un tempo così lungo che a pensarci ora mi pare infinito. Sto riabbracciando mia figlia! Non vorrei, davvero mi sforzo di non farlo, ma non riesco a non scoppiare di nuovo a piangere, e questa volta sono lacrime di gioia, liberatorie e dirompenti. Sento che anche lei sta piangendo, silenziosamente, dignitosamente, nel suo stile, ma sta piangendo, e so che anche nel suo caso non possono che essere lacrime di felicità.

Verso l'ora di cena, poco prima di metterci a tavola, suona WhatsApp, è una videochiamata di gruppo. Sono Giorgia e Patrizio. Rispondo, e anche Giulia corre a vedere. Ci salutano da un ristorante sul mare, ci dicono che si sono ritrovati entrambi liberi e hanno deciso di farsi questa cenetta di pesce crudo, che entrambi amano, ma dal video io e Giulia ci rendiamo conto che è una cenetta a lume di candela, e glielo facciamo notare. I due ridono di gusto e negano... Ma dentro di me inizia a farsi sempre più largo la convinzione che quei due non me la raccontino giusta, e questa sera, per la prima volta, guardandoli insieme, non li vedo così male.

Quando attacchiamo, anche Giulia dice: «Io li vedo bene, insieme, sai?»

«Ma sai che adesso anche io?» rispondo abbracciandola ancora, poi svesto un attimo i panni della mamma e propongo: «E se ordinassimo da Deliveroo una cenetta nel nostro ristorante preferito e nel frattempo ci aprissimo un rosso?» Subito dopo le faccio l'occhiolino.

Vedo gli occhi di Giulia brillare, e non solo perché, nonostante la giovane età, già non disdegna affatto il buon vino, ma soprattutto perché non credo di averle mai proposto in modo così sfacciato di bere assieme. Credo sia compito di una madre, a volte, rompere gli schemi, e non solo le palle! Andare oltre, prendersi dei rischi, se pur calcolati. È mia figlia, la cosa più importante che ho, e adesso è qui con me. La stavo perdendo, ci stavamo perdendo, ma adesso è tornata, abbracciata a me, e mi ha appena confidato una cosa del suo cuore che fino a poco tempo fa mi sarei sognata, mi ha appena dato uno di quegli abbracci che danno senso alla tua vita e ti fanno capire che alla fine, nonostante tutto, ecco, alla fine, andrà tutto bene...

30

Buonanotte a te che sognavi un amore come quelli delle favole

Il quaderno di Giulia

Roma, venerdì 13 dicembre 2019
Ore 02.28

La scorsa notte ho sognato Alessandro, ho sognato che eravamo sotto casa mia, e lui aveva in mano un mazzo infinito di rose e una busta di Prada chiusa e con un fiocco sopra. Nel sogno lui voleva riconquistarmi così, e il sogno sembrava così reale proprio perché era una fotocopia perfetta di quello che ha tentato di fare ieri. Al ritorno dall'università, me lo sono ritrovato sotto casa, con le rose e la busta, sulla quale, a differenza del sogno, c'era scritto Gucci... Con molta serenità ed educazione l'ho ringraziato, ma gli ho fatto capire che non mi interessavano più le sue scuse, i suoi fiori, i suoi regali di lusso e costosi... Gli ho detto che io non ero in vendita, che non lo ero mai stata! Aveva ragione mamma... Ma con chi crede di avere a che fare? Gli ho detto che in passato forse ero fuori di me quando accettavo certi suoi comportamenti, a partire dai tradimenti, passando per quel suo modo di trattarmi da puttana, usandomi solo per il sesso o per farsi bello con i suoi amici coglioni come lui. Ok, lo ammetto, a un certo punto la mia gentilezza e serenità sono venute meno, ma non più per un interesse nei suoi confronti, quanto perché mi fa incazzare che io abbia permesso a quello stronzo senza sostanza, per così tanto tempo, di trattarmi in quel modo, e mi fa rabbia, ce l'ho con me stessa, che io ci abbia messo così tanto a rendermi conto di chi fosse, di come stessero le cose, di quanto fossimo diversi. E di come io e i miei valori, con lui e i suoi, non c'entriamo proprio nulla!

Alla fine gli ho chiesto di andarsene, educata ma con fermezza, e gli ho detto che fra noi era finita per sempre, in modo irreparabile. E gliel'ho detto sorridendo, cercando di fargli più male possibile in quel modo, con eleganza, quella che lui e le sue galline non sanno nemmeno dove sia di casa. Ha insistito parecchio, ma questo era prevedibile, lui è il classico maschio alfa che non sa accettare i no, non è abituato a essere rifiutato, lui è abituato all'accondiscendenza, quella che gli ho riservato io stessa per fin troppo tempo. Provava a recuperare con quel suo solito fare da figo, da cascamorto, da latin lover, atteggiamenti che, adesso che sono di nuovo in me, trovo solo tanto tristi e patetici...

E niente, nel sogno invece ero ancora debole, e ci ricascavo, prendevo le rose, il regalo, ci baciavamo e gli dicevo che lo amavo ma che doveva smetterla di farmi soffrire, e lui con quel sorriso da stronzo ma anche bellissimo e paraculo, lo prometteva. Poi, sempre nel sogno, ci siamo ritrovati a letto, e lo facevamo come piaceva a lui, io sul letto piegata accanto al bordo, inginocchiata con le gambe al petto, e lui dietro di me che mi prendeva i capelli e con un po' di forza li tirava a sé con una mano e il pugno chiuso, mentre con l'altra mi sculacciava, e io godevo tanto ma, nello stesso tempo, provavo il solito retrogusto amaro degli ultimi mesi. Mi piaceva, mi eccitava, ero felice di farlo felice, come se fosse un mio dovere il suo appagamento, come se, facendolo felice in quel modo, potessi guadagnarmi un po' della sua considerazione e del suo amore, ma nello stesso tempo mi sentivo anche male, usata, non lo sentivo, l'amore che sognavo, che agognavo, perché non c'era amore, perché, ora è chiaro, non era fare l'amore. È bello godere, fare porcherie, ma è bello farlo facendo l'amore, amandosi davvero, era quello che credevo all'inizio della nostra relazione, ma ero solo una stupida illusa! E quindi, alla fine, il sogno era diventato brutto, e triste, e io piangevo perché mi sentivo debole ad aver ceduto ancora, mi sentivo uno schifo, sconfitta. Debole e sporca. Rassegnata all'infelicità...

Appena sveglia, questa mattina, mi sono ritrovata con i pugni chiusi, la mascella serrata e le lacrime agli occhi, ma quando ho realizzato che era solo un sogno, anzi, un incubo, che era tutto finto, che non era vero, ecco, ho iniziato a saltare nuda sul letto, gridando di gioia, poi ho messo a palla *Polynesia* di Gazzelle, e ho continuato a saltare, ballando e cantando come una pazza felice a squarciagola questo pezzo che mi piace da morire.

* * *

Sei entrato nella mia vita come se fosse la tua, e io sono stata tua complice, e non lo dico in senso positivo, tutt'altro... Ti ho permesso di calpestare la mia dignità, ti ho permesso di trattarmi come ti faceva comodo, per i tuoi scopi, ogni tanto eri dolce, sì, ma a questo punto penso che indossassi una maschera. Ti ho permesso di giocare con la mia vita, l'ho permesso perché forse ero troppo fragile per rendermene conto, forse volevo piacerti così tanto da non vedere la realtà, forse il vuoto che mi porto dentro, per un perverso gioco psicologico di cui non conosco la logica, mi porta dritta verso stronzi come te, e senza difese. Forse ho permesso tutto questo, le mancanze di rispetto, i tradimenti, il sesso senza anima, ecco, forse l'ho permesso perché volevo essere amata, e non capivo che in quel modo tu non mi stavi amando, e sai perché? Perché io non mi stavo amando. Ma ora è tutto chiaro.

Ora so chi sei.

Lo so bene.

So che non mi ami e che non mi hai mai amata.

So che non hai a cuore la mia felicità.

E soprattutto adesso so una cosa, che nemmeno io mi sono mai amata, e che io stessa non ho mai avuto a cuore la mia felicità.

Ma adesso è diverso.

Adesso è tutto diverso.

E se tu, prima, eri tutto, ora che ho imparato a volermi bene, so che tu, per me, non sei più niente.

Vaffanculo, Ale!

E ciao!

Stammi bene!

* * *

Poco fa, invece, ho sentito mio padre al telefono, gli ho fatto i complimenti per gli ultimi post su Insta, mi hanno commossa...

Però gli ho detto che mi sento in difetto con mamma, e che ho deciso di dirglielo, non posso e non voglio più aspettare! Penso che sia davvero arrivato il momento che lei sappia tutto! E gli ho fatto notare per l'ennesima volta che forse sarebbe meglio che fosse lui a farsi vivo. E poi gli ho detto anche, fuori dai denti, che sono mesi che gli chiedo spiegazioni sul perché del suo comportamento di vent'anni fa, che non è obbligato a dirmelo, ma non era nemmeno obbligato a venirmi a cercare, a piombare nella mia vita, stravolgendola, anche se sono felice lo abbia fatto. Gli ho detto che mi promette da mesi di spiegarmi, e che forse è davvero ora che lui si faccia coraggio, con me, ma soprattutto con mamma. Perché lei se lo merita!

Lui non ha fiatato, non ha replicato su nulla, mi ha detto che ho pienamente ragione. E a un certo punto, anzi, si è emozionato fortemente, come capita spesso quando tocchiamo quelle corde, però questa volta mi ha promesso che lo farà, nel modo più chiaro ed esaustivo possibile, che è quasi pronto, sta solo cercando il momento giusto... E quando gli ho fatto notare che lo cerca da quasi vent'anni, dal pianto è passato a una risata, credo perlopiù isterica. Comunque mi sono fatta giurare che lo avrebbe fatto nei prossimi giorni, e gli ho dato una scadenza, massimo un mese, poi basta...

Detto questo, il suo ultimo post mi ha fatta piangere:

Non lo so, ecco, non te lo so spiegare cosa sento dentro, non gli ho dato un nome, non l'ho fatto di proposito, e chiamarle farfalle sarebbe dolce, come nelle favole, ma a me vengono in mente più dei fiori, come quelli che indossavi stasera...
E non lo so, come posso spiegartelo?
Sai, noi facciamo così, cerchiamo tutta la vita quel riflesso negli occhi di qualcuno, quello in cui specchiarci e sentirci meno soli, compresi, al sicuro.
E non servono poi tante parole, perché i nostri occhi possono raccontare molto meglio la storia magica delle farfalle e dei fiori, di quella scintilla che ci fa vibrare il cuore e poi ci fa tremare.
E quindi niente, non lo so, vorrei solo venirti a prendere adesso, in qualunque posto dell'universo, portarti al mare, prenderti per mano, e passare tutta la notte a parlarci dei nostri vuoti, dei momenti in cui abbiamo paura, di quelli che ci fanno sentire fragili, del buio che a volte ci avvolge, della luce che ci fa sognare, dei colori che ci rendono unici. Dei tuoi occhi. Ecco, vorrei parlarti dei tuoi occhi. Ti parlerei dei tuoi occhi, oltre che dei fiori. Senza dire una parola.

Un po' come quello di Laura:

Sto meglio senza di te, da quando abbiamo chiuso non c'è più dolore, non ci sono più le nostre litigate assurde, logoranti e infinite, e posso uscire con chi voglio, divertirmi, dormire fino a tardi. Però poi la notte ti sogno, sogno che ci baciamo mentre piangiamo di gioia per esserci ritrovati... E quando mi sveglio di

soprassalto mi ritrovo a cercare la tua mano sotto le lenzuola...
Sto meglio senza di te, senza il tuo dito puntato su ogni cosa che faccio, senza quel tuo modo superficiale di scordarti di me, senza quella tua tendenza, che mi spaccava il cuore, a non mettermi mai al primo posto. Però poi in quei momenti inaspettati, quando faccio cose che non c'entrano niente con te, tipo mentre sto ascoltando una canzone che mi piace, ecco, io ti penso, e quella canzone mi parla di te, e vorrei chiamarti per dirtelo, vorrei sentire la tua voce, per raccontarti che sto meglio senza di te, ma che mi manchi da morire, e che ti amo come non ho mai amato nessun altro, e che, senza di te, cavolo, non è vero che sto meglio, perché senza di te la mia vita ha meno senso, e mi basta pensarti anche solo un istante, come sto facendo adesso, per sentire il cuore in gola, un morso allo stomaco, per ritrovarmi a sorridere come una scema mentre guido in mezzo al traffico, con questa canzone che continua a parlarmi di te, con questo cuore che continua a essere tuo. Con queste lacrime che scendono, che mi rigano il viso, anche se non vorrei...

C'è spazio anche per Loy che mi toglie il fiato:

C'è stato quello sguardo il primo giorno, e l'amore che ha colpito al centro del petto, come un sicario, potente e preciso. Sbam! Steso. Senza via di scampo.
C'è stato provare a rialzarmi e poi fuggire, inutilmente, terrorizzato, perché in fondo lo sapevo, l'ho sentito subito, che da quello sguardo, da quegli occhi nei quali mi ero perso fin dal primo istante, non ne sarei mai più uscito.
C'è stato crederci e lottare, prima in due, poi da solo,

per due, come se il mio cuore non avesse un fondo, un limite, come se lanciarsi dal punto più alto dell'universo, per uno come me, non potesse rappresentare il minimo rischio di farmi male, di sentire dolore.
C'è stato perdere tutto quello che avevo: il sorriso, i soldi, le promesse, le speranze, le energie, l'amore, l'orgoglio e un po' di dignità.
C'è stato fare un sacco di sbagli, per dimostrarti che potevo farcela tranquillamente senza di te.
C'è stato dimostrarti che non potevo proprio farcela tranquillamente senza di te.
C'è stato urlarci addosso, c'è stata la gelosia, accusarci di tutto, ci sono state le parole cattive che non ho mai pensato davvero, per fare male, per farti male, per farmi male.
Quando stavo male. Quando stavi male.
Quanto stavo male! Quanto stavi male!
C'è stato amarti da morire: rose, biglietti, parole, urlare, crollare, piangere, mollare tutto e poi tornare, scappare e poi tornare. Smettere di crederci ma solo per finta. Solo per non morire.
Perché non ho mai smesso di crederci, non ho mai smesso di pensarci.
Di pensarti.
Di essere innamorato.
Follemente, perdutamente innamorato.
C'è stato tutto questo.
Ed è stato folle, doloroso, meraviglioso. Forse un po' sbagliato.
Ma è stato solo per te.
È stato tutto solo per te...

Questo di Loy, potente, graffiante, doloroso, lo giro subito a zio Diego...

E poi la Buonanotte di Laura, che condivido con le mie amiche, e nel gruppo della famiglia allargata...

> Buonanotte a te che sognavi un amore come quelli delle favole. E adesso dici che la realtà è diversa, e che quel romanticismo è solo nei libri. Vorrei poterti dire che non è così. Vorrei poterti dimostrare che sbagli. Ma le mie parole non servirebbero. Perché so che poi basterà incrociare il suo sguardo, una frazione di secondo, il tempo di rovesciare l'universo insieme a tutte le sue regole. Il tempo di cambiare ogni logica e prospettiva. Il tempo dell'amore. E tu sarai felice!

Prima di dormire, il mio pensiero corre a Mattia, è così che si chiama il ragazzo della margherita. Abbiamo scambiato qualche timida parola, oltre agli sguardi e ai sorrisi. Non so perché corre da lui, il mio pensiero, ma mentre ci va, il cuore batte forte...

31

Sei tu

Bologna, venerdì 16 giugno 2000

«Ciao Nicola!» Lo vedo arrivare dal lungo corridoio centrale della mia facoltà, è uscito dall'ufficio amministrativo che si trova poco prima dell'aula dove mi laureo, oggi è il giorno della discussione della mia tesi.

Sono arrivata venti minuti fa qui a Bologna da Roma in macchina, insieme ai miei genitori e ai miei migliori amici, Marco, Emma e Giorgia. Ci tenevano tanto a starmi vicino, avrebbe voluto esserci anche quel pazzo di Patrizio, ma alla fine non ce l'ha fatta perché ha coinciso con il suo ultimo esame. Siamo partiti alle 11, giusto uno spuntino in Autogrill e via, tutta una tirata.

I segni della gravidanza non sono ancora evidenti, solo un leggero gonfiore camuffato dalla mia camicia bianca in seta molto ampia, sopra la quale ho messo la giacca del tailleur blu, un classico che ho scelto per questa importante occasione, sono al quinto mese, e già so che sarà una femminuccia, Giulia... è così che la chiamerò!

E al solo pensiero mi viene da piangere dalla gioia, e in questo momento sento un mix esplosivo di emozioni. Da un lato l'eccitazione e quel pizzico di ansia per la discussione che sto per affrontare davanti al presidente e a tutta la commissione, dall'altro il pensiero per la dolcissima creatura che porto in grembo, che sento e percepisco come un miracolo, il più grande e prezioso miracolo che potesse accadermi nella vita. Sarà la bambina più bella del mondo, la più coccolata e felice, e oggi la sua mamma si laurea. Già immagino il giorno in cui sarà lei a laurearsi, e io sarò lì emozionata, a piangere, a fare silenziosamente il tifo per lei, a proteggerla da tutto e tutti, anche senza Andrea, che non mi ama, che non mi vuole. Che è sparito da quattro mesi, nemmeno una lettera, una telefonata... Ancora non mi capacito di come tutto possa essere finito così, in una frazione di secondo. Pluf, tutto finito! Addio!

Ovviamente io non l'ho più cercato, e mai più lo cercherò, mi pare il minimo dopo essere stata liquidata così, in due secondi, dopo quattro anni di promesse, di «Ti amo» e di paroloni... Nemmeno un cane si tratta così, anch'io ho una dignità! Sono felice di non avergli detto nulla circa il mio stato, non si merita di saperlo, non si merita un cazzo! Per me è come non fosse mai esistito.

«Ciao Franci, come stai?» mi chiede Nicola, delicatamente, con aria quasi dimessa.

«Dai, tutto bene, Nic. Tu?»

«Me la cavo anche io!»

«Bene, sono felice!» e gli sorrido.

Nicola ricambia il sorriso e poi, dopo qualche attimo di esitazione, dice: «Ecco, senti...»

«Tranquillo, Nicola, so a cosa ti riferisci, ma tu non devi assolutamente preoccuparti...»

«Ok...» dice allargando le braccia con aria dispiaciuta.

«Ok...» rispondo dandogli un'amichevole pacca sulla spalla.

«Comunque, Franci, ecco, vorrei solo dirti che Andrea, davvero, non si fa più vedere. L'ho visto mezza volta da quando avete rotto», lo dice unendo le mani come in un giuramento solenne.

«Nic, non c'è bisogno di giurare, né di giustificarti, tu non c'entri nulla con il tuo amichetto... Risponde lui di se stesso, risponde soprattutto, direi, a se stesso! E alla sua coscienza...»

«Certo! Però devo dirti una cosa... Ecco, sai...»

Lo interrompo cercando di essere il meno brusca possibile: «Nicola! Davvero!» e alzo la mano come a dire «Non serve, non è necessario!» A quel punto, Nicola capisce e desiste. Ci abbracciamo calorosamente, ci salutiamo, lui mi fa un enorme in bocca al lupo per la discussione di laurea, e poi ci facciamo un grande augurio per il futuro, uno di quelli che si fanno quando senti che molto probabilmente non ci si rivedrà mai più.

Appena mi allontano da lui, mi dirigo verso l'aula, mentre cammino sento un brivido percorrermi... ricordi, tristezza, rabbia, sconvolgimento, e amore, e odio, e un po' di lacrime. Tutto questo mi travolge nei pochi metri che mi separano da quella porta, tutte queste sensazioni mi raggiungono, rivoltando il mio universo emotivo. Mi fermo, prendo un fazzoletto e asciugo le lacrime. Mi guardo nel mio specchietto, dico a me stessa che io ce la farò, che io ce la sto già facendo, mi regalo un bel sorriso, uno di quelli che, dopo, il mondo fa meno paura. Mi ricompongo prima di entrare. Sarò bella, calma, sicura. Sarò forte. E andrà tutto bene. E il vuoto che adesso sento bucarmi l'anima, come per magia, sarà solo un ricordo.

Quando entro percepisco il peso di tutti gli sguardi su di me, sarò la prima. Mi avvicino ai miei genitori e ai miei amici, seduti in terza fila, li saluto velocemente, mi prendo un po' di abbracci e un po' di amore, e mi siedo in prima fila insieme agli altri sette che si laureano dopo di me. Sono tutti tesissimi, elettrizzati. Io invece adesso mi sento come una che deve ritirare in posta un pacco a cui tiene. Importante, sì, ma meno di quanto dovrebbe essere...

Alle 16.30 mi chiamano, e in venti minuti il pacco della posta è in borsa...

Del resto *La campagna pubblicitaria, il marketing, il target e la comunicazione nei media* è davvero ciò che amo, le mie materie preferite. Studiarle non mi è mai sembrato un obbligo, nemmeno per un attimo, avrei letto e amato lo stesso quei libri, come alcune mie amiche leggono e amano gli Harmony...

Al ritorno della commissione, dopo che si era ritirata e riunita nella stanza accanto, i giochi sono fatti. E comprendo che tutto è andato bene.

Centodieci e lode.

Scatta un piccolo ma caloroso applauso.

I miei genitori e i miei amici, dai loro posti, piangono a dirotto, so che in gran parte dipende dalla soddisfazione per la laurea, ma in parte è anche dovuto a ciò che in questo momento sto accarezzando con la mia mano. Spero si sia divertita.

La sera, dopo essere passati velocemente in albergo per una rinfrescata, ceniamo tutti insieme in un ristorante del centro, non lontano da dove vivevo con Andre.

E il pensiero, inevitabilmente, torna lì, a quei momenti meravigliosi, a quando ci dichiaravamo amore con gli sguardi, a quando tutto questo incubo terribile non era nemmeno prevedibile. Lo rivedrò mai? Fantastico pensando a cosa mi direbbe e a cosa gli direi. A quanto sarei incazzata e tagliente, ma poi, sempre fantasticando su quel momento, so che lui troverebbe le parole per farsi perdonare, e mi abbraccerebbe forte, facendomi sentire al sicuro, facendomi sentire a casa, facendomi sentire solo sua. E poi ci baceremmo tantissimo, e io sì, io lo perdonerei...

Mentre sono assorta in questo pensiero, la voce del cameriere mi fa tornare con i piedi per terra, e la cosa per un attimo mi deprime. Ordiniamo e io vado in bagno a lavarmi le mani. Passando davanti alla vetrata, mi torna in mente un episodio. Eravamo nell'angolo della strada di fronte al ristorante, poco prima di entrare in quel baretto in legno che vedo da dove sono ora, entrambi avevamo dato un esame poche ore prima, ed eravamo entusiasti perché era andato bene, ma soprattutto eravamo entusiasti perché ci amavamo. Qualunque cosa facessi con lui mi rendeva entusiasta! Ecco! Qualunque cosa mi unisse a lui mi rendeva felice. E tutto, tutto mi portava a lui. E purtroppo, nonostante la rabbia, l'amore che mi esplodeva dentro allora è lo stesso che ancora pulsa nelle mie vene, mischiato e confuso con la rabbia, con il risentimento e con tanta tristezza.

Ricordo quel momento come fosse adesso. Lui che finge di indicare un punto alle mie spalle, io che distolgo lo sguardo, io che tornando a voltarmi verso di lui lo vedo con in mano un pacchetto e il suo solito meraviglioso biglietto. Mentre ci penso sento il cuore che mi batte forte, me lo sento in gola.

Avevo aperto prima il biglietto, c'era scritto: SEI TU, ed ero scoppiata a piangere, saltandogli al collo come una bambina felice.

Nel pacchetto c'erano due biglietti aerei. Per Parigi, il mio sogno di sempre. Stavo per svenire.

«Andre...» ero riuscita a dire solo questo, ero paralizzata.

«Ti piace come idea?» aveva chiesto lui facendo seguire quel sorriso mozzafiato.

«Andre, mi fa impazzire, è la cosa più straordinaria del mondo! Come posso meritare tutto questo, io? Come posso meritare te e il tuo amore? Davvero lo merito?»

Mentre gli dicevo questo lui mi aveva preso la mano, e accarezzandomi il viso con l'altra mi aveva detto: «Tu meriti la luce, i colori, il cielo e le carezze. Le stelle, il mare di notte e i baci più belli del mondo...» e subito dopo mi aveva baciata. E io ero lì, sì, in quell'angolo di marciapiede che vedo da qui, ma non ero lì, ero su un altro pianeta, dentro un altro stupendo, incantato universo.

Partimmo cinque mesi dopo.

Un anno fa.

Ecco...

32

Io sto così. Sto bene. Ma vorrei stare con te

Roma, domenica 15 dicembre 2019

«Ma ti rendi conto? Lei non lo ha nemmeno avvertito che non sarebbe più andata a cena a casa sua. Cioè, secondo me, quella si è proprio dimenticata della cena. Quella non pensa proprio a Diego. Per lei lui è una cosa piccola, un'evasione, proverà sì un po' di affetto, una simpatia... Ma quale amore? Hai voglia che a lui gli dice che lo ama da morire, che non ha mai amato nessuno come ama lui! E Diego che si beve queste sciocchezze da tre anni! Assurdo! Lui le aveva anche detto, per farle capire che era una cosa importante e che ci teneva, che ci sarebbe stata una grossa sorpresa per lei! Credo le avesse addirittura accennato a qualcosa che *brillava*... Più chiaro di così! Guarda, poverino... Mi fa rabbia perché è un coglione, ma dato che gli voglio un bene dell'anima mi fa stringere il cuore. Aveva fatto preparare a Marco una marea di fiori, rose di tutti i colori, petali ovunque, aveva sparso candele profumate per la casa, e lo champagne, e le ostriche... E poi... e poi... La cosa più grossa! Le aveva comprato un diamante, un piccolo solitario, ma invece di incastonarlo su un anello, per non metterla in difficoltà visto che ha ancora questo cazzo di compagno che dice di voler lasciare ma che sappiamo tutti non lascerà mai, l'aveva fatto nascondere in un piccolo ciondolo di cuoio attaccato a una collana semplicissima e un po' etnica, nel suo stile, dice... Era una settimana che preparava tutto, ovviamente c'era anche un biglietto con una dichiarazione d'amore...» Elisa si lancia in un monologo infinito, mentre siamo sedute, io, lei ed Emma, a bere una cioccolata calda in un delizioso localino d'epoca che si trova in Via del Moro, dietro Piazza Trilussa, nel meraviglioso quartiere di Trastevere, uno dei miei preferiti in assoluto. Conosciamo tutte i dettagli di come sono andate le cose, ce li ha raccontati proprio Diego questa mattina. La cena doveva essere ieri...

«Secondo me più in là di così questa storia non può spingersi, dico sul serio! Diego diceva che lei era cambiata, che si stava comportando in modo diverso, che era più attenta e presente, e che aveva proprio deciso di parlare con il fidanzato per chiudere. Lei gli aveva fatto anche leggere un messaggio dove anticipava un po' la cosa al compagno. Invece erano tutte cazzate, mi dispiace ma questa Roberta non ha fatto altro che deludermi! E prendere in giro Diego! Comunque è stato davvero toccato il fondo, ragazze! La dignità non si recupera più, poi, eh!» sentenzio io, sempre più esterrefatta dal comportamento di Roberta, dalla poca umanità che dimostra. E pensare che quando ci parli sembra davvero una ragazza a modo, piena di premure e buone intenzioni. E invece è senza cuore! Senza la minima empatia... Ma lui è complice in questa situazione. Adesso non ha più scuse!

«Gli ha scritto questa mattina per scusarsi... Io, guarda, a quel punto sarei sparita e basta dalla vergogna!» dice Emma con grazia e disappunto.

«Esatto, Emma, esatto...» risponde Elisa insolitamente calma. Ho detto più parolacce io di lei, riguardo a questa roba penosa che sta vivendo Diego... È strano, in un altro momento avrebbe tirato giù qualunque insulto e imprecazione!

«Elisa, cambiando un attimo discorso, ti percepisco incredibilmente controllata! E ti faccio i miei complimenti, eh. Ma che ti è successo?» le domando ridendo.

«Ieri una ragazza molto giovane che prende lezioni da me, avrà vent'anni, mi ha detto che è triste perché il fidanzato l'ha lasciata, e senza la minima delicatezza...» ci racconta.

«Che stronzo», rispondo io. «Ma che c'entra con il tuo self control?»

«Infatti», sottolinea Emma. «Quanta tossicità c'è in giro. Povera ragazza!»

«Ora ti dico cosa c'entra, Franci! Ecco, sapete cosa mi ha sconvolta e in un certo senso fatta sentire piccola?» dice Elisa, con un tono ora quasi dimesso, passando la mano su una ciocca dei suoi capelli fucsia che cascano da un lato come una frangetta e completamente rasati dall'altro lato.

«Cosa?» chiediamo praticamente all'unisono.

«Che io, per darle forza, le ho detto che è uno stronzo, che deve mandarlo a fare in culo. Cazzo, questa ragazza è una dolcezza, un piccolo tesoro, come si fa a essere stronzi con una cucciola del genere?» Noi rimaniamo lì in silenzio, annuiamo e basta, aspettando il resto della storia. Ed Elisa prosegue. «Insomma, io le dico così e lei, con voce candida e serena, mi risponde: 'Solo la dolcezza e l'amore sanno renderci davvero belli...'»

«No, vabbè... Chapeau!» dico a bocca aperta.

«Esatto... chapeau!» risponde Elisa ancora sconvolta. «È stato un grande insegnamento, per me, la sua risposta! Non che non sia ancora bendisposta a un sano vaffanculo, qualora ce ne fosse necessità, eh!»

«Su questo non nutriamo il minimo dubbio!» risponde Emma, sorridendo con quel suo solito savoir-faire.

Ridiamo tutte e tre.

«Però, mi sento pronta a iniziare un nuovo percorso... Una nuova vita. Una vita più gentile, ecco... Ok?»

«Ok, ok!» replica Emma, alzando le mani come a dire: «Ti crediamo!» Per poi girarsi verso di me e chiedere: «E quindi, Franci, Giulia ha lasciato quel ragazzo, l'ho letto nella chat di gruppo. Volevo scriverle, ma in ospedale si continua a non respirare in questi giorni, mai visti tanti casi di polmonite interstiziale tutti insieme...»

«Sì! L'ha lasciato... E non vi nascondo che ne sono davvero felice! A parte che secondo me era troppo grande per lei, ma diciamo che quello poteva anche passare. È che non mi piaceva proprio il modo, lo stile, così giovane e già con quei macchinoni, gli orologi di lusso, gli atteggiamenti da spavaldo... E soprattutto trattava mia figlia come se fosse un oggetto, una sua proprietà. Come un bel trofeo da esporre al mondo quando gli andava. Poi da un momento all'altro spariva e lei ci stava malissimo. In quel periodo parlavamo poco, come sapete, ma sono la mamma e lo so... E poi so che ne parlava con voi... Insomma, superfelice!»

«Ma infatti era un cazzo di bastardo!» Elisa è esplosa, nonostante ci abbia appena detto di voler essere più tollerante e gentile, abbandonando un po' della sua aggressività... Io ed Emma la guardiamo ridacchiando sotto i baffi, lei ricambia l'occhiata e cerca di riprendersi: «Ok, mi sono un attimo lasciata prendere dalla foga, in fondo è la nostra piccola Giulia, no? La nostra principessa! Ci sta che io abbia ancora difficoltà a gestire la rabbia quando mi tocchi chi amo! Ci sta, giusto?» Noi la guardiamo continuando a ridacchiare, e lei non si ferma: «Comunque, ecco, per concludere ciò che stavo dicendo... Quello non andava bene per la nostra Giulia!» Lo dice sforzandosi di essere il più possibile pacata e aggraziata... E risulta quasi credibile!

«Esatto!» replico io. «E poi la cosa che proprio non mi andava giù è che in un paio di occasioni, per farsi perdonare quegli atteggiamenti imperdonabili, tipo quando spariva per giorni senza dare nemmeno spiegazioni, o quando lei l'ha beccato a ballare ubriaco in discoteca con una tipa mezza nuda che gli si strusciava addosso, ecco, in occasioni come queste per farsi perdonare le ha fatto regali costosi, troppo costosi, sopra le righe. Una borsa di Gucci, che varrà almeno 1.500 euro, e delle scarpe Balenciaga... Oh! Ma che, te la vuoi comprare?» dico io, scaldandomi.

«Eh, mi ricordo! Ricordo quanto ci avete litigato!» dice Emma. «Su questo avevi davvero ragione! Gli oggetti non ripagano i torti e le scorrettezze. Non esiste proprio!»

«Sì, me le ricordo anche io le vostre litigate», dice Elisa. «Tu volevi che gli restituisse quella borsa! E lei che scriveva a noi per dirci che non ti sopportava più. Ricordo anche la discussione che avete avuto a casa di Patrizio proprio su questo argomento, e Giulia che ti colpevolizzava per tutto, urlava dalla rabbia. In quel periodo non riuscivate proprio a dialogare... Ci può stare, vista l'età, il momento delicato, e il vuoto che ha dentro... Non sai quanto sono contenta che le cose siano migliorate fra voi.»

Nel frattempo è arrivato Patrizio, che ci aveva scritto ci avrebbe raggiunte. Doveva prima incontrare una tipa, una delle tante, proprio in zona...

«Di che parliamo?» chiede non appena si siede, guardandoci con quella faccia da schiaffi e quel sorrisetto fisso sul viso.

«Di Giulia e del loro rapporto ritrovato...»

«Già! Che bello! Peccato solo che abbia mollato quel ragazzo tanto simpatico, chissà quanto ci starà soffrendo... Devo parlarle! È un peccato farsi sfuggire una personcina tanto carina e a modo...»

«Patrizio!» lo dico lentamente, scandendo bene le lettere, senza aggiungere altro, e lo fulmino con lo sguardo.

«E dai, che scherzo! Se è una sua scelta la rispetto!

Però mi dispiace. Ma lo terrò per me, ok?» dice sornione, continuando la sua solita recita.

«Sarà meglio per te!» dice Elisa, mollando un pugno sulla spalla di Pat.

«Che pesantezza!» replica lui. Poi si rivolge alla cameriera che passa vicino a noi: «Posso avere un caffè lungo?»

Io riprendo da dove eravamo prima che arrivasse Patrizio. «Comunque, ragazze, davvero, non so come sia successo, ma è un'altra persona con me, Giulia! Sembra quasi guardarmi con tenerezza, alle volte... Mi sono anche domandata se non sospetti che io abbia qualche malattia, non so, voi ne sapete qualcosa?»

«Che scema che sei!» dice Emma.

«Mi chiede spesso come sto, se ho bisogno di qualcosa, se mi manca Fernando... e no, che sia messo agli atti, non mi manca!» L'ultima frase la urlo orgogliosa, come se volessi lo sentisse anche lui, nel caso gli venisse in mente di rifarsi sotto. E per questo un po' mi faccio schifo. Ma solo un po'. «E poi Giulia mi fa mille domande su Andrea. Se ci penso, se mi piacerebbe rincontrarlo magari per caso, se ci sto male. Mi ha chiesto se ho mai pensato di dirgli di lei in questi anni, cioè se ho mai ripensato alla scelta di quel giorno, di tacere sulla mia gravidanza. E poi vuole sapere dettagli su dettagli della nostra relazione, e non vi nascondo che questo, tutto questo, a volte mi mette in difficoltà, perché, ecco...» Sento la voce strozzarsi, e gli occhi farsi per l'ennesima volta lucidi. Sto per crollare ancora. Me li asciugo con le mani. E metto la testa dietro i palmi.

«Ehi!» fa Emma, alzandosi per venire ad abbracciarmi, «Ehi...» ripete a bassa voce. Anche Elisa viene ad accucciarsi in ginocchio vicino a me e mi chiede se voglio un bicchiere d'acqua mentre mi accarezza le spalle. Patrizio invece resta immobile e mi guarda, spiazzato. Sembra impassibile, imperturbabile, ma quando incrocio i suoi occhi vedo la sua commozione. Io mi passo una mano sugli occhi, raddrizzo le spalle e gli sorrido. «Pat, è tutto ok, vero?»

«Ma certo. Perché, come dovrebbe essere?» Anche le altre lo guardano e capiscono. Una lacrima gli riga la guancia. L'ha lasciata scendere, senza vergognarsene, e anche a loro deve fare un certo effetto, sono entrambe ammutolite...

«No, Patri, era solo per chiedere», gli dico. «Come vedi io ho avuto un mezzo crollo emotivo, ma ti assicuro che anche a me va tutto bene!»

«Lo so», dice Patrizio. Poi si alza e, appena prima di avviarsi verso l'uscita, senza nemmeno salutare, aggiunge: «Voi femmine sempre a piangere, cazzo!»

Lo vediamo sparire. Ci guardiamo esterrefatte, io ho ancora le lacrime agli occhi, ma a un certo punto scoppiamo tutte a ridere.

Dopo pochi minuti lo vediamo rientrare, tutto trafelato, e venire verso di me quasi correndo. Mi si piazza davanti e dice con foga: «Dai, cazzo, alzati!» Io faccio quello che dice, senza fiatare, e quando siamo uno di fronte all'altra lui mi abbraccia forte in modo abbastanza maldestro, e in un orecchio mi sussurra: «Ti voglio bene! Non scordarlo mai!»

Poi si gira e fa per andarsene, mentre si volta arriva la cameriera con il caffè che aveva ordinato poco prima: «Il suo caffè, signore!»

«Signore? Caffè?» la guarda con sdegno, e sparisce.

«Scusi, lo lasci pure qui, lo bevo io», prova a rimediare Emma.

Nel frattempo dalla vetrina guardiamo Patrizio correre via a piedi. Lo guardiamo con occhi diversi da come forse lo abbiamo sempre guardato. Io sono emozionata, e ho il cuore pieno di gioia per quel suo gesto scomposto, sguaiato, ma incredibilmente dolce. È appena emersa tutta la sua sensibilità. Lo abbiamo sempre saputo, in realtà. C'erano già state occasioni nelle quali si era comportato in quel modo sorprendentemente delicato, dimostrando tutta la profondità d'animo che possiede ma tiene nascosta dietro quella stupida maschera di scena che si ostina a voler indossare tutti i giorni.

A letto penso a tutte le domande che mi sta facendo la mia piccola sul padre, e mi rendo conto di come il tempo non sempre aggiusti tutto. Il picco di dolore passa, ma il resto no, se è stato vero amore. Se era vero amore, resta tutto qui dentro, come una condanna, come a ricordarti che sei stata felice, e non è da tutti, e che quella felicità forse non la rivivrai mai più. E magari è giusto così. Ma quando Giulia mi fa tutte quelle domande mi verrebbe solo voglia di dirle: «Piccola mia, non so rispondere quasi a nessuna di queste domande, perché l'amore è una meraviglia, ma sa farti anche tanto male...»

Mi alzo e prendo la mia borsa, apro il portafogli e le cerco... Me le ricordo, me le ricordo come fosse oggi, era sempre di notte quando le scrissi, sono due lettere per lui, scritte in due momenti diversi, che ovviamente non gli ho mai spedito. Una la scrissi che erano passati quattro anni, stavo meglio, sì, la mia vita aveva preso la sua direzione, e non era così male, soprattutto perché avevo la mia bambina, la cosa più importante della mia vita. L'altra l'avevo scritta nemmeno una settimana dopo esserci lasciati...

Tengo in mano le lettere e metto una canzone a basso volume, una di quelle che piacevano sia a me che a lui, *Don't Look Back in Anger* degli Oasis. E le rileggo...

Adesso che siamo lontani, ora che è tutto finito fra noi, adesso che ci siamo persi, ecco, tu come stai? Io sto bene. Però adesso ti dico una cosa, nessuno te l'ha mai detta questa cosa: stare bene significa non avere bisogno di nessuno per essere interi. Solo che io quando stavo con te mi sentivo come una persona sana, intera, che aveva deciso di donare un pezzo di sé a un'altra persona, non una a caso, la sua persona, quella della vita. Tu. E poi avevo preso un pezzo di te, un pezzo prezioso di te che tu avevi deciso di regalarmi privandoti della tua interezza. E insieme, prendendo una parte dell'altro, eravamo ancora interi, ma non stavamo bene, stavamo da dio, eravamo ubriachi d'amore, c'era una luce intorno a noi che ci rendeva magici. Stare bene è una cosa, essere felici è un'altra. Sentirsi unici e speciali non è come bastarsi o sopravvivere o essere sereni. Significa superarsi. Superare se stessi e quella comfort zone che ci mette in gabbia, significa sprofondare negli occhi dell'altro senza sapere

quanto sarà lunga l'apnea e se ci basterà il fiato. Significa fondersi nei dettagli del suo corpo. Unire le imperfezioni e renderle meravigliosamente perfette. Significa rinunciare a stare bene se le nostre mani si lasciano. Significa rischiare di sbagliare tutto, buttandosi nella nostra vita e, nello stesso tempo, fare sempre la cosa più giusta, lanciandosi nel vuoto dell'altro.
Io sto così.
Sto bene.
Ma vorrei stare con te.

Franci

Non posso chiederti di restare, perché se vuoi andartene significa che non siamo più quello che eravamo prima.
Ho sempre cercato un punto, dentro di noi, dove essere felici e protetti al di là di tutto. Un punto da difendere con i denti, del quale non parlare con nessuno, un luogo solo nostro, oltre l'aspetto esteriore, i soldi, i vestiti e tutto il resto.
Quel punto, ancora oggi, è la mia casa, la mia grotta, la mia capanna, il luogo dove mi rifugio quando ho bisogno di amore e bellezza. Quando la vita colpisce duro come sta facendo adesso, in questi giorni che anche alzarmi dal letto sembra impossibile.
Ecco, quel posto solo nostro ci ha sempre salvato. Per la sua spiritualità. Per l'intimo che lo caratterizza, e a noi piaceva da morire, perché? Perché ci amavamo da morire!
Solo che adesso tu forse ti sei perso e quel posto non lo trovi più, hai smesso di cercarlo perché non ti interessa più, e non te ne faccio una colpa, lo so, le cose cambiano...
Solo che io non ho né il diritto né la voglia di spingerti a ritrovarlo. A ritrovarmi.
A riprovarci...

Non è più il tuo luogo, tutto qui.
E anche se ti amo ancora da star male, smetterò di tornarci anche io, pur avendo perfettamente in mente ogni singolo passo da fare per andarci.
Ci siamo amati tanto.
È stato tutto meraviglioso.
Ma adesso quel luogo non esiste più.
Noi *non esistiamo più.*
Ma terrò tutto nel mio cuore, non scorderò niente. Non scorderò mai quello che siamo stati!
Ci sarà sempre una piccola fitta di dolore e gioia, a ricordarmelo.
Ciao, amore.
Ti auguro di essere felice nel modo che desideri.
Ti amo...

Franci

Sento la porta aprirsi, è Giulia che era uscita con le amiche. Rimetto la lettera dentro al portafogli e mi asciugo le lacrime velocemente.

«Già dormi?» chiede affacciandosi nella mia camera, mi guarda, capisce il mio stato d'animo, lo so che capisce, lo sento, glielo leggo negli occhi, ce lo diciamo senza parlare. Infatti io non riesco nemmeno a rispondere alla sua domanda che lei mi regala un sorriso dolce e pieno d'amore. Poi si avvicina, si siede sul bordo del letto, dalla mia parte, e mi abbraccia, tantissimo, e forte. Un abbraccio di quelli che ti salvano la vita. Un abbraccio di quelli che valgono il prezzo del biglietto, anche quando è altissimo... «Ti voglio bene, mamma...»

«Io da morire, piccola mia!»

E senza fare altre domande, mi bacia e se ne va in camera sua, augurandomi la buonanotte...

Certe volte mi chiedo: dov'eri tu, mentre io pensavo di trascorrere il resto della mia vita insieme a te? Ci prendevamo per mano, facevamo l'amore, parlavamo per ore, eravamo in due, ok... ma poi c'ero solo io, vero?

33

Non piangiamo solo quando siamo tristi...

Bologna, martedì 15 febbraio 2000

Mentre rimetto insieme le mie cose, per andarmene, mi rendo conto che non sono molte, e che entrerà tutto in due valigie, quasi quattro anni di università, di amici e amiche e cene, una convivenza, un amore che pensavo non potesse mai finire e invece si è dissolto in un attimo, con poche parole, con un buco nel petto e la sensazione di vivere un incubo o di essermi svegliata da un sogno troppo bello, tutto questo in due valigie. E il resto? E tutto il resto della mia vita dove va? Che fine fa?

Intanto suona una cassetta, un mix tape di pezzi importanti per me e Andre. Dobbiamo farci male, no? Dicono che il dolore vada affrontato, che se ci passi dentro e lo vivi, poi guarisci, ma mentre suona *Take Me Somewhere Nice* dei Mogwai, che sembra scritta per questo buio che sento adesso dentro, addosso, ovunque, ecco, ora a me viene solo da piangere, le lacrime non si fermano, mi ritorna in mente il giorno in cui li abbiamo visti dal vivo qui a Bologna, i Mogwai, all'Independent Days Festival, quella sera Andrea mi regalò la collana di perle, quella che sto tenendo ora fra le mani. Le perle sono tutte diverse fra di loro, lavorate a mano. Mi disse che la amava e che mi rappresentava, e io, emozionata, gli chiesi perché.

«Perché ogni perla è unica, meravigliosa e preziosa, come i dettagli del tuo corpo, gli angoli nascosti del tuo cuore, dietro i quali si cela un universo di bellezza. Ogni perla, semplice e speciale, rappresenta tutti quei particolari che mi hanno fatto innamorare di te, le tue mani, il tuo modo di arrossire, la fossetta in fondo alla schiena, la tua voce dolce e a volte incerta che mi disarma con un solo sussurro, il taglio dei tuoi occhi, quando sorridi come stai facendo adesso che tutte le volte mi manca il fiato, la T-shirt bianca di lino sformata e piena di buchi che ti ostini a non buttare, le tue ciglia lunghissime, e molto altro. Ecco, questa collana, che non vale molto, con le sue perle semplici, vere, irregolari, meravigliose e sempre diverse, rappresenta tutto questo. E molto altro...» aveva fatto una pausa e io ero lì, felice, in lacrime, come sempre, che pendevo dai suoi occhi e dalle sue labbra, e da quella voce dolce, calda e incredibilmente bella. «Questa collana è il mio modo per dirti che sei speciale, che sei unica. E che ti amo.»

E io l'ho sempre considerata il mio anello di fidanzamento, il simbolo del nostro amore, insieme ai lacci intrecciati che abbiamo lasciato sulla spiaggia a Capocotta.

C'eravamo tolti un laccio per uno dalle scarpe, le mie Nike rosa, le sue di pelle, neri. Poi li avevamo intrecciati fra di loro e alla fine avevamo fatto un nodo semplice. Era un po' come intrecciare le nostre vite, legarle, legarci. Era: *voglio mischiare la mia vita con la tua, in un modo indissolubile. Inseparabili per sempre.* L'effetto dei lacci intrecciati e annodati era bello, anche visivamente. Al punto che quando li lasciammo sulla riva per poi baciarci, subito notammo una coppietta un po' distante da noi, sorriderci e fare lo stesso. Il nodo dell'amore, il nostro amore, aveva conquistato subito altro amore, che si era fatto a sua volta nodo... Che cosa scema e adorabile!

Mentre tocco la collana di perle, mentre la accarezzo e la guardo, completamente bagnata dalle mie lacrime, ripenso alle parole di Andrea, così romantiche, così profonde e poetiche. Mi chiedo come possa finire tutto questo. Come finisce un amore che parla così? Dove vanno a finire quelle parole? Si perdono? Si dimenticano di se stesse? Cosa succede a un amore così? Come può finire?

E intanto suona *Iris (tra le tue poesie)* di Biagio Antonacci, che è il pezzo che suonava quando ci siamo dati il primo bacio e mi si ferma il cuore...

Era l'8 ottobre 1996, il giorno dopo la festa a casa di Nicola, dove ci siamo conosciuti. Lui venne a cercarmi a casa, ma io non c'ero, le mie coinquiline gli dissero che ero in un localino sotto casa con un'amica dell'università. Giada mi aveva portato le fotocopie degli appunti che aveva preso per un corso che io non ero riuscita a seguire... Di quel giorno ricordo ogni singolo istante! Lo vidi entrare nel bar, indossava una camicia bianca di cotone leggero, di quelle che non si prendono troppo sul serio, con il colletto morbido e un po' sgualcito, i jeans, uno stivaletto in pelle, e una giacca blu dal taglio sportivo. I suoi capelli lunghi, neri e bellissimi, come quasi sempre erano legati con qualche ciocca che cadeva lungo il viso, su quelle spalle large. E quel sorriso... Sentii una fitta al cuore, un morso, uno spasmo, erano tutte sensazioni nuove e terribilmente potenti, spaventose e fantastiche, il suo sguardo su di me. Mentre si avvicinava, stava già facendo quello che niente e nessuno erano mai riusciti a fare nemmeno lontanamente con il mio cuore. Si sedette, senza parlare, senza dire niente, e mi sorrise. Con quel sorriso...

Io avevo un vestitino verde semplicissimo e nemmeno un po' di trucco sul viso, maledizione!

Poi, dopo un po', si presentò a Giada, chiedendo scusa per il disturbo.

«Piacere, Andrea!»

«Piacere, Giada!»

«Ecco, Giada, io, davvero, non sono il tipo che fa cose come queste, perché normalmente sono timido e anche un po' asociale, lo ammetto...» Giada mi guardava incredula e senza capire dove volesse arrivare quel ragazzo che le si era seduto davanti all'improvviso, infatti non aveva risposto limitandosi ad annuire con un certo imbarazzo. E lui aveva poi continuato: «Ma, vedi, ecco, io ho bisogno, ho davvero bisogno di restare cinque minuti da solo con la tua amica... è una questione di vita o di morte, capisci?»

«Ok, ok...» aveva risposto Giada, allibita. Per poi

aggiungere, guardandomi: «Se per Francesca va bene, per me è ok, figurati!»

Io che ero lì, imbambolata, in stato semiconfusionale, e nello stesso tempo emozionata, eccitata, felice... avevo risposto con fermezza: «Oddio, grazie, Giada! Sì, sì! Per me va bene!» poi farfugliando qualcosa come: «Ehm, poi ti spiego... E grazie ancora per gli appunti!» Entrambe in piedi, l'avevo abbracciata... E appena lei si era voltata per andare, mi ero girata verso di lui che era dritto davanti a me. Da qualche secondo, dallo stereo del locale, erano partite le prime note di *Iris (tra le tue poesie)* di Biagio.

«Ehi... Ciao, tu...» aveva detto lui guardandomi negli occhi, restando a pochi centimetri da me, senza muoversi.

«Ehi...» solo questo ero riuscita a rispondere io, posando i miei occhi, e il mio cuore, nei suoi...

Dopo un attimo di esitazione, aveva mosso molto lentamente la mano, cercando la mia, trovandola sudata e tremante... «Ecco, Francesca, volevo dirti questo... Volevo dirti che ti ho pensata tutta la notte, che non ho chiuso occhio, che sei la cosa più bella ed emozionante che mi sia mai capitata... E che non sono mai stato così in vita mia...»

Le sue parole non erano parole, erano carezze, balsamo, petali di rosa che mi sfioravano il cuore, la pelle, le ossa, l'anima... E la sua voce continuava ad avere quell'andatura incerta e disarmante. Era agitato ed emozionato non meno di me, le sue parole erano chiare anche quando se le mangiava un po', balbettandole in un modo così tanto dolce e meraviglioso da togliermi il fiato e qualunque difesa... E ancora più chiare e belle erano le parole che ci stavamo dicendo con gli occhi, quelle che ti entrano dentro e poi non escono più, e intanto Biagio cantava di *Iris e le sue poesie*...

«Anche io... Anche io ti ho pensato tutta la notte!» avevo risposto in ritardo, facendomi coraggio, come quando prendi la rincorsa per tuffarti ma ti fermi di continuo poco prima del bordo, perché sei terrorizzata. A quel punto lui si era avvicinato sempre di più, mi aveva preso la testa dolcemente fra le sue mani forti, grandi e delicate, e mi aveva baciata. O forse no. Forse non mi aveva baciata, forse io quello non l'ho mai considerato solo un bacio. Per me quello è stato l'inizio di tutta la mia vita. Fino a quel momento era andata in un modo, anche bello, ok, ma diverso. Quel bacio non era un bacio, era magia, era già protezione e complicità, era poesia. Continuava a tenermi il viso fra le mani, accarezzandomi i capelli e non staccando mai le sue labbra dalle mie, e io, senza mai aprire gli occhi, pregavo che non lo facesse, che non smettesse mai. L'avrei baciato per tutta la vita, non mi sarei più mossa da quel piccolo, delizioso localino dove pensavo potesse accadere tutto ma non la cosa più fantastica, emozionante e sorprendente della mia vita! Dove l'ottavo cielo era entrato per farmi volare fra le stelle e i pianeti di seta, con i tavoli di legno e le lampade in ceramica, in quel piccolo locale al civico 48 di Via del Pratello, nel centro di Bologna, al centro del mio cuore, della mia anima. Di tutta la vita che verrà...

Dopo tanto, tantissimo, avevamo staccato leggermente le labbra e aperto gli occhi, ma lui non aveva smesso mai di tenermi. Io lo guardavo inclinando leggermente la testa in alto, verso di lui. Ci fissavamo, innamorati persi, cotti, come in un film d'amore francese degli anni Sessanta, lui un principe azzurro, delicato, cortese, bello da star male, lo conoscevo da poche ore, ma sapeva già farmi sentire la sua principessa.

«Non so cosa sarà della mia vita e del mio futuro, ma se tu lo vorrai, lo scopriremo insieme, tenendoci per mano. Ci proteggeremo nella nostra bolla di sapone, ci abbracceremo quando uno dei due avrà paura. Ci stringeremo quando di notte avremo freddo. Se vuoi ti porto via adesso, ti porto con me, nella mia casa che è anche la tua casa, perché la casa è il cuore, e tu sei casa, noi siamo casa, ti porto nella mia vita, per sempre, fino a che mi vorrai nella tua... Vieni?»

«Sì...» avevo risposto commossa.

Pietrificata.

Persa.

Spaesata.

Innamorata cotta.

E quel giorno avevo capito due cose, e le avevo capite davvero sulla mia pelle. La prima è che l'amore ti colpisce come un fulmine, non è solo un modo di dire, e può ucciderti o regalarti una seconda meravigliosa vita, catapultandoti dentro una favola. La seconda cosa che avevo capito è che non piangiamo solo quando siamo tristi...

Solo che adesso le mie lacrime non sono di gioia. Adesso no...

* * *

Dopo aver chiuso le valigie chiamo il taxi, mi dicono che sarà qui in cinque minuti. Faccio un ultimo giro della casa, e quando sto per uscire noto i bicchieri, quelli con le nostre iniziali gialle e bianche, quelli con i quali facevamo colazione tutti i giorni... Li avevamo comprati in un mercatino di Piacenza. Li sfioro, li tocco per l'ultima volta. E poi mi giro di scatto e mi ricompongo. Prendo le valigie.

Ed esco...

34

Sulle note dell'amore

Roma, mercoledì 25 dicembre 2019

«Ho lasciato Roberta. Per sempre!» è Diego a far calare il silenzio appena siamo tutti seduti per il pranzo di Natale, che quest'anno è a casa di Patrizio. Ogni anno passiamo il veglione della vigilia, il 24 dicembre, con i nostri parenti, e il 25 ci ritroviamo tutti insieme, ma in questo caso sono ammessi anche gli eventuali partner, fidanzati, fidanzate, mogli o mariti...

Però quest'anno sembra quasi una delle solite cene mensili dove i partner non sono ammessi, perché solo Marco ha portato il ragazzo che sta frequentando da diversi mesi, Daniele, che fa l'avvocato nel settore del cinema, e con il quale ultimamente le cose sembrano farsi sempre più serie. E siamo davvero tutti felici, perché per Marco è la prima storia che pare mettersi per il verso giusto dopo tanti anni di casi umani e fallimenti. Il marito di Emma, Ezio, non c'è perché deve accudire la mamma malata. Non che sia mai molto presente, anzi, essendo il loro un matrimonio ormai solo di facciata, e limitandosi a essere una coppia genitoriale, non lo vediamo quasi mai, ma normalmente nelle occasioni come questa, Natale, Pasqua, compleanni, non manca mai...

La tavola è già apparecchiata. Sopra la tovaglia rossa è disposto un bellissimo servizio in ceramica dipinta a mano. E come se non bastassero quei bellissimi piatti e piattini, i calici per il vino rosso, il vino bianco e le bollicine, a farti venire l'acquolina, ecco al centro del tavolo un vassoio con un trionfo di crudi di mare, il cesto con il pane caldo, le tartàre, le verdure, le salse. Non oso immaginare il resto.

«Davvero, zio Diego?» chiede Giulia, che i *ragazzi* a volte li chiama solo per nome, altre volte aggiunge zio e zia, in base a quello che le dice in quel momento il cuore, immagino. E quando lo fa mi fa sempre venire un nodo in gola perché mi ricorda quando era piccola... Amore mio!

«Davveroooo?» chiede Elisa con gli occhi che le brillano, e tutti chiediamo la stessa conferma con enorme sorpresa ed entusiasmo, pendendo dalle sue labbra.

«Bene! Bene! E senti... Se dovesse capitare l'occasione, ecco, come dire... Posso farmela o ti dà noia? Perché in quel caso evito!» ovviamente è Patrizio a parlare, ma lo dice smaccatamente ridendo ed è evidente che questa volta sia davvero solo una battuta, infatti strappa un sorriso anche a Diego, che poi continua: «Avevate tutti ragione! Fin dall'inizio! Mi ha preso solo in giro. Le persone irrisolte dovrebbero imparare a non incastrare altri nelle loro maglie, a non chiudere chi dicono di amare nelle loro gabbie. A non rovinare la vita di chi come unica colpa ha quella di aver creduto alle loro parole. Alle loro promesse. Ma d'altro canto tutto questo succede fra persone libere di scegliere, e chi si fa incastrare, ingabbiare, deprimere, non può accampare come scusa quella dell'amore, perché se ci si rifiuta di accettare gli alibi da chi, con o senza malafede, ci prende in giro, nemmeno noi possiamo fare le vittime piagnucolando dietro i nostri, di alibi. Una cosa è certa, ora so chi sono, quanto valgo, so che io esisto ventiquattro ore al giorno, so che chi verrà, o mi darà tutto o non vorrò niente. So che non permetterò mai più a nessuno di lasciarmi al buio. In un angolo. A guardare dallo spioncino senza far rumore. Non permetterò più a nessuno di trattarmi come qualcosa da nascondere persino agli amici o ai propri cari. So che non permetterò mai più a nessuno di rubarmi tempo e amore. E se tutto questo è successo, è stata colpa mia. L'ho voluto io. Ecco perché mi impegno ogni singolo minuto che passa a non farmi più sopraffare dalla rabbia, dal risentimento. Ecco perché voglio perdonare e perdonarmi. Ecco perché mi guardo allo specchio e mi assumo la responsabilità dei miei fallimenti, dei miei errori, e soprattutto degli errori che ho permesso agli altri, che a volte toccano la tua vita senza tatto, e senza comprendere fino in fondo il dolore che possono causare. Ma a volte questo succede perché non glielo facciamo capire quanto ci stiano facendo male, con la nostra stessa accettazione dei fatti, accettiamo anche che ci facciano del male, quasi lo normalizziamo, ridimensionandolo. Svilendo i nostri stessi sentimenti. La nostra stessa dignità. Per questo Natale le parole d'ordine saranno queste. Assumersi le proprie responsabilità. Amare me stesso. Rispettarmi. Voltare pagina. Sorridere».

«Wow!» dice Giulia.

«Evvai! Evvai, cazzo!» urla Elisa.

«Bel discorso, bel discorso!» dice Patrizio, puntando il dito verso di lui e socchiudendo gli occhi come in certi film western...

«Ti adoro!» dico io, sorridendogli dall'altro capo della tavola.

«Finalmeeeeeente!» esclama Marco con la sua solita adorabile teatralità, gesticolando in modo vistoso con braccia e mani. «Sai la stronza di cui ti parlo sempre, no?» aggiunge a voce più bassa rivolgendosi a Daniele che annuisce composto.

«Non lo ritrova uno come te, amico dolcissimo... Tu sei raro!» È Giorgia a esprimere questo pensiero, e quanto è vero! Quando le ricapita una perla rara come Diego a quella stronza senza cuore!

«Però, prima di mettere un punto finale a questa storia che mi ha devastato, vorrei tediarvi per l'ultima volta, voglio leggervi la lettera che le ho scritto e che le ho dato, dopo averle detto di sparire dalla mia vita, e di non farsi mai più sentire... Voglio leggervela, perché leggervela ad alta voce è un modo per sentirmi ancora una volta patetico, e stupido, e per promettermi, e promettervi, che tutto questo io non lo permetterò mai più! E che da oggi inseguirò solo la mia felicità, con tutto me stesso! E spero che non permetterete mai nemmeno voi, a nessuno, di trattarvi così...» Restiamo tutti in silenzio, in attesa della lettera, e io ho già i brividi... Quindi, si schiarisce la voce e attacca:

Se potessi ripercorrere gli ultimi anni della mia vita, mi guarderei in faccia e poi sorriderei. E anche se provo rabbia per essere stato tanto stupido e ingenuo, talmente tanta che mi urlerei addosso le cose peggiori, lo so che l'istante dopo essermi sfogato mi guarderei per un attimo serio, un po' deluso, e sorriderei.
Tutte quelle volte che ho messo da parte l'orgoglio per te, pensando che fosse un amore grande e invece non era niente, perché tu non sai provare amore. Tu, amore, non sai sentirlo l'amore nel cuore. Ecco, amore, te l'ho detto.
Per quando ho corso contro il tempo per prendere un treno che mi portava da te, e tu, lì ad aspettarmi, non c'eri mai.
Per tutte le volte che sono venuto a cercarti dopo che te n'eri andata per parlarti di noi, per dirti che non era finita, per dirti che potevamo ricominciare milioni di volte, mentre tu non capivi nemmeno di cosa stessi parlando.
Quante volte ti ho detto: «Guardami, sono qui!»
E quante volte ti ho detto: «Tieni, questa è la mia vita!»
E poi cadevo, ed ero solo.
Per quelle volte che ti guardavo piangendo e tu eri fredda, tanto che quel freddo lo sento ancora nelle ossa.
Quando ridevi dei miei sogni.
Mentre aumentavano i miei segni.
Come tutte le volte che potevi scegliermi e non l'hai fatto.
Tutte quelle volte che mi hai detto: «Per sempre» mentre sapevi che tutto era già finito, perché nulla era mai iniziato. Quando mi hai detto: «Ti amo» senza sentirlo, senza conoscerne il significato.
E lo so che dovrei maledirmi per il resto della vita per aver permesso che tutto questo accadesse, per averti regalato

così tanto, tu che prendi tutto, con quel sorriso delle meraviglie, risucchiandolo in un vuoto immenso e senza fine.
Tu che hai preso tutto il mio amore senza chiederti se poi mi sarei rialzato.
Ma tu non te lo chiedi, non puoi sentire dolore né comprendere quello degli altri se non hai l'anima...
Ecco perché, se potessi tornare indietro, mi guarderei negli occhi, e poi sorriderei...
Perché non possiamo chiedere alle stelle di smettere di brillare, non possiamo chiedere al cielo di smettere di essere infinito, e io non posso chiedere al mio cuore di smettere di battere senza perdere. Senza perdere tutto...

Restiamo tutti a bocca aperta, sembra che nessuno riesca a dire mezza parola, come fai a trovare le parole giuste dopo una cosa del genere? Siamo sbalorditi, emozionati, scossi, turbati. E poi siamo commossi, tanto per cambiare mi ritrovo con le lacrime agli occhi, ed è così per tutti gli altri. Anche per Giulia. E anche Patrizio, che come sempre si alza e se ne va di scatto. Poi torna e inizia ad applaudire: «Ehi, fratello, ti voglio bene! Ti stimo! È bello quello che hai scritto, è proprio bello!» urla mentre continua ad applaudire piangendo, e applaudiamo anche noi, urlando il nostro apprezzamento, la nostra soddisfazione e la gioia di saperlo fuori da quella morsa assurda e denigrante!

«È bellissimo quello che hai scritto e serve a tutti, anche a noi che ti abbiamo tanto criticato, sai? Eh? Lo sai?» È sempre Patrizio ancora con gli occhi lucidi a parlare. «Pensa che io amo Giorgia da quando facevamo la cazzo di prima elementare e non gliel'ho mai detto! Pensa quanto sono coglione io, Diego!»

Scoppia letteralmente un boato, questa è una bomba atomica anche se, per certi versi, non totalmente inaspettata! Qualche segnale io l'avevo captato... E come in certi film, iniziamo tutti a guardare prima Patrizio, poi Giorgia, poi Patrizio, e poi Giorgia...

E lei, dopo qualche infinito secondo di silenzio ed esitazione, replica: «Ti amo, cretino! Ti ho sempre amato anche io!»

E il boato adesso è ancora più forte, e un Natale così quando ce lo scordiamo?!

Patrizio invece di fare il giro, si toglie le scarpe e sale sul tavolo a piedi scalzi, e corre cercando di evitare i piatti, le posate e le bottiglie... e si lancia praticamente addosso a Giorgia che resta seduta, e lo guarda felice ed emozionata. Lui le prende la testa, con una dolcezza disarmante, la bacia, e giù ancora lacrime. Assurdo quello che sta succedendo!

Patrizio si inginocchia, prende la mano di Giorgia e come al solito riesce a fare qualcosa che lascia tutti stupefatti. Senza lasciarle la mano, se ne esce con queste parole incredibili soprattutto in bocca a lui: «La mia vita è bellissima. Meravigliosa. Ma con te sarebbe una favola. È questo il punto. Tu non mi servi. Io non sto cercando nulla che mi completi. E nemmeno ti voglio. Perché io voglio un gelato, un bicchiere di rosso, o una bella casa, ecco. Tu, invece, sei semplicemente un pezzo di cielo, un tratto di vita, un momento di bellezza che accade, che succede, come la pioggia. E se mi piovi addosso, io mi tolgo i vestiti, resto nudo. E comincio a ballare...»

E rialzandosi in piedi, si mette letteralmente a ballare, da solo. Poi torna da lei, le tende la mano. «Balliamo?» Lei gli prende la mano, si alza e lo stringe come in un lento, e insieme iniziano a ballare un ballo muto, senza musica, sulle note dell'amore.

Diego piange come un bambino, e poi ride, e poi piange. Elisa è rossa e batte i pugni sul tavolo dall'emozione. Io ho il cuore in gola, guardo Giulia, anche lei non trattiene la commozione, per un istante incrociamo i nostri sguardi e ci sorridiamo.

Dopo un po', quando quella danza silenziosa e straordinaria sta per sciogliersi in un lungo emozionante bacio mozzafiato, sentiamo un tintinnio ostinato, e ci rendiamo conto che è Emma, rimasta in silenzio per tutto questo tempo: batte con il coltello sul bicchiere di cristallo, ha anche lei gli occhi lucidi, ovviamente, e il viso stravolto. Continua a battere sul cristallo perdendosi con lo sguardo nel vuoto, fino a che questa cosa calamita l'attenzione di tutti noi. Cala il silenzio e lei, per qualche secondo, se pur con una frequenza meno incessante, continua a battere sul bicchiere. Poi si ferma, finalmente, abbassa lo sguardo, e dice: «Anche io ho qualcosa da dirvi...»

«Cosa, Emma?» chiede Elisa.

«Dicci tutto, amica!» la incalza Marco.

«Tu ed Ezio avete ricominciato a trombare? Grandiii! Che emozioneee!» urla Patrizio, che non si smentisce mai, nemmeno oggi che è il suo grande giorno. Infatti Giorgia gli tira uno scappellotto: «Ma la smetti?!»

«Ahia! Scherzavo, oh! E poi sarebbe una cosa bella, eh!»

Per un attimo la boiata di Patrizio stempera l'atmosfera di attesa e sospensione.

«No, Pat, dolcissimo e simpatico amico! Non è questo ciò di cui volevo parlarvi...» replica Emma con la sua proverbiale eleganza. «La cosa che volevo dirvi è che anche io, come molti di voi, ho capito che la vita è troppo breve e meravigliosa per non cercare di viverla al meglio! E ho capito che anche io merito un po' di felicità! Quindi questa mattina ho detto a Ezio che voglio la separazione, e poi il divorzio, e che tutto questo deve succedere prima di subito! E che non me ne fotte un cazzo delle questioni economiche, il fatto di avere tanti soldi è un vantaggio, anzi! E che quindi non rompesse i coglioni, altrimenti è guerra legale!»

Mai sentita Emma parlare in questo modo, con questo tono e usando certi vocaboli...

«Ma grande, Emma!» adesso sono io a urlarlo, mi pare davvero un miracolo tutto quello che sta succedendo, e paradossalmente, se l'annuncio di Diego mi ha stupita, e la dichiarazione di Patrizio forse anche di più, quello che proprio non avrei mai potuto prevedere è che Emma potesse arrivare a una scelta del genere, lei che è cresciuta sotto i colpi di una mentalità borghese, chiusa, quasi invalicabile. I genitori, persone molto perbene, oltre che colte, sono figli di una cultura che non ammette ripensamenti per una donna che ha già contratto matrimonio e avuto figli, soprattutto per una questione di facciata, di immagine e reputazione, sono terrorizzati da ciò che potrebbe dire e pensare la gente, dall'idea che potrebbero farsi gli amici e i parenti... E lei non si è mai ribellata a tutto ciò, quando si è resa conto di non amare il marito, cioè praticamente subito dopo la nascita dell'ultimo figlio, parliamo di oltre dieci anni fa, ha accettato in modo passivo la cosa, anche se tutti sappiamo che è innamorata di un altro uomo da tanto tempo, Antonio, un suo collega che da anni la aspetta. Ma lei pareva essersi rassegnata all'idea di una vita infelice. Che poi, secondo me, lei Ezio non lo ha mai amato. Si sono messi insieme che Emma aveva diciotto anni e lui poco più, le loro famiglie sono originarie dello stesso paesino siciliano, i loro padri sono entrambi avvocati molto stimati e lavorano da una vita nello stesso prestigioso studio legale dove lavora anche Ezio, che poi fu il motivo che la portò a Roma, insomma, alla fine lei si è ritrovata quasi incastrata in questa cosa, ma a me non è mai sembrata felice, nei suoi occhi non ho mai visto quella luce che dovrebbe esserci quando sei innamorata, quando ti batte il cuore, lei ha sempre stimato Ezio, un po' come io stimavo Fernando, ma non basta, non basta... E io mi sono sempre chiesta come i genitori potessero ignorare questo, una madre lo sa e lo sente, e se vedi tua figlia perennemente triste, poco motivata, se non la vedi mai sorridere in un certo modo, come fai a non preoccuparti? Sarà che in questo io sono stata fortunata, i miei hanno avuto a cuore solo la mia felicità e il mio sorriso, e non hanno mai esitato un istante a parlarmi quando sentivano che qualcosa non andava, anche solo per essere certi che non fosse così, loro hanno sempre messo al primo posto l'amore, la bellezza di certe emozioni, le cose vere... altro che soldi, immagine e reputazione, altro che il giudizio della gente! E io spero di fare lo stesso con Giulia, di trasmetterle questi valori!

«Sono davvero fiera di te, amica!» aggiungo, e poi continuo: «Conosco il prezzo emotivo che dovrai pagare per questa scelta che hai fatto, la più giusta e meravigliosa possibile! E so anche che dovrai affrontare il peso del giudizio della tua famiglia, che forse sarà più duro e severo di quello di Ezio e della sua, di famiglia, e credimi, questo fa di te una donna stupenda, immensa, e libera! E so che ti porterà dritta verso la tua felicità!»

«Esatto!» interviene Giorgia. «Non più solo una bella persona e un medico da urlo, ma anche una guerriera! Libera e felice! Sei un mito!»

«Ragazze, siete troppo buone con me, ma comunque che vi devo dire... Poi ho capito che la vera eleganza è nel cuore, nella sensibilità di una persona, nell'amore che riesce a donare, nella sincerità, nella delicatezza con cui tocca la vita e l'equilibrio degli altri. Una donna bellissima, esteticamente perfetta, di grande classe, con i gioielli e i vestiti firmati, ma senza anima, senza cuore, ecco, sarà sempre un cesso, mettiamocelo in testa! E accanto e intorno a sé, avrà sempre solo quello che merita...» dice alzando delicatamente una mano, e poi aggiunge, «e senza libertà non si può sorridere mai, e senza essere felice nessuno può specchiarsi e vedersi davvero bello! E io voglio essere bella! Ah, cazzo, quanto voglio esserlo! E voglio Antonio, perché lo amo da troppo tempo e questa mattina l'ho chiamato per dirgli che mollo tutto per lui! E adesso sì, cazzo, che mi sento libera e felice!»

«Zia Emma, sei una bomba! Ti adoro troppo!» dice

Giulia e tutti noi le facciamo eco, non smettiamo di congratularci con lei.

«Amore di zia, promettimi che non farai mai la sciocchezza che ho fatto io! Che non permetterai mai a niente e nessuno di mettersi fra te e la tua felicità!»

«Te lo prometto, zia!» risponde Giulia con decisione, ma anche emozionata, e subito dopo averlo detto, fissa il suo telefono che vibra, poi alza gli occhi ed esclama ridendo: «È Fernando!» E dopo averlo detto mette entrambe le mani davanti alla bocca come se l'avesse sparata grossa.

«E rispondi!» dico io divertita. E così fa. Dopo qualche minuto di conversazione dove lei perlopiù dice «anche io», «grazie», «sì, grazie», «anche tu» e «auguri a te!» riattacca. Ci guarda e dice: «Vi saluta e fa gli auguri a tutti!»

A quel punto Patrizio si alza e agguanta due bottiglie di champagne con entrambe le mani, passa da ognuno di noi per riempire il calice, poi sale sulla sua sedia e urla: «Un brindisi a Fernando che se ne è andato!»

Scoppiamo tutti a ridere e urliamo sguaiati: «Ciao, Fernando!»

«Che peccato, era una brava persona, salutava sempre!» aggiunge cattivissimo Patrizio.

«Un brindisi a Roberta, che non potrà più avvelenare i miei giorni!» grida Diego, alzandosi in piedi.

«Alla salute!» rispondiamo in coro.

Poi è il turno di Emma, che si rabbocca il calice e dice: «Ciao ciao, Ezio. È stato bello», esclama. «Ma anche molto brutto!»

Tutti scoppiano in una risata.

Allora, inaspettatamente, è Giulia a balzare letteralmente sulla sedia. «Alessandro, vaffanculo!»

Mi impettisco e le grido: «Giulia!» In realtà sto ridendo...

Ma Patrizio sovrappone la sua voce alla mia: «Ciao Alessandro, che peccato». Si guarda attorno con quella faccia da schiaffi, alza il bicchiere e conclude: «Peggio per te».

«Alla salute!» rilancia Giorgia.

«Alla salute!» urliamo tutti.

Per un attimo, mi scorrono nella testa immagini, fotografie, istantanee della mia vita. Penso che sia andata abbastanza bene, nell'insieme. Con il lavoro, con Giulia, con gli amici, con i miei... Però manca un pezzo, è sempre mancato, da quella maledetta mattina del 5 febbraio 2000... Da quel giorno sono stata bene, sì... ho gioito mille volte per il dono più grande che una donna possa ricevere, la mia bambina. Ho riso insieme alle persone care. Ho attraversato lunghi periodi di serenità, di tranquillità. Ma la verità è che non sono mai più stata felice nemmeno per un attimo. Perché solo una persona ha saputo rendermi tale, e quella persona è Andrea, e sono vent'anni che mi chiedo se mai riuscirò ancora, nella mia vita, a provare quel senso di ebbrezza, di volo, di sospensione, quel momento in cui il cuore si blocca per un attimo, e tu sai che sapore ha la felicità...

35

Portami in un posto bello

Il quaderno di Giulia

Roma, giovedì 16 gennaio 2020
Ore 13.50

Ieri a una manifestazione studentesca, ho conosciuto un tale Paco che ero sicura di aver già visto da qualche parte, forse perché è un gran figo. Lui fa Giurisprudenza, mi ha chiesto se avevo da accendere, poi abbiamo scambiato due parole, e ha iniziato a parlare della sua fidanzata, che frequenta la sua stessa facoltà. Aveva gli occhi illuminati e un sorriso ebete mentre me ne parlava: è innamorato cotto, mi ha detto di amarla da morire e che vuole passare la vita con lei, proteggendo il loro amore da tutto e tutti. Ho pensato che fosse una cosa bellissima! Poi, guardandolo meglio, ho ricollegato... lo avevo visto alla presentazione di Laura, e la fidanzata deve essere quella ragazza... Sally, quella che va a lezione da zia Elisa. Ho preferito non dire nulla, anche perché dopo poco ci siamo persi di vista. Il mondo è piccolo...

* * *

Prima ho visto papà, per un caffè, è venuto davanti all'entrata della mia facoltà, e poi ci siamo seduti in un bar accanto all'uni, in Piazza Borghese. Mi ha fatto piacere! Mi fa ancora effetto saperlo nella mia vita in questa veste, sapere che è mio padre... Mi ha ridetto che è assolutamente d'accordo con me sul fatto che sia arrivato il momento di farsi coraggio e affrontare la mamma, e io gli ho detto che ero felice di sentirglielo dire, perché mamma lo merita. Non ho mai detto a papà che ritengo che mamma non lo abbia mai scordato e che, anzi, secondo me lui è nel suo cuore, fermo nello stesso posto nel quale è sempre stato, al centro. E nemmeno che sono certa che non abbia mai smesso di amarlo, e che è l'unico che abbia mai amato. Non gliel'ho detto perché, prima cosa, sono mie idee, in qualche modo mai smentite dalla mamma, ma nemmeno mai palesate così chiaramente, e poi perché non so davvero cosa possa pensare lui. Ok, ha detto di non averla mai dimenticata, e che il motivo della improvvisa rottura era un altro, e non il fatto che non la amasse più, ma poi è sempre stato così vago, bloccato e ambiguo, su questo punto, che non saprei davvero cosa pensare...

Comunque andava di fretta, mi ha chiesto come procede l'università, se mi trovo bene, se penso ancora ad Alessandro e se la conoscenza con il tipo conosciuto all'università, il ragazzo della margherita bianca, è andata avanti.

Gli ho accennato che non ci penso più a quello stronzo di Ale, e che il ragazzo della margherita bianca mi piace un sacco, e che, dopo tanto tempo passato a incontrarci nei corridoi, a sorriderci, senza quasi rivolgerci la parola, siamo usciti per la prima volta ieri sera. Ed è stato meraviglioso. Pensare che tutto è nato con uno sguardo, con un piccolo gesto, e io ho sentito subito un brivido...

Lui mi ha detto una cosa dolcissima e profonda che mi ha lasciata senza parole: «Ci sono cose che, banalmente, non accadranno mai... Ad altre, invece, basta il tempo di uno sguardo, di un gesto semplice ma prezioso come un sorriso, di un dettaglio che sembra piccolo, banale, ma che invece ti fa scoppiare il cuore.

«Io sorrido se tu sorridi.

«L'amore.

«Facile».

Gli ho chiesto come mai, a volte, è così difficile comunicare, e lui mi ha risposto che la vita, a volte, ci mette alla prova, e noi dobbiamo essere bravi a non farci schiacciare, e fare in modo che la paura e il disincanto non abbiano mai la meglio sull'amore e sui nostri sogni. Mi ha detto che molte persone hanno paura di guardarsi dentro, perché nemmeno loro sanno cosa potrebbero scoprire, e ancora più paura, tanti, hanno di aprirsi al mondo, di permettere a qualcuno di vederli nudi. Perché, mi ha detto, mettere il nostro cuore nelle mani di altri è un atto di fede, una prova di grande coraggio. E noi, questo coraggio, dobbiamo trovarlo sempre! Non dobbiamo mai smettere di cercarlo...

«Se solo si potesse parlare con il cuore e l'anima, se tutta la comunicazione, che parte da dentro di noi, non subisse filtri ed elaborazioni sporcandosi poi in parole inesatte... Ah! Allora sì che tutto avrebbe un senso. Allora sì che ogni cosa sarebbe al suo posto. E allora sì che sarebbe meraviglioso...»

E dopo averlo detto ha abbassato lo sguardo, quasi come per timidezza, o per pudore. Mi è venuto istintivo abbracciarlo forte, lui ha ricambiato l'abbraccio e mi ha sussurrato nell'orecchio che mi vuole un bene assurdo, e che non mi lascerà mai. E io sono scoppiata a piangere, al che lui se ne è uscito con una battuta spiritosa, mentre anche i suoi occhi erano bagnati, ed è riuscito a stemperare l'atmosfera.

Comunque poi, io dovevo rientrare per l'ultima lezione, per fortuna oggi solo due ore, e poi correre a casa a studiare tantissimo per la sessione d'esami. Lui doveva tornare al lavoro, quindi ci siamo salutati. Ma quando io ero già praticamente dentro il cancello dell'università ho sentito la sua voce chiamarmi, mi sono girata e sono tornata indietro. Mi ha detto che voleva tenessi una cosa. Mi ha dato il suo quaderno e mi ha detto che dentro c'erano tanti pensieri che aveva scritto negli ultimi anni, qualcuno anche di molto tempo fa: cose che aveva dentro di sé, e che non aveva mai pubblicato sul suo Instagram, e ci teneva che fosse mio... Io non sapevo che dire, la cosa mi ha emozionata tanto, e mi è sembrata anche così intima, come se violassi la sua privacy, le sue emozioni, ma lui ha insistito, e allora ho accettato con un gran sorriso. E adesso non vedo l'ora di leggere tutto.

Prima di entrare a lezione ho sbirciato velocemente,

è fitto di parole e pensieri meravigliosi! Ne ho letto uno a caso:

> Vorrei che tu mi regalassi i tuoi silenzi, i tuoi respiri mischiati ai miei, le parole che tieni solo per te, quelle che ti fanno tremare.
> Vorrei il tuo buio, i tuoi sentieri segreti, quelli che la gente non vuole vedere, quelli che tieni nascosti, perché vorrei che ti sentissi compresa, capita. Perché so quant'è importante...
> Vorrei il volto che non mostri a nessuno, quello che non ha bisogno di farsi vedere sempre per forza sorridente, quella parte di te che a volte, di notte, ti spinge a piangere, ti fa sentire sola.
> Ecco, io vorrei esserci in quei momenti, per asciugarti le lacrime, per regalarti il mio sorriso, per sussurrarti in un orecchio che ci sono, e che non sei sola...

L'ho richiuso sospirando. Penso che morirò leggendolo...

Quando sono arrivata a casa, verso le 12.30, mi sono fatta un caffè e poi sono corsa in camera, mi sono spogliata, ho buttato tutto qui e là, e mi sono piazzata alla scrivania. Metterò a posto più tardi. Dovrei studiare tantissimo, ma sono qui e penso a mille cose. Penso a Mattia, dolcissimo: ieri mi ha portata a fare una passeggiata in centro, abbiamo bevuto una birra artigianale in un piccolo pub per turisti che in un istante ha messo in ombra i locali superեleganti, pieni di spocchia ed esclusivi nei quali mi portava Alessandro. Abbiamo parlato tantissimo, camminando per i vicoli e le vie di Roma: Via Frattina, Via Condotti, Via Borgognona, Via Margutta, e poi Via del Corso... Da quanto tempo non camminavo in Via del Corso! Poi, tornando alla sua macchina, siamo passati per una semideserta Piazza del Popolo, incantevole, romantica, suggestiva. E quando siamo entrati nella sua Fiat 500 bianca, ci siamo presi prima per mano, poi ci siamo guardati, e lui si è fatto coraggio, mi ha baciata... Ed è stato dolce, è stato bello, è stato diverso e speciale, e lui sa di pulito e di buono... Sembra un principe azzurro, mi sento già così presa, e questo mi rende felice e mi terrorizza nello stesso tempo. Metto *A domani per sempre* di Sofia Tornambene e scrivo di getto una cosa per lui:

> Portami in un posto bello, uno di quelli semplici ma che profumano di felicità, uno di quei luoghi che ci porti solo le persone che proteggi e custodisci nel tuo cuore. Portami lì dove non servono le scarpe o i vestiti firmati, dove basta prenderci per mano per essere felici. Portami su un muretto, in un angolo di un marciapiede di periferia, ma portami con te, ma portami via!
> Portami in un posto bello, uno di quelli dove il resto del mondo non può arrivare, portami lì, e tienimi la mano, e abbracciami se sento freddo, e guardami, guardami sempre, perché solo se mi guardi tu, io mi sento speciale. Tienimi con te. Ancora un po'. Fino a che vorrai. Fino a quando baciarci sarà ossigeno per respirare.
> Fino a quando fare l'amore sarà dolce come sognare.
> Portami in un posto bello.
> Portami nel tuo cuore.
> Portami lì...

Ora però mi metto sotto a studiare, con mamma siamo rimaste che faremo un aperitivo light in terrazzo, io e lei, unica concessione: uno Spritz per uno, e poi ci prepariamo una mega insalatona come piace a noi, sana ma ricca di un sacco di ingredienti che amiamo entrambe, tipo l'avocado, le noci e le mele... Mi ha detto che avrebbe fatto di tutto per rientrare per le 18, massimo 18.30. Però, prima di mettermi sotto, non ce la faccio, voglio dare un'altra sbirciatina al quaderno di papà, di Tisbe...

36

Ehi amore, dammi la mano, ho bisogno di parlare

Il quaderno di Giulia

Roma, giovedì 16 gennaio 2020
Ore 14.50

Fin dalla prima pagina del quaderno di papà, ho capito che non erano solo pensieri così, belle riflessioni non pubblicate o inedite, no, non solo... Lì dentro c'è molto di più, molto del suo universo, delle sue paure, dei suoi dubbi. Del suo cuore...

Ci sono pensieri bellissimi, riflessioni profonde e introspettive, parole d'amore, così magiche e romantiche da lasciarti senza fiato...

E poi ci sono i passaggi dove parla esplicitamente di se stesso, della sua vita.

E man mano che leggo aumenta il magone, a un certo punto devo sospendere, perché è davvero troppo quello che sto trovando lì dentro, non ho nemmeno il coraggio di mandargli un messaggio per quanto è grande lo shock.

Ma prima di richiudere, l'occhio mi va su una delle ultime pagine, c'è scritto: *Perché?*

Ehi amore, dammi la mano, ho bisogno di parlare, è così tanto che non parliamo più...
Guarda qui, amore, guarda questi fili d'erba incolti all'angolo del muretto, e guarda quelle crepe sul muro, quegli attrezzi arrugginiti, quella vecchia porta di legno bianca, buttata lì, per terra, sradicata...
Sai, in questa fabbrica abbandonata, dove vengo spesso a pensare o a scrivere quando non sto bene, trovo che sia tutto così poetico. Così malinconico e reale. Così simile a noi.
Avevo delle cose da risolvere, amore, ecco perché me ne sono andato, ecco perché non ho mantenuto la promessa.
Ecco perché ti ho abbandonata.
Ecco perché, amore, nel mio cuore adesso tutto è come in questa fabbrica: desolato. Il mio cuore adesso è un posto che poteva essere ma non è stato, è un luogo meraviglioso che non ha avuto il coraggio di essere quello che voleva. Non ti ho protetta, amore, anche se te lo avevo promesso...
Tante volte ci si mette pure un po' di sfortuna...
E non era vero, non era vero, amore mio, che non ti amavo più, te l'ho detto perché dirtelo era l'unico modo per mandarti via da me, te l'ho detto perché non ho mai amato nessuno come ho amato te.
Te l'ho detto perché altrimenti non ce l'avrei fatta a lasciarti andare, a lasciarmi andare, a uccidermi. Ad andare contro tutto ciò che amavo.
Vieni, amore, ti prego, prendimi per mano, solo questa volta, perché adesso ne ho bisogno, perché adesso sto male, perché adesso l'ho capito. Non ti chiedo di perdonarmi, ma solo di prendermi per mano per un'ultima volta, ti va?

Perché lo so che chiedere scusa non avrebbe senso, è così tardi, è così tardi, amore mio...
Però se adesso mi prendi per mano, io ti prometto di rimanere in silenzio, e di stare così fino a che lo vorrai. Fino a che mi vorrai.
Sai, ci sono cose di cui non ti ho mai parlato, non so perché non l'ho fatto, forse perché era tutto così triste, così difficile, così più grande di me.
Forse perché volevo risparmiarti tutta quella sofferenza, tutta quella tossicità mascherata da bellezza. Tutto quello schifo mascherato da normalità.
E tu eri un fiore, la mia principessa, le mie millemila perle rare! Tu dovevi rimanere fuori dal marcio che avevo nel cuore... Io volevo proteggerti! Ma poi qualcosa è andato storto...
Come quel giorno, quel maledetto giorno in cui ti ho detto che non ti amavo e che dovevamo separarci. Sai, quel giorno, poche ore prima, era morto mio padre, stava male già da un po', aveva un cancro, al pancreas, inoperabile. E pensa, amore mio, quando l'avevo saputo ero stato quasi contento, pensavo fosse solo un bastardo, un pezzo di merda, uno stronzo senza cuore che tradiva mia madre di continuo e la faceva soffrire, che trattava chi diceva di amare con freddezza e distacco. Che pensava solo ai soldi e alle apparenze. E attribuivo a lui il dramma di mio fratello. Perché, sì, amore mio, avevo un fratello, un fratello maggiore, aveva dieci anni più di me, nemmeno questo ti ho mai detto, perché mi vergognavo, perché lui si faceva di eroina e non era mai in sé, finiva sempre nei guai, e io, come i miei, in fondo ce ne siamo sempre vergognati, amore, e se adesso piango mentre ti scrivo tutto questo, è solo perché le lacrime ancora non sono finite, è solo perché il dolore non è ancora finito, è solo perché ti amo ancora da morire e

sei sempre stata dentro di me, al centro del mio cuore, senza esserti mai mossa.
In fin di vita, il giorno prima che io ti lasciassi, mio padre mi parlò, volle parlarmi a quattrocchi, io e lui da soli, come non aveva mai fatto, mi raccontò che aveva iniziato a bere e a tradire mia madre quando il buco che lo scavava dentro si era fatto troppo grande, quando era diventato incolmabile, quando ormai si sentiva perso, quando sentiva che tutto era perso, e sentiva di avere perso, come uomo, come marito, e come padre. E si era reso conto che non sapeva più come aiutare Fabrizio (era così che si chiamava mio fratello...), come tirarlo fuori da quell'incubo nel quale era entrato tanti anni prima, e quel buco che gli aveva scavato l'anima, aveva finito per scavare anche quella di mamma e il loro amore. E anche la mia. E il nostro amore...
Quel giorno, mi confessò che in vita sua non aveva mai amato un'altra donna, oltre a mia mamma, e che tradirla era stato un modo perverso per punirla di qualcosa che non aveva commesso, per punire se stesso, per infliggersi altro dolore, per infliggere altro dolore. Mi disse che aveva visto crollare tutto ciò in cui aveva creduto, il sogno di una famiglia perfetta, ricca, unita, con dei figli perfetti e felici... Quel giorno mi chiese scusa di aver cercato la perfezione quando bastava inseguire la felicità, e disse che proprio quella sua rigidità, ereditata dalla sua famiglia di origine, forse era stata la causa dei problemi di mio fratello, sensibilissimo, che non aveva saputo reagire in altro modo alla sua durezza, se non rifugiandosi nella droga, scappando da una realtà che lo opprimeva e della quale non si sentiva mai all'altezza.
E mi disse che era contento di andarsene, di chiudere gli occhi per sempre, di smettere di guardare i danni

che aveva creato, anche se ci amava da impazzire, anche se eravamo tutto, per lui.
Mi chiese di smettere di provare rabbia, se potevo, di smettere di odiarlo, di occuparmi della mamma, dopo, perché ne avrebbe avuto bisogno, e di provare ancora ad aiutare mio fratello, di cercarlo ovunque, e di dirgli, se lo avessi trovato, che era stato orgoglioso di essere suo padre, anche se non era stato bravo a dimostrarglielo, anche se non era stato abbastanza coraggioso da urlarlo al mondo. E di scusarlo...
In quei giorni, per l'ennesima volta, Fabrizio era scappato, non si trovava da nessuna parte, era già successo un sacco di volte...
Sai, mentre mi parlava, amore, mentre mio padre mi parlava con un filo di voce, a un passo dalla morte, piangeva, non lo avevo mai visto piangere, non pensavo nemmeno sapesse farlo, invece lui piangeva, come un bambino, e io ero sconvolto, dilaniato, gli ho detto solo: «Mi dispiace», solo questo ho saputo dire...
Dopo poco se andò per sempre.
Erano le 4 di notte.
La mattina, quando ci siamo visti, io ero fuori di me. Come in uno stato di trance. Non sapevo più chi ero, non sapevo da dove iniziare, cosa recuperare, da dove ripartire. Ero spaesato, sconvolto, massacrato. Avevo odiato per anni mio padre, e adesso sentivo solo un grande vuoto, provavo pena, e un senso di colpa, verso di lui, verso la mamma, e verso mio fratello che non sapevo dove fosse e per il quale sentivo di non aver mai fatto abbastanza. Volevo trovarlo, avevo bisogno di salvarlo. Avevo bisogno di amarlo. Di iniziare ad amarlo. Di prendergli la mano e dirgli che io ero con lui, che lui era il nostro orgoglio...

Mamma quel giorno ebbe un tracollo emotivo dal quale non si riprese più. C'ero solo io a potermi occupare di lei. Mio fratello alla fine lo ritrovarono, amore mio, venti giorni dopo, impiccato a un albero di una nostra tenuta in Umbria, a Todi.
Ecco amore, lo so che tutto questo forse non basterà a giustificare quello che ho fatto, quello che ti ho fatto, ma volevo lo sapessi, volevo lo sapessi...
Non so quando e se ti farò leggere queste parole, e non so come. E non so cosa proverai, se avrai voglia di leggerle, se ancora mi odierai, non so niente, amore mio, solo che ti amo. Ti va di prendermi la mano?

Sono sconvolta, tremo, sono felice ma anche turbata, è pazzesco! Porca puttana! Ora capisco tutto! Devo assolutamente chiamarlo, devo correre da lui! E lui deve parlare con mamma! E subito. Lei deve sapere. Ora mollo le pagine di papà, ora mollo tutto, anche il mio quaderno, e corro da lui!

37

Se mi prendi per mano ti porto a guardare le stelle

Roma, giovedì 16 gennaio 2020

Mentre rientro a casa, verso le 15, dopo una giornata di lavoro insolitamente tranquilla, leggo un WhatsApp di Patrizio:

> Patrizio: Ho appena rimorchiato una fanciulla di venticinque anni! Gnocca pazzesca! L'universo non smette di premiarmi. Sempre più su... 😛
> Francesca: Mi auguro tu stia scherzando! Perché, diversamente, lo direi subito a Giorgia! 😠
> Patrizio: Ma certo che sto scherzando! Rilassati, Francesca! Sei troppo tesa! Ma tu fai sesso?
> Francesca: Ahahah! In effetti poco, molto poco ultimamente...
> Patrizio: Male, molto male! Posso esserti d'aiuto? Dai, resta fra di noi...😄😄
> Francesca: Ma tu quando cambierai?

Poi l'occhio mi va su una notifica Facebook, è un post di Diego:

Quando, tempo fa, ti ho sognata ed eri piccola, piccola non nel senso di *te bambina* ma nel senso di piccola fisicamente, piccola come una bambina ma adulta, ecco, lì ho capito che non avresti mai più potuto nulla sulla mia vita. Ti avevo sognata milioni di volte prima di quella, quasi tutti i giorni per mesi, ma era sempre un'agonia, tu, in tutti i miei sogni, eri la Dea che dominava il mio cuore, da te dipendevano i miei respiri e la mia felicità. E tutte le volte, quando mi svegliavo, ero triste. Mi sentivo solo, perso, abbandonato.
L'ultima volta, al risveglio, ho tirato un sospiro di sollievo. Ho sorriso. E poi ho provato tenerezza.
Per me.
Ma anche per te.
Perché, ripensandoci, in fondo penso che un po', piccola e fragile, tu lo sia davvero.
Ma l'ho capito solo adesso...

Lo rileggo più volte e sorrido...

Quindi chiudo Facebook e chiamo Giulia per capire se è in casa, giusto per scrupolo, ma ho già notato che la sua minicar non è in garage. Strano, l'ho sentita pochi minuti fa e mi ha detto che era in casa a studiare e che non si sarebbe mossa, che mi avrebbe aspettata per aperitivo light e insalata. Le avevo detto che sarei rientrata più tardi, al massimo alle 18-18.30, invece mi sono liberata prima e volevo farle una sorpresa: le ho comprato il suo gelato preferito. Fra poco avrà il primo esame all'università. Dopo aver chiuso con Fernando, ho temuto di non essere all'altezza della situazione, di non essere in grado di seguirla a dovere in questa nuova importantissima partenza della sua vita, ma poi ho capito che erano preoccupazioni infondate, si è messa sotto con grande senso di responsabilità, senza che né io né altri dovessimo dirle nulla, e ha dimostrato di essere la ragazza seria e intelligente che è.

Entrando in camera sua, mi rendo conto che in effetti non c'è, guarda che confusione in questa stanza! Non ha mai brillato per ordine, in effetti... Mi affaccio dalla finestra un attimo e mi rendo conto che questa via mi fa sempre un certo effetto, mi mette allegria, mi giro e sento il telefono che squilla, è lei.

«Ohi...»

«Ohi... Dove sei? Io sono già in casa!»

«Ma come? Io sono uscita un attimo per andare a prendere un libro da Noemi, mi serve per l'uni! E tu come mai così presto? Ti volevo proprio chiamare per sapere se ti andava di andare a mangiare del sushi da *Fusion191*, al posto dell'insalatona in casa. Mi è venuta una voglia assurda...» sembra eccitata e parla veloce.

«Ok, ok... Ci sto!»

«Evvai! Bello! Ma torno subito, eh!» a sentirla bene sembra un po' agitata, quasi preoccupata... Mah!

«Poi quando rientriamo hai anche il tuo gelato preferito... Senti, ma è tutto ok? Ti sento strana, agitata!»

«Oddio, mamma, grazie per il gelato! Sì, sì! Tutto bene! No, no! Sto benissimo!» Mah...

«Comunque qui in camera tua c'è un casino mai visto. Vestiti sul letto, vestiti per terra, scarpe ovunque, libri, quaderni ammassati. Sulla tua scrivania sembra sia scoppiata una bomba. Non puoi essere così disordinata.» Lo dico ridendo, non di certo per farglielo pesare.

«Lo sono sempre stata...» Poi la sento cambiare improvvisamente tono, e per un attimo mi sembra di sentire parlare di nuovo la Giulia perennemente in guerra e incazzata di qualche mese fa. «Mamma, però non capisco perché devi stare in camera mia quando non ci sono, ti sembra corretto? Non ho diritto anche io a un po' di privacy?» e il tono si fa più ostile.

«Giulia, che ti prende? Dai, rilassati... Ti aspetto qui, e andiamo al nostro sushi, ok? Ora esco dalla tua camera e ti aspetto di là!» cerco di usare dolcezza e parole distensive.

«Ok, ok... Arrivo!»

Mentre mi saluta, l'occhio, anche se proprio non dovrei, corre al suo quaderno. Ne ricordavo solo uno e in pelle nera, mentre ora ne vedo due: quello nero, chiuso, e un altro praticamente identico ma in pelle rossa, aperto. E non posso evitare di notare che la grafia non è la sua, le lettere perfette e tondeggianti di Giulia le riconoscerei a un chilometro di distanza, e non solo perché anni fa ho seguito un corso di grafologia – ho pensato che potesse essere utile per il mio lavoro – ma soprattutto perché è mia figlia, e so tutto di lei, senza contare gli anni passati a fare i compiti insieme... Non posso sbagliarmi, non è la sua grafia. All'improvviso sento un brivido attraversarmi la schiena. Quella non è la grafia di Giulia, no, ma mi è comunque familiare. La testa mi gira, le gambe mi cedono. Nonostante questo mi avvicino piano, sono quasi tentata di voltarmi e andarmene, e non più, o non solo, perché è una cosa che non dovrei fare, leggere qualcosa che non mi appartiene, ma perché io quella grafia la conosco. L'ho osservata, fissata, analizzata minuziosamente millemila volte negli ultimi vent'anni. È come se fosse incisa sulla mia pelle. Perché quella grafia io so di chi è, ma so anche che non è realistico. Non può essere. Non può essere! Come è possibile che qualcuno scriva esattamente come lui, con lo stesso tratto, con lo stesso stile, con gli stessi giri... È letteralmente fuori da ogni logica! Forse sto impazzendo, forse sto solo andando fuori di testa, pensare che Giulia, mia figlia, possa avere sulla sua scrivania pagine scritte da Andrea, suo padre. Ho davvero perso il contatto con la realtà... Ma che mi succede?

Per la seconda volta l'istinto è quello di fuggire, di fingere di non aver visto nulla. Non sono più io a decidere delle mie azioni, o cosa sia logico o non logico. Sento solo che quelle pagine mi attraggono con una forza a cui non posso resistere. La stessa forza senza nome che per vent'anni mi ha impedito di fare pace con il mio passato, e con me stessa.

Tremo. Mi avvicino e tremo.

Prendo in mano il quaderno rosso e per qualche secondo mi limito a sfogliare le pagine senza leggere nulla. Chiudo gli occhi e affondo il volto in quei fogli che profumano di qualcosa che mi appartiene, che mi è sempre appartenuto. Che sento dentro le ossa, su ogni centimetro della mia pelle, fino al midollo...

Poi lo chiudo.

E lo riapro.

E leggo in un punto a caso...

A volte è il neo che hai sul collo.
A volte è la ciocca di capelli che ti cadeva sopra gli occhi.

A volte è quel tuo maglione orrendo con i rombi per cui ti prendevo in giro.
Oppure è il sorriso che avevi mentre leggevi i miei biglietti. Oppure quando abbassavi lo sguardo imbarazzata e cercavi chissà cosa tra i piedi.
E poi c'è il tuo profumo.
Ci sono i tuoi occhi azzurri.
I miei, terrorizzati.
E io che mi impegno a non fissarli.
Perché altrimenti potrei impazzire.
Perdermi per sempre.
Camminare per il resto della vita sul bordo di un marciapiede che si affaccia sul mare.
E farei mille errori senza di te.
Per poi venirti a cercare dove ci siamo lasciati quella notte.
Fra vicoli e lanterne piene di magia.
Dove non potrei più trovarti.
Lì dove ti ho spezzato il cuore.
In quel vuoto che ho creato con la mia stessa assenza.
Vorrei poterti dire che alla fine sistemeremo tutto, amore.
Che se mi prendi per mano ti porto a guardare le stelle.
E poi cominciamo a correre verso la riva.
E non ci voltiamo più.
Non ci voltiamo più.
E poi non ci voltiamo più...

E un altro:

E tu non piangere se non potremo sognarci più in quel futuro delle meraviglie. Quello che ci faceva battere il cuore e trasformava ogni tramonto nella magia più bella dell'universo. La felicità è passata, l'abbiamo toccata.

Ci siamo ubriacati. Ma, ecco, anche se adesso io devo salutarti, anche se devo andare, non essere triste! Io ci sarò sempre, soprattutto in quelle notti con l'inverno dentro, quelle col freddo addosso. Io ci sarò lo stesso, io sarò con te, a tenerti la mano. E tu non avrai paura...

E ancora:

Spero tanto che un giorno, quando ripenserai a noi, lo farai ricordando gli attimi, i momenti... Quelli per cui vale la pena vivere, quelli che giustificano un'intera esistenza.
Siamo stati il tramonto più bello della storia, quando il sole inizia a sfiorare il mare per poi sparirci dentro.
Siamo stati il bacio più emozionante di sempre, quando le nostre labbra cominciavano a toccarsi bagnandosi un po' della felicità di entrambi.
Siamo stati stelle cadenti, e l'espressione dei desideri che avevamo espresso.
Siamo stati il rumore del mare di notte, mentre il batticuore scandiva la fusione di due corpi dentro un sacco a pelo che profumava di noi e di poesia.
Spero tanto che un giorno, quando ci ripenserai, lo farai solo per un istante, scegliendo l'attimo che ti piace di più ricordare, uno di quelli che a me ha cambiato la vita per sempre...

E ancora parole come lame...

Amore, sai, tutte le volte che passavamo un momento magico insieme, non so, quando facevamo l'amore, quando ce ne stavamo sul letto abbracciati per tanto tempo senza dire una parola, quando scappavamo dal mondo e ce ne andavamo a mangiare e a bere e stavamo lì per ore a ridere, a parlare del futuro, a guardare il mare, a guardarci dentro, io dentro di te, e tu dentro di me... E intanto magari ci prendevamo per mano. Quando mangiavamo frutta secca bevendo un rosso che amplificava il rumore dei battiti del nostro cuore, del nostro cuore in gola, quando mi sussurravi nell'orecchio che ero la tua vita, e che non avevi mai amato nessuno come amavi me, quando ti sussurravo nell'orecchio che solo tu sapevi rendermi felice, e che la gioia aveva il tuo sguardo, ecco, quando succedeva una di queste cose, io subito dopo trovavo il modo per assentarmi, anche solo per un po', per respirare l'aria intorno a me, per toccare la terra, il cemento, la pioggia e la mia pelle, sentivo l'odore dell'asfalto, guardavo il cielo, le stelle, la luna, le panchine del parco, l'erba e le altalene, i palazzi antichi, quelli di periferia, i vicoli di notte. Perché erano tutte prove che era vero, che non stavo sognando, che tu esistevi davvero e che eri mia, e che mi amavi, e che ti amavo. E io guardavo tutte quelle cose intorno a me, e pensavo che un giorno, dopo tanto tempo, tanto tempo dopo come adesso, mi sarebbero servite per ricordarmi di noi, di quello che eravamo, di quanto era vero quello che ci dicevamo, e quanto era profondo quello che c'era nei nostri occhi. E io lo so che non era un gioco. E lo so che quelle cose sono esistite davvero. E non mentivo quando ti dicevo che ti avrei amata per tutta la vita. Guardami, amore... Lo vedi? Ho ancora il cuore in gola mentre ti penso. Ho ancora il cuore in gola mentre parlo di te. Era tutto vero. Era tutto vero! Era tutto così meraviglioso!

Mi sento quasi mancare. Sudo tantissimo e ho il cuore in fibrillazione. La camera gira. Il soffitto trema. Sento quasi che le forze vengono meno. Poi, ci metto tutta l'energia che ho, e cerco di leggere ancora, di voltare queste pagine pesanti come tutto l'universo e, sfogliando, vedo una pagina con scritto: *Perché?*

E la leggo fino alla fine, come in trance.

Sento solo il rumore del quaderno quando cade per terra.

È un rumore sordo.

Vuoto.

Con un'eco.

Che mi catapulta in un tempo, in uno spazio, che pensavo non fossero più miei.

E poi tutto diventa nero.

38

Se non ci sei mi manca il fiato. Se non ci sei, mi manca tutto...

Bologna, lunedì 6 settembre 1999

Oggi è il compleanno di Andrea, gli ho preparato una sorpresa, ho comprato un po' di cose da mangiare e da bere, dei festoni, dei palloncini argentati che formano il numero ventidue e altri rossi a forma di cuore, e ho addobbato tutto il salone.

Questa mattina sono scesa presto insieme a lui, ha una lezione che non può saltare. Abbiamo fatto colazione insieme nel nostro baretto preferito, l'ho abbracciato di continuo cantandogli «Tanti auguri a te», anche se in realtà è da mezzanotte che lo riempio di baci, coccole e auguri. Oggi è il suo giorno! Quando ci siamo salutati, gli ho fatto credere che sarei andata anche io in facoltà, più tardi, invece io le lezioni le ho saltate e ho girato tutta Bologna per comprare gli addobbi, i palloncini e il resto. Dio solo sa quanto adoro fargli delle sorprese! Dio solo sa quanto lo amo!

Nei giorni precedenti ho invitato Nicola e Pierpaolo, che sono gli unici amici che frequenta volentieri e assiduamente.

Lui si aspetta di festeggiare solo questa sera andando a cena fuori con i suoi genitori. Sarà la terza volta che li vedrò, ma le prime due sono state molto veloci. Stasera avremo modo di parlare, saremo seduti insieme per un bel po', e la cosa, non so perché, mi rende felice e un po' ansiosa allo stesso tempo. Che poi, da quello che ho potuto intuire, hanno insistito loro, soprattutto la mamma: lui avrebbe preferito passare a fargli un saluto veloce a casa per poi tornare e cenare solo con me. Ha tenuto a specificare che la cosa non ha a che fare con me o con la nostra relazione, è solo che avrebbe preferito così perché negli ultimi tempi con i suoi non si sente sempre a suo agio...

Io gli ho chiesto esplicitamente se ci fossero problemi fra di noi, ma lui mi ha risposto in un modo così netto e dolce... Mi ha detto: «Tu sei la cosa più bella che mi sia capitata». Mi ha fatto sciogliere e commuovere. A quel punto non ho più chiesto niente, ho smesso di fare domande, gli ho detto che lo amavo da morire, e l'ho baciato.

Quando sentiamo aprire la porta, io, Nicola e Pierpaolo ci prepariamo con le trombette in mano e appena entra cominciamo a urlare, a saltare e suonare. Lui fa una faccia assurda, sorpresa ma felice, sembra un bambino. Io gli salto addosso e lui mi stringe forte.

«Sei pazzaaa!» urla e ride. «Siete pazziii!» ripete continuando a tenermi in braccio e guardando i suoi amici. Ma è felice, è tanto felice, e non gli vedevo in faccia quell'espressione da un sacco di tempo.

«Auguri, amore mio!» e lo bacio dappertutto.

«Auguri, Andreee!» urlano Nicola e Pierpaolo.

Lui mi dà un altro bacio, poi mi lascia e va ad abbracciare anche loro due.

«Vi voglio bene!»

«Che schifo! Ti stai proprio invecchiando!» scherza Nicola.

«Lì ci sono le pizzette che ami, Andre, quelle fatte con la sfoglia! Le patatine, i tramezzini e le birreeeee!»

«Tante birre, direi!» aggiunge Pierpaolo. In effetti devo avere esagerato...

«E che stiamo aspettando?» chiede Andrea.

Dopo qualche ora, la roba da mangiare è completamente finita, e di birre ne sono rimaste ben poche! Siamo stati benissimo, abbiamo riso e sparato cazzate a raffica, senza sosta. E Andrea è stato spensierato, quei suoi sguardi un po' tristi e persi nel vuoto sono stati rari. Verso le 19 Pierpaolo e Nicola ci lasciano, un po' brilli. Li sentiamo cantare per strada, mentre si allontanano.

«Grazie...» mi dice Andre guardandomi negli occhi.

«Ma grazie di cosa?»

«Oggi mi hai fatto un regalo bellissimo!»

«Tu me lo fai tutti i giorni con il solo fatto di esserci. Promettimi che ci sarai per sempre.»

«Certo che ci sarò per sempre.»

«E perché vuoi rimanere con me?»

«Perché ti amo, e perché vorrei continuare a respirare.

E senza di te non è possibile. Se non ci sei mi manca il fiato. Se non ci sei, mi manca tutto...»

Poi iniziamo a fare l'amore, e non è solo fare l'amore, è volare su un altro pianeta, è sentire quel senso di appartenenza e di reciprocità che forse senti una volta sola nella vita. Perché significa questo essere solo per pochi, entrare in contatto con tanti ma sentire il proprio cuore vibrare solo per alcune rarissime persone. Significa incrociare lo sguardo di una persona in mezzo a miliardi e riconoscersi nei suoi occhi. Significa sprofondarci in quegli occhi, come se fossero l'unico luogo in cui vivere, l'unico modo per guardare il mondo: all'unisono. La nostra anima si svela solo a chi può accoglierla, sentirla. Solo a chi ne possiede una simile ed è pronto a fonderla con la nostra per un senso di arricchimento e mai di compensazione. Questo è fare l'amore con Andrea: un senso di imperturbabilità, un mix di beatitudine e godimento, un'estasi difficilmente rappresentabile con le parole, e pure con i pensieri. Un momento di felicità quasi miracoloso, solo nostro, da vivere. Come se fosse un rapimento di bellezza e magia. Ecco cos'è...

Alle 21 siamo al ristorante scelto e prenotato dai genitori di Andrea. Si chiama *Ta maison* ed è il classico locale di etichetta, elegante e lussuoso, non mi aspettavo nulla di diverso.

«Carissima Francesca, che piacere rivederti!» La mamma di Andrea è sempre molto affettuosa, ha un abito rosa, delizioso, di classe. Il signor Franco, il papà, invece indossa uno spezzato credo in cashmere, con una giacca blu con dei puntini grigi tagliata a pennello. È un bell'uomo, ha dei tratti simili ad Andrea, alto, moro, un po' brizzolato. I lineamenti del viso sono decisi ma eleganti, e il portamento è distinto, forse a volte un po' forzato. Eppure questa volta lo trovo eccessivamente dimagrito, gli occhi sono scavati, ed è pallido.

«Francesca... sei uno splendore!» Accenna un inchino e un baciamano che mi mette terribilmente a disagio e nello stesso tempo mi fa sentire un po' lusingata. Ho indossato un abito lungo, leggermente scollato, rosso, e dei sandali intrecciati. «Che eleganza!» aggiunge.

«La ringrazio, signor Parin!» rispondo e guardo Andrea che ha il viso tiratissimo, sembra una statua di cera, mi fa quasi impressione!

«E tu, Andrea, forse hai pensato che andassimo in un'osteria di periferia o in una villa in campagna a fare un pic-nic?» dice con un sorriso sarcastico squadrando il figlio dall'alto al basso. Andrea in genere ha un look non formale ma molto ricercato, ama indossare capi particolari, magari un po' retrò, stile anni Settanta, e qualche volta anni Cinquanta, ne fa davvero un culto, ed è una delle cose che ho notato subito di lui, adoro questo suo essere fuori da ogni moda, dal tempo, dai giudizi degli altri. E poi ha un gusto meraviglioso, e addosso a lui, bello come un dio, quegli abiti da intellettuale creano un mix irresistibile, e non solo ai miei occhi, a giudicare dalla quantità imbarazzante di avance e sguardi ammiccanti che riceve quotidianamente dalle ragazze. Ma questa sera ha insistito per indossare una felpa rossa con il cappuccio che gli va larghissima e che tra l'altro non ha mai amato, un paio di jeans oggettivamente un po' sciatti e delle scarpe da ginnastica arancioni.

«Sarebbe stato molto più eccitante...» risponde Andrea con altrettanto sarcasmo.

«Signorino, vedi di portare rispetto!»

«Franco, per favore!» interviene la mamma a placare gli animi.

«Ma come, prenotiamo in un posto del genere, per onorare il suo compleanno, e lui dice queste fesserie? Con questa arroganza! E si presenta vestito come uno scappato di casa! Ma ti sembra un comportamento educato, Rita? Ti sembra un atteggiamento in linea con ciò che gli abbiamo insegnato? La chiamiamo 'classe', questa? Noi abbiamo una reputazione da difendere!» Il signor Franco urla ma non urla, cioè, è come se le stesse gridando a squarciagola, quelle parole, nel modo più rancoroso e sguaiato possibile, ma, non so come, riesce a mantenere un tono incredibilmente basso e pacato, palesemente in contrasto con il suo sguardo, con le sue labbra che si sono fatte piccole e sottili, con la mascella vistosamente serrata. In più, quel dimagrimento importante che ho ravvisato rispetto all'ultima volta, quel pallore, quella debolezza fisica che gli si legge sul viso, ecco, rendono ancora più netto quel senso di collera misto a frustrazione...

«Ma quale stile, papà? Quale classe? Quale reputazione? Non ti rendi conto di quanto sei ridicolo e patetico? Sei solo apparenza e parole vuote! Le cose davvero importanti nella vita sono altre! Sei l'emblema della vacuità altoborghese, attento solo alle apparenze e al nome di questa nostra famiglia. La nostra famiglia... Quella che dovrebbe invece porre le proprie basi sull'amore, sulla comprensione, sulla lealtà. Sull'unione e la protezione. Al di là della vetrina. Al di là di quello che pensano gli altri!» risponde Andrea con un tono carico di disprezzo e rabbia.

Il padre, preso in contropiede, esita a ribattere, ma si irrigidisce ancora di più, serrando anche i pugni come se dovesse esplodere. Diventa rosso in viso, pallido e rosso, per un attimo ho paura che possa venirgli un infarto... Sono sconvolta. Non avevo mai percepito tanta cattiveria in Andrea. Le sue parole sono lame, precise, taglienti. Al veleno...

«Notaio! Come sta? Il suo tavolo in veranda è già pronto! Le abbiamo riservato come sempre il posto più bello!» Quello che deve essere il proprietario del ristorante si avvicina a noi con un gran sorriso e modi reverenziali, salvandoci da un'escalation che poteva diventare davvero irrecuperabile.

La serata, per fortuna, se pur breve, torna su toni normali, i genitori di Andrea si sforzano di ostentare un'improvvisa quanto improbabile ritrovata serenità. Andrea, anche su mia supplica, sta al gioco. Dice pochissime parole durante tutta la cena, il padre lo stesso. Siamo io e la mamma a dialogare cercando di riempire quel vuoto pazzesco, quel buco nero che aleggia nell'aria, che ha a che fare con la loro famiglia, di cui adesso posso intuire l'entità, ma di cui non so altro...

* * *

«Andre, sei la mia vita, volevo solo lo sapessi...» gli dico quando siamo nel letto, abbracciandolo sotto le lenzuola.

«E tu la mia! Ti amo!»

«Anche io ti amo tanto... Ma tu sei sicuro che mi ami?»

«Certo, piccola mia...»

«Come fai a esserne così sicuro? Come sai che è davvero amore?»

«Io so che è amore, io lo so che è amore. Lo so perché tu non hai mai voluto sapere, da me, certe cose della mia vita, certe cose dolorose, nascoste in fondo all'anima, ecco, non mi hai mai chiesto di parlarti di questo buco che sento dentro, di questo vuoto in cui mi perdo tutte le volte che cala il sipario. Tu non mi hai mai chiesto dei miei sorrisi che si spengono all'improvviso, degli sguardi fissi sul soffitto, di quando ho paura e tremo. Non mi hai mai chiesto di quelle notti che non riesco a dormire e cerco la tua mano, e un abbraccio, il tuo abbraccio, l'unico posto nell'universo dove mi sento al sicuro. La casa. La calma. La luce. La mia vita. Il tuo petto sulla mia schiena. Il tuo respiro che soffia lungo il profilo delle mie imperfezioni.

«Tu non mi hai mai chiesto nulla di tutto questo. E non c'è bisogno che io ti parli, perché tu mi ami, e sai già tutto...»

E poi ci addormentiamo abbracciati, senza parlare, senza altre domande, senza più paura...

39

Adesso lo sai

Roma, giovedì 16 gennaio 2020
Ore 15.50

La strada per Ostia, la Cristoforo Colombo, è trafficata. Vorrei poter volare. Vorrei scendere dalla macchina, abbandonarla qui, in mezzo al traffico, e cominciare a correre, correre forte verso il mare, fino a sentire il mio cuore esplodere. E non lo so se vorrei che esplodesse di gioia o di dolore, non so se vorrei che il cielo si aprisse in mille colori di magia o mi cadesse addosso, non lo so più cosa voglio, non lo so più cosa sento, forse perché non sento più niente, forse ho solo bisogno di sparire, sparire da tutto, sparire da tutti. Sparire per sempre.

Scatta il verde. «Su, cazzo!» tiro fuori la testa dal finestrino e urlo alla macchina che ho davanti perché riparta, credo di non aver mai nemmeno immaginato di fare una cosa del genere in vita mia.

Ho bisogno del mio posto, ho bisogno del mio mare! Ho bisogno di chiudere gli occhi e pensare! Ho bisogno di silenzio, e del rumore delle onde. Mi sento sconvolta!

Dopo un viaggio che è sembrato infinito, parcheggio la macchina proprio davanti al primo cancello sul litorale. Esco e corro, e appena le vedo, appena vedo le dune scoppio a piangere...

Qui. Questo è il mio posto, è qui che mi sono sempre rifugiata per proteggermi dal dolore, per pensare, per non pensare, per chiudere gli occhi e lasciarmi cullare dal rumore del mare, dal suono delle onde, dal vento e da tutta questa magia. Ma adesso, anche adesso tutta questa magia saprà curarmi? Ora che mi sento persa e disarmata, dopo una vita a combattere, a convincermi che era tutto ok, che non avevo bisogno di altro, che non avevo bisogno d'amore. Che non avevo bisogno di lui.

Di lui, che un giorno di vent'anni fa ha preso la mia anima e l'ha bucata in mille parti, privandomene, portandola via con sé, come se nulla fosse, insieme alle sue Marlboro, ai suoi occhi belli che ti spaccano il cuore, insieme al suo sguardo che era il mio sguardo, al suo sorriso che era il mio sorriso.

Non ti amo più.

Quattro parole come altrettanti proiettili dritti al cuore, e l'ultimo faceva ancora più male degli altri, se possibile. Quattro parole così, a bruciapelo, mirando con freddezza come un killer che non manca mai il bersaglio. E con un solo colpo io avevo perso tutto. Tutto, tranne l'unico motivo che mi restava per vivere, la mia bambina.

Che stronzo, maledetto figlio di puttana. Dopo tutti questi anni si presenta così, guadagna la fiducia di Giulia che mi tradisce e mi inganna sapendo quanto cazzo ci ha fatto male! Ma come... ma cosa sta succedendo?

E intanto, mentre il rumore delle onde sembra voler accarezzare il mio cuore, mentre il sole inizia la sua magica discesa sul mare dando vita a quello spettacolo che mi emoziona tutte le volte come fosse la prima – e qui, in questo luogo, nel *mio* posto, con una potenza e una bellezza ancora maggiore – ecco, mentre il mondo non smette di essere meraviglia, incanto, stupore, le lacrime continuano a scendere sul mio viso, e mi sento come un sasso che sa di essere solo la maschera di se stesso, la finzione di un sasso. Io sono una spugna, un fiore appeso a un gambo sottilissimo, una farfalla che non deve sbattere troppo le ali per non disperdere la sua preziosa polvere vitale. E adesso piango, piango a singhiozzi e sento di essere fragile, fragile e indifesa come se non avessi mai tirato su nemmeno un mattoncino del muro che credevo di aver costruito per proteggermi. Vaffanculo! Vaffanculo, Andrea! Urlo inginocchiandomi con le mani nella sabbia, come a cercare un appiglio che non c'è. Mi chiudo su me stessa e stringo la sabbia fra le dita. Ripenso alle parole che ho letto... Non potevi parlarmene? Ti sarei stata vicino! Avremmo affrontato tutto insieme, avremmo affrontato tutto insieme...

«Non ho mai smesso di pensarti, nemmeno per un attimo, nemmeno per una frazione di secondo...»

Sento un brivido percorrermi la schiena e miliardi di aghi trafiggermi il cuore, ogni singola cellula del mio corpo, fin dentro le ossa, nello stomaco, dentro l'anima...

È la sua voce.

Saprei distinguerla fra miliardi di voci. È la sua voce ed è dietro di me. Come è possibile che chi mi ha uccisa, l'uomo che è rimasto dentro al mio cuore ogni singolo giorno della mia vita, anche se io cercavo con tutte le mie forze di scacciarlo, di cancellarlo, l'uomo che mi ha uccisa ogni singolo giorno della mia vita, come è possibile che quell'uomo, quasi vent'anni dopo, ora sia qui, dietro di me, su questa spiaggia? Davanti a questo tramonto incendiato. Come è possibile che sia qui a dire che non ha mai smesso di pensarmi?

Forse è tutto un brutto meraviglioso sogno, forse sto impazzendo...

Poi però mi volto.

E lo vedo.

Forza, uccidimi un'altra volta.

Riducimi in frantumi come sai fare tu. Per questo sono qui. Per questo sei qui.

Ha la barba nera e incolta, leggermente brizzolata, i capelli non sono più lunghi come un tempo, ma più corti e spettinati dal vento. Il trench beige, un pantalone blu e lo scarponcino in cuoio. È sempre dannatamente bello e sexy, ecco come è vestito il mio killer, ecco quanto è sexy...

Lo fisso senza dire una parola, ancora accasciata sulla sabbia. Ora le lacrime non scendono più, serro i denti e stringo i pugni... Lui si inginocchia davanti a me...

«So che hai letto, ora sai tutto...» Esita un attimo e si avvicina camminando sulle ginocchia, lo guardo negli occhi, i suoi occhi nerissimi ancora pieni di vita e di profondità, quegli occhi che mi avevano fatto innamorare all'istante su quella terrazza di Bologna, in mezzo a tutti quegli sconosciuti.

«Ora so tutto?» riesco a dire solo questo. «Ora so tutto?» Lo ripeto piangendo, non so se a lui o a me stessa, o forse soltanto al mare: alle onde, perché si portino via tutto questo dolore, tutta questa incertezza, e tutta questa insensata voglia di vivere, questa eccitazione, che sento risalirmi improvvisamente le vene.

Alle spalle di Andrea, vedo arrivare Giulia. Corre, ed è curioso. Per anni la mia bimba non ha visto che questo di lui: una foto di spalle. Era tutto quello che sapeva di suo padre: la linea della sua schiena contro l'orizzonte. E ora eccola, la mia bambina, la nostra bambina, correre incontro a quella foto. Ma questa volta il tempo non è un istante congelato per sempre. Questa volta il tempo corre con lei. Sento così tante emozioni e brividi nel corpo e nell'anima che non so se ne uscirò viva. Nel frattempo Andrea è arrivato a pochi centimetri da me, e mi prende il viso fra le mani, e questo contatto, le sue mani addosso a me, sul mio viso, sulla mia pelle, sono state la cosa che ho desiderato di più negli ultimi vent'anni, e mi fa scoppiare di nuovo in lacrime, senza forze né difese.

Sento il fiatone di Giulia, anche lei ha gli occhi lucidi, si fionda su di me gettandosi letteralmente sulla sabbia e mi abbraccia forte. Mi stringe come non mi aveva mai stretta, e sussurra: «Scusa, scusa se non te l'ho detto». La stringo forte anche io e con un filo di voce le rispondo: «Sssh! Piccola mia... Sssh! Sei la mia cucciola, tu! Sei la mia vita».

Andrea è rimasto qui, con le mani nella stessa posizione

di prima, come se non avesse mai smesso di accarezzarmi il viso. Lo guardo e ripeto: «Ora so tutto?» E poi, con la voce rotta dal pianto: «Cosa, Andrea, cosa so?»

«Che non ho mai smesso di amarti più della mia vita, che sei la mia vita, e che ti amo da morire...» Lo dice veloce con il respiro affannato, sento che il cielo forse ora potrebbe davvero esplodermi nel cuore. Mi guarda negli occhi, e sembra quasi prendere fiato: «Questo... Adesso lo sai».

Adesso lo so.

Adesso lo so, amore mio, che quando avremo paura, ci stringeremo forte. E che quando il cielo sarà nero, ci prenderemo per mano. E quando il mondo ci chiederà di cambiare, noi cambieremo il mondo.

E ci innamoreremo ancora, e ancora.

E ancora...

L'amore è per i rari

Ho imparato a convivere con le mie fragilità, ad amarle, ad accoglierle come occasioni per migliorare.

Ho imparato che le persone danno un peso alle cose, alle parole, alle emozioni non sempre identico al tuo, e questo a volte può farti soffrire, ferirti, destabilizzarti.

Ho imparato a dire «Ti amo», «Mi manchi», «Ti penso», tutte le volte che sento di farlo, tutte le volte che penso sia così importante farlo che in confronto l'orgoglio che mi frena è soltanto uno stupido muro fra me e l'amore. L'amore... Il miracolo più grande che possa capitarti!

Ho imparato a resistere, a proteggere le cose in cui credo, a provare fino in fondo a salvarle, a raggiungerle, a recuperarle. Ho imparato a farlo anche da solo, anche quando ho tutto il mondo contro.

Ho imparato che le grandi occasioni d'amore ti capitano raramente. È raro.

E le perdi, se non sei raro...

Ecco, ho imparato che l'amore è per i rari.
E che possiamo esserlo tutti.
Ma serve coraggio.
Tanto coraggio...

ROBY

Ringraziamenti

Grazie, mamma, perché mi hai regalato la vita e mi hai insegnato ad amare. È merito tuo, la devo a te, questa mia sensibilità. Grazie, Marco Emanuelli, perché sei dolce e buono, perché ci sei sempre stato, e meriti molto. Grazie, Federica Maccioni, perché sei la sorella che mi mancava, ti devo tanto! Non saprei nemmeno da dove cominciare per descriverlo, ma tu lo sai, e io lo so... E voglio dirti, ancora una volta, che senza di te la mia vita sarebbe un sacco meno bella, e il mio cuore molto meno sereno...

Grazie, Giampaolo Emanuelli, perché non scorderò mai il tuo amore dopo la morte di papà, ti auguro con tutto il cuore di essere felice. Grazie, Nadia Manca, perché se ripenso alle notti passate insieme a parlare, a sfogarci (soprattutto io), a ridere, a essere amici, e se ripenso a tutto l'amore e il supporto che mi hai donato, mi vengono gli occhi lucidi. Grazie, Franco Valenzano, perché se oggi sono qui, lo devo anche a te. Ti voglio bene. Grazie, Mimmo Calopresti, per l'amicizia e il supporto fin dagli esordi. Grazie, Angela Barile, nel tempo sei diventata un'altra sorella, preziosa, speciale. E grazie per l'aiuto costante e preziosissimo! Grazie, Giusi Terranova, per il supporto e l'amicizia fin dagli inizi. Grazie, Letizia Pierleoni, per aver sempre creduto in me. Grazie, Marinella Amici, per il generoso supporto. Grazie, Rosaria Fallucchi, perché sei un'amica e una sostenitrice speciale. Ti voglio bene. Grazie, Nadia Falconieri, già solo per il fatto di amare mio fratello con una purezza commovente. Grazie, Serena Volpicelli, per l'amicizia sincera che ci lega e il supporto incondizionato. Grazie, Alberto Di Majo, il motivo lo sai, vero? Ma voglio ripeterlo: perché hai creduto in me, quando quasi nessuno lo faceva. Sei e sarai sempre nel mio cuore, amico! Grazie, Donatella Mugnano, perché non sei solo l'avvocato che segue tutto ciò che riguarda la mia professione di autore. Sei molto di più. Sei un'amica leale. Una persona bella e speciale. E io ti voglio bene! Grazie, Giorgio Petrollo, il terzo fratello. Ieri, oggi e domani! Grazie, Carlo Maria Bassi, perché sei stato un amico prezioso nel momento forse più buio della mia vita. Grazie, Francesco Odoardi, per non smettere mai di ascoltare le mie ansie, lo so che lo fai solo per amicizia. Grazie! Grazie, Francy Meleleo, per il supporto e l'amicizia. Grazie, Antonella Popolizio, per supportarmi legalmente su questioni che spesso mi fanno soffrire, come la tossicità e la violenza di una parte di mondo che ama disturbare l'altra parte pacifica. Nel tempo siamo diventati amici. Ho imparato a conoscere il tuo grande spessore umano e morale. Grazie per comprendere i miei stati d'animo. Ti voglio bene! Grazie, Roberta Mara, perché sei una donna, una persona, un'amica speciale, brillante, pulita. Ti voglio bene! Grazie, Bruna Gottardi, per il supporto come lettrice fin dagli esordi e per l'amicizia. Grazie al gruppo Facebook *Siamo solo per pochi*, siamo partiti da qui, mi avete donato l'anima e il vostro cuore, non lo scorderò mai! Grazie al gruppo Facebook *La grande Famiglia di Roberto Emanuelli*, per l'enorme amore che mi dimostrate ogni giorno! Grazie a tutte le persone che hanno creato i tantissimi profili Instagram per supportarmi, come le fanpage dalle varie città d'Italia, mi commuovete. Siete preziose! Grazie, Silvia Gollini, per l'amicizia. Ti voglio bene. Grazie, Alfredo Catalfo, per essere stato il primo editore ad aver creduto in me. Sei una persona pulita. Ti voglio bene. Grazie, Daniela Antacido, perché sei dolcissima, perché sei mia amica. E per il supporto preziosissimo. Grazie, Annarita Barone, perché ci sei sempre anche se ci sentiamo poco. Sei una persona leale e vera. E soprattutto sei stata e sarai sempre un'amica speciale, ti voglio bene! Grazie, Milena Vertucci, nel tempo ci siamo stretti e capiti sempre di più, sei un'altra sorella, grazie anche per il supporto incondizionato. Ti voglio un gran bene! Grazie, Giorgio De Donno, per l'amicizia sincera e leale. E per avermi insegnato molto con lo stile e la nobiltà d'animo che ti contraddistinguono. Grazie, Stefano Peccatori, per avermi voluto nella tua famiglia, sei l'editore dei miei sogni, e sono onorato di essere un tuo autore. Grazie, Rino Parlapiano, perché col tempo sto imparando a conoscere una persona meravigliosa, prima ancora che un direttore editoriale che sa il fatto suo come pochi altri. Grazie, Mattia Fontana, sei un grande editor, e una persona pulita. È stato bello e costruttivo lavorare insieme. Grazie, Alice Cairati, so che insieme faremo un gran lavoro. So che litigheremo un sacco di volte. E che sarà tutto bellissimo e pazzesco.

E poi...

...E poi grazie sempre a voi, grande, preziosa famiglia allargata! Grazie per non aver mai smesso di tenermi la mano. Grazie a voi, anime rare e speciali, che tanti anni fa vi siete ritrovate nelle mie parole, facendole vostre, riconoscendovi nei vuoti che avevo dentro, nel mio buio, nel dolore, nei momenti di gioia ed euforia, nei tratti complessi e ruvidi della mia sensibilità, nella mia voglia di luce, in quell'insensata follia di voler colorare le zone grigie del mondo, che a volte fanno ombra al nostro sole e intossicano la nostra anima. Quella meravigliosa follia che era anche la vostra.

Grazie di aver sentito sulla vostra pelle lo stesso mio desiderio di riscatto: di dimostrare al mondo che quelli che nascono dall'altra parte della 'cordicella' che divide chi entra da chi resta fuori, uniti, quelli come noi, possono dare vita alla festa più bella del mondo. E che quella cordicella improvvisamente può assumere un altro significato, esattamente opposto, e far sì che siano loro, quelli che volevano tenerci fuori, a non entrare!

Grazie per aver creduto nel mio sogno come se fosse il vostro sogno.

Grazie per aver insegnato al mondo che non esiste marketing più potente di tante persone che ci mettono il cuore e sono pronte a tutto, senza riserve, con la luce negli occhi e un fiore nelle mani, trasformando un mucchietto di pagine piene di amore e dolore, e cadute, e perdite, e sogni, e colori, e periferia e vita e segni e sudore... in un successo letterario con pochi precedenti. Questo viaggio è iniziato insieme a voi, e continuerà con voi, ma solo se lo vorrete ancora, solo se mi vorrete ancora accanto. E, nel caso, io ne sarò onorato! Come onorato sono di quello che abbiamo realizzato finora. Ecco, voglio dirvi ancora una volta che sono colmo di orgoglio e gratitudine per il pezzo di strada che abbiamo fatto tutti insieme. Grazie per avermi scelto! E vi dico una cosa: il viaggio, fino a qui, non mi ha insegnato cosa essere, né quale sia la strada giusta da percorrere. Però mi ha insegnato cosa non voglio essere e in quali spazi mi sento a disagio. Mi ha insegnato a volermi bene. Mi ha insegnato a innamorarmi un po' di me stesso prima che di qualcuno che non ha a cuore la mia felicità. Mi ha insegnato a perdonare e a perdonarmi. Mi ha insegnato a voltarmi deciso quando arriva il momento di prendere una decisione netta che abbia a che fare con il mio equilibrio, con la mia serenità. Con la mia sopravvivenza. Mi ha insegnato a fidarmi delle mie sensazioni iniziali sulle cose e sulle persone, fatelo anche voi... Non sbagliano mai! Mi ha insegnato che chi non ci rispetta, non merita il nostro rispetto. Mi ha insegnato che io sono 'sempre'! E non solo 'qualche volta' o 'quando avanza tempo'. Mi ha insegnato che chi ci relega in un angolo buio e lontano dalla luce del sole, non ci ama, non ci ha mai amato, e non ci amerà mai. Mi ha insegnato che l'amore vince su tutto solo quando si è in due a volerlo. Mi ha insegnato che il dolore ti cambia, ti spegne, e spegne l'amore. Mi ha insegnato che non ci sarà più un solo attimo in cui non percepirò la mia vita con lo stesso valore di quella degli altri. Nessuno vale più di me. Nessuno vale meno. Mi ha insegnato a chiedere scusa, a imparare un po', almeno un po', dai miei sbagli. Mi ha insegnato che gli amici ti salvano sempre, e mi ha ricordato quanto io sia fortunato ad avere quelli che ho. Mi ha insegnato a non elemosinare attenzioni, a non calpestare la mia dignità. Questo viaggio, fino a ora, mi ha insegnato che l'amore è ancora il centro del mio universo, di tutti i miei pensieri, ma che quando sarà, sarà perché avrò imparato ad amare prima me stesso, a volermi bene, a rispettarmi. E non sarà per curare ferite o colmare vuoti miei o di altri. E allora sì che ci sarà posto per qualcuno nella mia vita. E allora sì che ci sarà posto per me nella vita di qualcuno. E allora sì che sarà arricchimento e non cura o compensazione. Allora sì che saremo felici. Allora sì che sarà amore. E allora vi auguro questo, anime rare: l'amore.

Quello vero.
Ma per sempre.
Siamo solo per pochi.
Siete solo per pochi.
E adesso lo so, adesso lo sai.
E adesso che lo sapete... Siatelo!

#adessolosai
#robertoemanuelli
#siamosoloperpochi

Finito di stampare presso Grafica Veneta S.p.A.
Via Malcanton, 2 – Trebaseleghe (PD)
Printed in Italy

Prova d'acquisto
978-88-200-7038